LEONIE WINTER

Die Niete im Bett

Buch

Von der »Bettniete« zum »Sexperten« – Leo hat eine Mission, und Übung macht den Meister ...

Für Leo geht es so nicht weiter. Eine Liebesschlappe jagt die nächste, und jede neue Eroberung des Café-Betreibers verlässt ihn nach kürzester Zeit. Jüngstes Beispiel: Sarah, die auch noch Schluss macht, nachdem sie gerade Sex hatten. Versteh einer die Frauen! Wütend und enttäuscht stellt der unfreiwillige Neu-Single seine Verflossene vor versammelter Mannschaft zur Rede. Die Antwort, die sie ihm gibt, ist ein echter Schock: »Du bist eine Niete im Bett!« Von der Traumfrau verlassen und vor aller Welt brüskiert – jetzt helfen nur literweise Rotwein, gute Freunde und ein Plan B. Da scheint es wie ein Wink des Schicksals, als Leo den Aushang für ein Seminar bei „Mr. Orgasmic" entdeckt. Für den Gedemütigten ist die Sache klar: Da muss er hin! Und zwar nicht alleine. Leo überredet seine beste Freundin Mia mitzumachen. Denn er ist sich sicher: Mit neuen Liebhaberqualitäten wird er nicht nur Sarah zurückgewinnen – die Frauen werden ihm gleich scharenweise zu Füßen oder vielmehr zwischen den Laken liegen. Doch auf seinem Weg zum Ziel hat Leo nicht nur mit allerlei schrägen Vögeln, hirnrissigen Praxisübungen und höchstpeinlichen Situationen zu kämpfen, sondern auch mit ungeahnten Versuchungen, Missverständnissen und großen Gefühlen ...

Autorin

Leonie Winter wurde 1972 – anders, als der Name vermuten lässt – an einem warmen Sommertag nahe der holländischen Grenze geboren. Diesem Umstand verdankt sie ihr sonniges Gemüt, mit dem sie sich seither durchs Leben laviert. So studierte sie nach dem Abitur erst einmal Germanistik, weil ihr das als sinnvolle Freizeitbeschäftigung erschien, arbeitete im Anschluss als Werbetexterin und erfreute sich an der bunten Welt der Anzeigen, bis sie schließlich ihre Leidenschaft fürs Schreiben entdeckte. Leonie Winter lebt mit ihren drei Ks – Kerl, Köter & Klamottentick – in Hamburg. Ein Niete käme ihr nie ins Bett – wogegen auch Kerl & Köter etwas hätten!

Leonie Winter

Die Niete im Bett

Roman

GOLDMANN

Verlagsgruppe Random House FSC-0100
Das FSC®-zertifizierte Papier *Holmen Book Cream* für dieses Buch
liefert Holmen Paper, Hallstavik, Schweden.

1. Auflage
Originalausgabe Januar 2013
Copyright © 2013 by Leonie Winter
Copyright © dieser Ausgabe 2013
by Wilhelm Goldmann Verlag, München,
in der Verlagsgruppe Random House GmbH
Umschlaggestaltung: UNO Werbeagentur, München
Umschlagmotiv: FinePic®, München;
plainpicture/Jasmin Sander
LT · Herstellung: Str.
Satz: IBV Satz- u. Datentechnik GmbH, Berlin
Druck und Bindung: GGP Media GmbH, Pößneck
Printed in Germany
ISBN: 978-3-442-47798-2

www.goldmann-verlag.de

Leo

»Was hältst du von der Nummer 17 vom Thai?«, frage ich Sarah, die neben mir liegt und die Augen geschlossen hat.

»Mmmm, nee.« Sie gähnt.

»Oder die Nummer 24 vom Italiener?« Auf Spaghetti vongole hat sie nach dem Sex genauso oft Lust wie auf scharfes Curryhuhn mit Zitronengras und Kokossoße.

»Mmmm, nee.« Jetzt kann ich beim Gähnen ihre Mandeln sehen.

»Hast du gar keinen Hunger?« Ich schon. Erstens hab ich seit mittags nichts mehr gegessen, zweitens ist es ein Ritual, dass wir uns »danach« was bestellen, einen Film schauen, einschlafen, aufwachen, frühstücken.

Natürlich nur an den Wochenenden. Also meistens nur an den Wochenenden. Ab und zu vögeln wir natürlich auch unter der Woche. Aber nicht mehr so oft, muss ich feststellen, als ich darüber nachdenke und gleichzeitig überlege, wo das Telefon sein könnte.

Um ganz ehrlich zu sein, sooo lange sind wir jetzt auch noch kein Paar, dass man von Ritualen sprechen könnte. Wie lange sind wir eigentlich zusammen? Fünf oder sechs Wochen. Na ja, da kann man wohl schon Rituale haben. Finde ich jedenfalls. Und Sarah ist eine tolle Frau, mit der man gern Rituale hat. Ich zumindest.

Ich werde die Nummer 31 nehmen. Lasagne al forno. Herrlich! Nehme ich immer, auch, wenn ich für mich alleine bestelle. Manchmal auch die Cannelloni. Selten eine Calzone.

Ich mag es, Essen zu bestellen, weil ich dann nicht selbst kochen muss. Nun, das ist ja meistens so.

Da ist das Telefon.

»Also, was willst du jetzt? Ich würde ehrlich gesagt am liebsten beim Italiener bestellen. Ist das okay für dich?«

»Klar.« Sarah kriecht aus dem Bett und greift nach ihrer Unterwäsche. Sie gähnt schon wieder.

»Ich warte«, warte ich.

Sarah schaut mich an. Sie wirkt völlig abwesend. Jetzt fängt sie wortlos an, sich anzuziehen. Unterwäsche, Jeans, Oberteil, Kette, Armband, Uhr.

»Prego«, höre ich Enrico am anderen Ende der Leitung.

»Ich warte«, wiederhole ich und meine damit Sarah und Enrico, obwohl ich nicht glaube, dass Letzterer das auf der Karte hat.

Sarah schüttelt den Kopf. Es sieht irgendwie energisch aus. Ohne noch etwas zu Enrico zu sagen, beende ich das Telefonat. Irgendwas stimmt hier doch nicht. Also, so richtig nicht. Irgendwas ist hier SEHR verkehrt. Also, so richtig verkehrt.

Sarah nimmt nämlich jetzt ihre Tasche und holt ihr Handy raus.

»Das war's.« Sie tippt eine Nummer ein, und ich bin mir, aus welchen Gründen auch immer, sicher, ganz sicher, dass es nicht der Lieferservice ist, den sie anrufen will.

»Was war was?«, frage ich und merke, dass meine Stimme ein bisschen so zittert wie die eines Konfirmanden, der sich vor der versammelten Verwandtschaft für die ganzen Geldgeschenke und eine Goldmünze bedanken muss und dabei auch noch gütig lächelnd fotografiert wird.

»Mit uns«, antwortet Sarah ganz lässig, sagt »Bitte einen Wagen zum Schulterblatt 38« ins Handy und steckt es dann wieder in die Tasche.

»Es ist aus. Mit uns«, erklärt sie und sieht mich noch einmal mitleidig an. Dann verlässt sie meine Wohnung.

Ich Vollidiot höre mich noch »Aber wir haben doch noch gar nicht gegessen« sagen, bevor ich nichts mehr sage, sondern nur blöde rumstehe und nichts, überhaupt nichts, absolut gar nichts auch nur ansatzweise kapiere.

Einige Sekunden später rufe ich sie auf ihrem Handy an, aber sie geht nicht ran. Sie geht auch nach ein paar Minuten nicht ran. Auch nicht nach einer Stunde. Ich spreche wirres Zeug auf ihre Mailbox, aber es kommt kein Rückruf.

Sarah

Mein Gott, bin ich froh. Nein, froh ist gar kein Ausdruck, ich bin *erleichtert*, ich bin *frei*, ich hab es *endlich getan*, mein *Gott, bin ich froh. Froh, froh, so froh.*

»Bitte da vorne rechts in die Oderfelder Straße. Ja, hier können Sie anhalten.«

Und gleich bestell ich mir die Nummer 17 vom Thai. Und schaue eine Folge *Grey's Anatomy*. Oder auch zwei. Oder drei. Oder *hundert*.

Leo

Ich starre auf die Tabelle, die ich in den letzten beiden Stunden erstellt habe, während ich anderthalb Flaschen Rotwein weggesoffen habe. Das muss ein Irrtum sein.

Ist es aber nicht.

Ich bin jetzt 32 Jahre alt und hatte, von Lara Struppenfrick, die mir damals im Sandkasten ewige Liebe geschworen hat, und Sabrina Hielscher, mit der ich während einer Jugendfreizeit Blutsbrüderschaft geschlossen habe, sowie von diversen Dreistundenbeziehungen mal abgesehen, exakt sieben längere. Also Beziehungen.

Und keine, nicht *eine*, dauerte länger als sechs Wochen.

Was läuft hier schief?

Wieso jetzt auch noch Sarah? Es ist doch gar nichts passiert. Ich habe sie weder beleidigt noch geschlagen, noch habe ich zu ihr gesagt, dass sie fett ist oder so, weil sie das auch wirklich nicht ist. Davon abgesehen ist es ja unhöflich, so etwas zu sagen, selbst wenn es so wäre.

Nichts passiert. Rein gar nichts. Es war ein ganz normaler Abend.

Ich glotze wieder auf mein Gekrakel und fühle mich mies. Wie ein Drücker, der gerade neun Zeitschriftenabos an eine blinde Frau verhökert und das Datum für den Widerruf vordatiert hat.

Nein, ich fühle mich mieser. Ich fühle mich wie ein Querschnittgelähmter, der aufgrund eines zu hohen Bordsteins in seinem Rollstuhl nicht über die Straße kommt, von Passanten ignoriert, vom Asphalt geächtet. Um dem Ganzen noch die Krone aufzusetzen, stelle ich mir plötzlich vor, wie eine langbeinige Traumfrau an mir vorbeikommt, mich anlächelt und sagt: »Stellen Sie sich nicht so an, es gibt Schlimmeres.«

Wieder wähle ich Sarahs Nummer, jetzt ist das Handy ausgeschaltet. Nicht dass da was passiert ist. Ich stammle etwas von »Bist du im Krankenhaus, hattest du einen Unfall?« auf die Box und lege dann auf. Vielleicht will sie ja nicht mit mir reden.

Was mache ich falsch?

Ich gieße mir noch ein Glas Rotwein ein. Es kann natürlich sein, dass ich immer auf den gleichen Frauentyp hereingefallen bin. Möglicherweise waren alle meine Exfreundinnen kaltherzige, karrieregeile Schlampen, die mich nur als Sprungbrett benutzt haben, um beruflich weiterzukommen.

Nein. Judith, mit der ich vor Sarah zusammen war, ist in ihrem Job als Krankenschwester aufgegangen, was ich nie wirklich begreifen konnte. Ich meine, klar ist es toll, einen Beruf zu haben, der einen total ausfüllt, aber Judith hat sogar an Weihnachten freiwillig Nachtschichten übernommen, damit die armen, alten, kranken Menschen jemanden zum Reden hatten. Judith war nicht im Geringsten karrieregeil, im Grunde genommen war sie überhaupt nicht geil. Auch nicht auf mich.

Was war mit Nina? Mit Ulli? Mit Saskia? Sie waren alle völlig unterschiedlich. Alle. Das kann ich also schon mal streichen mit dem gleichen Frauentyp.

Also muss es einen anderen Grund geben.

Es liegt an mir, an mir allein.

Vielleicht bin ich ein Oger. Ja, ich bin ein missgestaltetes Fabelwesen, das nachts keulenschwingend durch die Stadt läuft und alles kurz und klein schlägt. Ein Unhold, der plump und mehr recht als schlecht durchs Leben tapert und der den Menschen einfach leidtut. Oder sie haben Angst vor ihm und bislang noch nicht den Mut gefunden, ihm zu sagen, dass er aus ihrem Blickfeld verschwinden soll. Männer wie Frauen haben ihn einfach ertragen. Jedenfalls für kurze Zeit.

Ach, das ist ja auch Quatsch. Wobei ich mich – noch ein Glas Wein – momentan wirklich wie ein Oger fühle. Das würde ich nämlich jetzt gern tun: alles kurz und klein schlagen. Das Problem ist nur, dass ich keine Keule habe. Nur einen alten Baseballschläger.

Nach einem weiteren Schluck Wein beschließe ich herauszufinden, ob ich den Menschen leidtue oder ob sie Angst vor mir haben.

Ich werde jetzt erst meine allerallerbeste Freundin Mia anrufen. Mia und mich verbindet eine jahrelange Freundschaft. Sie war bei mir Gast – ich betreibe ein wirklich schönes Café, in dem es nicht nur Kaffee, sondern auch leckeres Essen gibt –, herrje, ist das lange her, Urzeiten muss das her sein. Jedenfalls musste sie auf die Toilette, und dann hat sich das Schloss verhakt, und sie kam nicht mehr aus der Klokabine raus. Leider bin ich handwerklich nicht sonderlich geschickt und habe mir beim Versuch, das Schloss zu knacken, den linken Ringfinger gebrochen, weil ich vor Aufregung so geschwitzt hatte, dass ich abgerutscht bin. Irgendwann habe ich unter Schmerzen einen Schlüsseldienst angerufen, und während der drei Stunden, die es dauerte, bis endlich jemand kam, haben Mia und ich uns gegenseitig unser Leben erzählt.

Mia ist so alt wie ich, sie wird im Juli nächsten Jahres 33 und hat einen sehr entzückenden kleinen Laden in der Innenstadt, in dem sie total überflüssigen, aber wunderhübschen Kram verkauft. Bestickte Servietten, filigrane Lampen, Teppichläufer in Pastellfarben, Engelsputten und so weiter. Sachen also, die kein Mensch braucht, die das Leben aber schöner machen.

Mia hat seit längerer Zeit wieder eine Beziehung, in der sie wohl auch sehr glücklich ist. Jedenfalls behauptet sie das.

Jeder, wirklich jeder Mann schaut Mia hinterher, weil sie, wie mein Mitarbeiter und Freund Mr. Bean es mal auf den Punkt brachte, ein »Weib« ist. Mia ist nicht dünn, aber auch nicht dick und noch dazu sehr durchtrainiert. Obwohl sie wahnsinnig gern isst, dafür dann aber jede Menge Sport macht. Wenn ich Mia mit einer Schauspielerin vergleichen sollte, dann mit Christina Hendricks aus der Fernsehserie *Mad Men*, die in den 60er-Jahren spielt. Die Figur der Joan Holloway ist einfach Erotik pur. Und so ist Mia. Ach nein, Mia ist eigentlich viel besser.

Sie ist eine Freundin, ein Mensch fürs Leben!

Wir lieben uns sehr, aber nur auf platonischer Ebene.

Mia wohnt in Eppendorf, das ist nicht weit weg von mir, und wenn sie jetzt zu Hause sein sollte, werde ich sie fragen, ob ich bei ihr übernachten kann, und mir dann ein Taxi bestellen.

Ich, der Oger. Schielend tippe ich die Nummer ins Telefon.

Mia

»Willst du nicht rangehen?«, ruft Benedikt aus dem Badezimmer.

»Nein.« Ich starre immer noch auf sein iPhone. Das klingelnde Festnetztelefon ist mir jetzt scheißegal.

Nicht scheißegal ist mir, was ich gerade auf Bendikts Handy gelesen habe.

Wie konnte das passieren? Wie hatte ich nichts merken können? Wie war das möglich?

Er hat mich für die gesamte Dauer unserer Beziehung so richtig schön verarscht.

Benedikt hat eine Ehefrau, die Gaby heißt und in Lüneburg wohnt. Zusammen mit ihr hat er mindestens zwei Kinder. Auf die bin ich nicht sauer, die können ja nichts dafür.

Eine lallende Stimme brüllt grauenhafte Dinge auf meinen Anrufbeantworter und damit durch mein Wohnzimmer, weil der AB auf Laut geschaltet ist, und ich kann nicht gleich erkennen, um wen es sich bei dem Anrufer handelt. Ist mir momentan auch völlig egal.

Die Kinder freuen sich auch auf dich. So langsam nervt die Fahrerei! Ich bin froh, wenn die Zeit in HH um ist und du wieder bei uns bist. Kuss auf die Nuss, mein Schatz! Gaby

Kuss auf die Nuss. Was ist das denn für ein schwachsinniges Wortspiel?

Ich weiß nun, dass Benedikt verheiratet ist und zwischen Hamburg und Lüneburg pendelt. Mir hat er den letzten Schwachsinn erzählt, was seine Wohnung in Lüneburg betrifft. Angeblich gibt es da einen altmodischen Hausbesitzer, der keinen Damenbesuch duldet, und Festnetzanschluss gibt es auch nicht, weil man sich mit der Telefongesellschaft streitet. Hallo? Hallo?! Wie blöde bin ich denn bitte, dass ich ihm das geglaubt habe? Hab ich es womöglich glauben wollen?

Scheiße, nie hätte ich gedacht, dass ich mal so ein Klischee bedienen würde. Die heimliche Geliebte, die nichts rafft!

Die quakenden Geräusche haben aufgehört, dafür klingelt das Telefon wieder. Ich lasse es klingeln.

Benedikt kommt aus dem Bad, ein Handtuch um die Hüften.

»Kannst du neues Duschöl besorgen? Du weißt doch, dass ich nur das eine vertrage. Meine Haut ist doch so empfindlich.«

Ich starre ihn an.

Klar besorge ich dein sauteures Duschöl aus der sauteuren Parfümerie, du Vollidiot.

Du ... du ... Armleuchter.

Gott, wie blöd. Armleuchter. Aber ich war noch nie gut in Fäkalsprache. Vielleicht sollte ich mir das mal angewöhnen.

»Machst du uns Omelette mit Champignons?« Mit einem Handtuch rubbelt er in seinen Haaren herum.

Ich sage nichts.

Schon wieder schreit eine lallende Stimme meinen Anrufbeantworter voll. Wer ist denn das, zum Teufel noch mal?

»Hat sich da jemand verwählt? Offensichtlich«, sagt Benedikt.

»Ach, ich wollte mich ja noch rasieren. Dann kann ich mir das morgen sparen.«

»Mach das«, sage ich, und Benedikt geht zurück ins Bad.

Dann nehme ich mein iPhone und schicke eine recht lange und ausführliche SMS an Gaby. Die Nummer hole ich mir von Benedikts Telefon.

Danach geht es mir besser.

Dann schicke ich Benedikt nach Hause. Ich sage, dass ich Kopfschmerzen habe und allein sein will.

Und ich freue mich auf den weiteren Verlauf seines Abends.
Ich will diesen Vollidioten nie, nie, nie mehr wiedersehen.

Leo

»Na, Herr Sandhorst, geht's denn besser?«
Ich blinzle.
Dann höre ich sofort auf zu blinzeln, weil sonst nämlich gleich mein Kopf nicht mehr existieren wird.
»Äh ...«, murmle ich schwach.
»Am besten, Sie essen jetzt erst mal einen Rollmops«, sagt die freundliche Stimme, und Magensäure schießt meine Speiseröhre hoch. »Und dazu einen schönen kalten Tomatensaft mit ein paar Spritzern ...«
»Stopp«, keuche ich, während die Magensäure Richtung Mund weiterwandert.
Die Stimme kichert. Sie gehört zu einer Frau.
Ein nochmaliger Versuch, die Augen zu öffnen, zeigt, dass ich recht habe. Es ist eine Frau, eine ziemlich alte Frau. Ich kenne sie. Es ist Frau Krohn aus dem Stockwerk unter mir. Eine nette, sehr nette Frau, die Frau Krohn. Wir grüßen uns immer freundlich im Treppenhaus, sie meint grundsätzlich: »Arbeiten Sie nicht zu viel, das Leben ist so kurz.« Und ich sage grundsätzlich: »Nein, nein, tu ich schon nicht.« Und ein- oder zweimal habe ich ihr schwere Einkaufstüten hochgetragen, weil sie ja eine ältere Dame ist. Und ich war schon immer ein höflicher Mensch. Außerdem hat sie eventuell Gicht oder Arthrose, man weiß ja, wie das ist. Aber wenn ihre Urenkelkinder zu Besuch kommen, da kennt Frau Krohn nichts, da wird gekocht und gebacken, was das Zeug hält. Da fällt mir ein, dass sie mir schon mal ein paar Kostproben vorbeigebracht hat, die wirklich sehr gut waren. Und ich kann das beurteilen, denn ich verstehe etwas von gutem Essen. Schon von Berufs wegen. Ich, Leo Sandhorst,

habe ja ein eigenes kleines Café mit Mittagstisch. So. Deswegen bestelle ich auch gern einfache Dinge beim Italiener. Wer immer nur so halbedle Sachen kocht, braucht manchmal etwas Einfaches.

Das Café läuft gut. Wenigstens etwas. Beim Namen war ich auch sehr kreativ. Mein Café heißt nämlich *Café Leo*. Manchmal sind die einfachen Dinge die besten. Und nicht nur einmal bin ich in der Presse für meine »kreativen, phantasievollen Kreationen« gelobt worden.

Schöner wäre natürlich gewesen, ich wäre für etwas anderes gelobt worden. Für meine Beziehungsfähigkeit beispielsweise. Aber ein positives Urteil für eine kurzgebratene Entenbrust an Orangen-Ingwer-Soße mit Cranberries und einem Kartoffelpüree mit Trüffelöl ist ja auch nicht zu verachten.

Ich setze mich auf. Was mache ich hier eigentlich?

»Was mache ich denn hier?«, frage ich Frau Krohn leicht ermattet und könnte sterben für sechs oder sieben Liter kaltes Wasser. Oder kalten Orangensaft, um den ekelhaften Geschmack aus meinem Mund zu vertreiben.

»Bis eben haben Sie geschlafen, hihi«, kichert Frau Krohn und wackelt mit dem Kopf, so wie alte Leute eben manchmal mit dem Kopf wackeln.

»Wie spät ist es?«

»Viertel nach zehn morgens«, sagt Frau Krohn fröhlich. »Aber Sie haben nichts verpasst. Es regnet. Was kann man im Winter auch anderes erwarten, noch dazu in Hamburg, nicht wahr? Ach, ach, da macht man es sich halt drinnen gemütlich. Am Wochenende kommen meine Urenkel, ich überlege, ob wir nicht alle gemeinsam Plätzchen backen, was meinen Sie? Ich ...«

»Es ist *Viertel nach zehn*?« Ich schieße hoch. Verdammt noch mal. Spätestens um zehn hätte ich im Laden sein müssen. Zum Glück ist Mr. Bean heute da, er hat einen Schlüssel.

Mr. Bean, also der Mann, der Mia als Weib bezeichnet, heißt eigentlich Detlef Göbel, aber weil er eben so aussieht wie Mr. Bean, hat ihn meines Wissens niemals jemand bei seinem richtigen Namen genannt, wahrscheinlich auch nicht seine Eltern, wobei es damals die Figur Mr. Bean noch gar nicht gab.

Er arbeitet vier Tage die Woche bei mir, fährt zum Markt und kauft ein, und er macht die Getränke und gibt das Essen aus. Er springt auch immer dann ein, wenn ich – aus welchen Gründen auch immer – verhindert bin. Eigentlich ist er das Mädchen für alles, wenn man es mal ganz genau nimmt, aber Mr. Bean ist sehr eitel und besteht darauf, dass man ihn als Chef-Sommelier bezeichnet, obwohl er sich gar nicht mit Weinen auskennt, aber er findet, das hört sich so edel an. Mein Einwand, dass es ja außer ihm gar keinen Mitarbeiter bei uns gibt und er sich deswegen den Zusatz *Chef* sparen kann, wird von Mr. Bean konsequent ignoriert.

Wenigstens kann mich niemand verklagen, wenn ich meinen Mitarbeiter als Sommelier betitele, obwohl er keiner ist, denn der Begriff ist glücklicherweise nicht geschützt.

Aber darum geht es hier ja nun gerade gar nicht.

»Ich muss in den Laden«, krächze ich, während sadistische Monster mein Hirn mit ihren kleinen Äxten malträtieren.

»Ihr Mitarbeiter hat schon angerufen.« Frau Krohn hält mein Handy hoch. »Ich habe ihm gesagt, dass Sie unpässlich sind.«

»Ich bin doch nicht unpässlich!«

Nur Frauen sind das.

»Oh doch.« Nun keckert Frau Krohn und wackelt wieder so mit ihrem Kopf, dass ihre kleinen Silberlöckchen wippen. Eine wirklich feine alte Dame ist sie, das muss man ihr lassen. Immer gepflegt, immer freundlich und immer … ja, so weise und klug und so aristokratisch. Ja, das ist sie. Sie ist in einem großen Stadthaus in Lübeck aufgewachsen, hat sie mir mal erzählt. Mit

Dienstboten und allem Drum und Dran. Die Noblesse ist ihr eben angeboren. So was soll es ja geben. Frau Krohn findet bestimmt zu jeder Gelegenheit die passenden edlen Worte, da bin ich mir sicher.

Gleichzeitig frage ich mich, ob ich noch alle Latten am Zaun habe, weil ich über so etwas absolut Unwichtiges nachdenke.

Die aristokratische Frau Krohn beugt sich zu mir.

»Sie haben zuerst in meine Wildlederstiefel gekotzt, dann in meinen Einkaufskorb und dann in meinen Schoß. Da kam dann aber fast nur noch Galle«, lässt sie mich wissen. »Wenn Sie mich zum Kotzen finden, hätten Sie's mir doch einfach sagen können.« Sie lacht über ihren eigenen Witz.

Ich öffne den Mund, um etwas zu erwidern, aber sie hebt beide Hände, also schweige ich. Mir ist auch schon wieder schlecht. Ich möchte noch mal kotzen. Die Magensäure, die Magensäure.

»Ich hab gestern Abend auf dem Balkon gestanden und eine geraucht, als ich Sie auf der Straße hab rumtorkeln sehen«, erzählt sie weiter.

»Sie rauchen?« Das macht mich fassungslos.

»Nur Zigarren«, sagt Frau Krohn. »Und nur wirklich gute. Wo war ich? Genau, Sie torkelten auf der Straße rum, als ich gerade eine hervorragende Havanna rauchte. 2005 in Kuba gerollt, noch Fragen?«

Ich schüttle den Kopf und habe Angst davor, dass sie weiterredet und schlimme Dinge über mich sagt. Was sie tatsächlich auch tut.

»Sie haben gebrüllt, dass Sie ein *Opa* wären oder so was Ähnliches, und Sie haben diesen Holzschläger da geschwungen.« Sie deutet auf den Baseballschläger, der neben ihrem Stuhl liegt.

Gott, ist das entsetzlich. Ich war doch wohl nicht wirklich auf der Straße und habe »Ich bin ein Oger!« gebrüllt (nur das kann Frau Krohn mit dem Opa gemeint haben)? Jedenfalls erinnere ich mich nicht daran. Ich erinnere mich nur daran, dass ich Mia irgendwie erreicht habe, sie mir aber auch nicht weiterhelfen konnte. Was dann passiert ist, weiß ich nicht mehr.

»Natürlich sind die Passanten vor Ihnen weggelaufen, das hätte ich auch getan, aber Sie sind hinterher und dauernd gestolpert. Zum Glück wurde niemand verletzt.«

»Gott, ist das peinlich«, murmle ich, knallrot im Gesicht.

»Dann haben Sie gebrüllt, dass keine Frau es bei Ihnen aushält, weil Sie es nicht wert sind, und da bin ich dann wirklich hellhörig geworden. Wie kommen Sie denn darauf? Haben Sie denn gar kein Selbstbewusstsein?«

»Offenbar nicht.« Ich richte mich noch ein Stückchen weiter auf und versuche, die sadistischen Monster in meinem Kopf zu ignorieren, aber ganz offenbar sind sie jetzt auf vollautomatische Kreissägen umgestiegen.

»Sie sehen doch gut aus, Herr Sandhorst, das können Sie mir glauben, und ich habe viele Männer in meinem Leben kennengelernt. Also, wenn ich im passenden Alter wäre, ich würde Sie mit Kusshand nehmen. Hahaha!«

»Hahaha.« Was habe ich denn noch alles gerufen auf der Straße? Und wo sind meine Schuhe? Wo sind überhaupt meine Klamotten? Hat Frau Krohn mich etwa ausgezogen? Das wird ja immer besser. Ich muss hier weg. Und dann das alles hier vergessen bitte. Bitte. BITTE! Gott sei Dank ist nichts weiter passiert! Wenn ich nur ein bisschen besoffen auf der Straße rumgepöbelt habe, ist das ja nicht weiter dramatisch.

»Dann kam dieses Polizeiauto«, redet Frau Krohn weiter, und ihre Stimme wird nun leise und klingt gefährlich. Ich halte inne.

»Das Auto ist nun nicht mehr.«

»Wie meinen Sie das?« Himmel, ich habe wirklich einen Filmriss. Ich weiß nichts mehr, gar nichts. Außerdem bekomme ich noch mehr Angst.

»Na ja, fast nicht mehr.« Sie kichert. »Nun, offenbar hat irgendein Anwohner oder ein Passant die Polizei gerufen, was ja verständlich ist, und als die vier Beamten kamen, sind Sie auf das Einsatzfahrzeug losgerannt und haben zunächst das Blaulicht zertrümmert.«

»Nein«, sage ich entsetzt.

»Doch.« Frau Krohn jubiliert fast. »Ein Anblick war das! Unbeschreiblich. Ich habe fast vergessen, meine Zigarre weiterzurauchen. Das passiert mir sonst nie. Sie haben gerufen, dass ein Opa sehr gefährlich werden kann und dass es nun so weit sei, und dann haben Sie mit den Zähnen gefletscht und sind auf die Polizisten los. Dauernd haben Sie geschrien, dass die Leute Angst vor Ihnen haben, was ja auch stimmte. In diesem Moment zumindest. Und ständig haben Sie wieder vom Opa gefaselt. Glücklicherweise sind Sie dann gestolpert und hingefallen. Sie haben sich beide Knie aufgeschlagen. Ein Glück, wirklich.«

Ja, ein Glück. Prompt tun mir die Knie weh.

Was müssen denn die Polizisten von mir denken? Ob sie das alle Tage erleben, dass mitten in der Nacht ein Oger ihren Wagen zertrümmern will? Ich glaube nicht.

»Dann dachte ich, nun ist es an der Zeit einzuschreiten.« Frau Krohn thront nun neben mir. Offenbar ist sie sehr stolz auf sich. »Ich habe meine Zigarre Zigarre sein lassen und bin zu Ihnen und den Beamten hinuntergegangen. Und so habe ich Schlimmeres verhindert. Sie haben nur ungefähr die Hälfte des Wagens mit dem Schläger zertrümmert, bevor die Beamten Sie endlich dingfest machen konnten.«

Dingfest sagt ja wohl heute auch kein Mensch mehr.

»Danke, Frau Krohn. Wie haben Sie das denn geschafft?«

Wahrscheinlich hat sie die Beamten mit Bargeld bestochen.

»Ach, es war eigentlich recht einfach«, sagt Frau Krohn und wackelt mit dem Kopf. »Ich habe erklärt, dass Sie mein junger

Liebhaber seien und nicht damit fertiggeworden sind, dass Sie mich nicht zufriedenstellen konnten. Gut, was?«

Ein lautes Krachen bringt meinen Kopf zum Detonieren. Die Hirnmonster haben gesiegt.

Sarah

»Und dann bist du einfach gegangen?«
»Nein, ich bin nicht gegangen, ich hab mir ein Taxi gerufen.«
»Ja, sicher. Aber ich meine das *Gehen*. Einfach so?«
»Ja.«
»Du hörst dich erleichtert an.«
»Ich *bin* erleichtert, Bonnie. Aber so was von!«

Leo

Wenn ich etwas über meinen besten Freund schreiben müsste, würde der Text wie folgt lauten:

Plötzlich war er da, wie aus dem Nichts tauchte er auf. Zuerst hatte ich ihn nicht richtig wahrgenommen, ich war ja noch so jung. Aber mit der Zeit habe ich mich mehr und mehr mit ihm auseinandergesetzt, und irgendwann dann kam er immer öfter zu mir. Ja, wir führen gute, sinnvolle Gespräche. Er hört zu. Er tadelt nie. Er drängt mich auch zu nichts. Er weiß, dass ich immer wieder zu ihm komme. Zu ihm, dem Freund, wie man einen besseren kaum haben kann. Selbst wenn er einmal weg ist, kommt er schon bald wieder. In Form einer neuen Flasche. Mein bester Freund, der Alkohol.

»Hör mal, Leo, das geht so nicht.« Mr. Bean steht vor mir wie der leibhaftige Racheengel. In seiner rechten Hand hält er ein

Filetiermesser, in der linken ein Stück Fleisch. »Du musst mal wieder arbeiten. Ich schaffe das nicht allein. Ich weiß noch nicht mal, wie ich das hier schneiden soll.«

»Schneid's halt irgendwie.«

Zum tausendsten Mal drücke ich auf Wahlwiederholung, meine Rufnummer habe ich schon längst unterdrückt. Aber Sarah geht nicht ran. Sie geht einfach nicht ran. Ich lege das Handy weg.

Mr. Bean glotzt das Fleisch an. »Was ist das überhaupt?«

»Rinderhüfte, glaub ich.«

»Rinderhüfte, glaub ich, Rinderhüfte, glaub ich. Herrje, Leo, du bist nicht der erste Mensch, der von einer Frau verlassen wurde! Ich bin auch schon von einer Frau verlassen worden.«

»Ja, von deiner Mutter. Als sie von Hamburg nach Frankfurt gezogen ist.«

»Was willst du damit sagen?« Das Messer kommt ein Stückchen näher.

»Nichts.«

»Doch, damit wolltest du etwas sagen.«

»Ich habe es doch gesagt.«

»Was?«

»Dass deine Mutter dich verlassen hat.«

»So ein Blödsinn. Sie hat mich nicht verlassen, ich habe sie aus freien Stücken gehen lassen.«

Jetzt lache ich böse und gieße mir noch einen Single Malt ein. Ohne Eis.

»Das hast du ja schön gesagt. Ich wusste gar nicht, dass deine Mutter von dir gefangen gehalten worden ist.«

Mr. Beans Ohren werden zinnoberrot. »Ich habe mich eben ein bisschen unglücklich ausgedrückt. Jedenfalls habe ich sie nicht daran gehindert, im Gegenteil, ich freue mich darüber, dass sie mit Hotte immer noch glücklich ist.«

»Ach richtig«, sage ich und proste ihm zu. »*Hotte*. Wie auch immer man mit einem Hotte glücklich werden kann, ich gönne es ihr. War Hotte nicht der, der keine Schuhe trägt, weil ihm die Hornhaut an seinen Füßen reicht?«

»Dazu sage ich jetzt nichts«, sagt Mr. Bean und beginnt, die Rinderhüfte zu kneten, als sei er ein Chirurg in einer dieser Defibrillator-Romantik-Serien, der am offenen Herzen operieren muss, um das Leben des Patienten zu retten. Bestimmt ruft Mr. Bean gleich »Kammerflimmern!«, und von draußen stürzen die Gäste zu uns in die Küche, um uns zu assistieren.

»Hast du eigentlich damals die Eigenurinbehandlung gemacht, die der schlaue Hotte dir empfohlen hat?«, frage ich hämisch.

Hotte war eine Zumutung. Ein Vollschwachmat Mitte fünfzig, der bestimmt die Grünen gewählt hätte, hätte man ihm erklärt, wie man ein Kreuzchen macht. Hotte hat sich selbst als Wunderheiler bezeichnet, warum, wusste niemand so richtig.

Jedenfalls hat er auf Wochenmärkten vollbärtig dagestanden und selbstgemachten Kram verkauft, der angeblich irgendwas bewirkt hat. Er hat auch Warzen besprochen.

Ich war sehr froh, als Hotte gemeinsam mit Mr. Bean's Mutter nach Frankfurt an der Oder gezogen ist, weil dort die Luft angeblich besser ist als in Hamburg. Jetzt haben wir nur noch das Problem mit Edda, Mr. Bean's Schwester, die hier manchmal aushilft. Edda und Mr. Bean wohnen zusammen, und Edda bezeichnet sich selbst als Kampflesbe, zeichnet aber in ihrer Freizeit Aquarelle mit Insekten drauf und strickt Socken mit extrastarker Ferse. Und Edda hat eine Laktoseintoleranz, was sie wirklich ständig erwähnt. Außerdem verhindert sie, dass ihr Bruder eine längerfristige Beziehung eingeht, weil sie alle Frauen vergrault. Also, so gesehen könnte Edda eigentlich meine Schwester sein.

Aber wo waren wir? Richtig, bei der Eigenurinbehandlung. Erwartungsvoll schaue ich Mr. Bean an.

»Nein, habe ich nicht«, sagt der und knallt das Fleisch auf ein Holzbrett. »Leo, du säufst zu viel!«

Ach echt?

»Ich saufe nicht, ich genieße diesen köstlichen Single Malt.«

»Du schüttest ihn runter wie Wasser.«

»Er schmeckt ja auch wie Wasser.«

»Ich denke, du genießt ihn?«

»Tu ich ja auch.«

»Hör mal, Leo, ich mach das echt nicht mehr mit. Bitte ruf doch Sarah an und frag sie, was genau denn jetzt Sache ist mit euch, und dann mach hier deinen Job. Die Gäste wollen schon wissen, was los ist. Das Essen schmeckt nämlich nicht mehr. Und zwar, weil ich kein besonders guter Koch bin.«

Langsam stehe ich auf und setze mich gleich wieder.

»Ich bin ein Versager«, seufze ich bekümmert.

»Noch nicht«, lautet Dr. Beans Antwort. »Aber wenn du so weitermachst, kann ich dir nur zustimmen. Ich werde dir dann ein Pappschild bemalen, die Läuse verjagen, die sich in deinem Bart breitmachen wollen, und dir hin und wieder heiße Suppe zu deinem Platz an der Hoheluftbrücke bringen. Und eine Flasche Aldi-Schnaps. Im Ernst, Leo, reiß dich bitte zusammen und mach jetzt drei Steaks mit Kräuterbutter und deiner berühmten Steinpilzsoße. Die Gäste warten.«

»Pfifferlinge.«

»Dann halt Pfifferlinge. Hauptsache, du machst es.«

»Detlef?«

Mr. Bean hantiert mit irgendwelchen Tellern herum.

»Detlef!«

Er dreht sich um. »Was soll das? Warum nennst du mich Detlef?«

»Weil du so heißt.«

»Auf diesem Ohr bin ich taub.«

Er widmet sich wieder seinem Porzellan.

»Herrgott! MISTER BEAN!«

»Ja bitte?«

»Wenn ich dir verspreche, dass ich heute brav koche, machst du dann mit mir später einen drauf, wenn hier zu ist?«

»Nein.«

»Super. Das vergesse ich dir nie.«

Schlagartig geht es mir besser.

Dann fange ich an, das Fleisch zu schneiden, und plötzlich klingelt mein Handy, und ich springe panisch hin und starre aufs Display. Ist es Sarah? Nein, es ist Mia.

»Sag mal, was war das denn letzte Nacht?«, will sie einigermaßen entgeistert wissen. »Ich hätte schon früher angerufen, aber ich musste mich heute Morgen im Laden mit einem grenzdebilen Handwerker herumschlagen, der die Alarmanlage repariert hat. Geht es dir denn wieder einigermaßen? Ich hab ja richtig Angst bekommen.«

»Wir haben doch telefoniert, und ich habe dir alles erzählt«, rechtfertige ich mich und merke, dass ich langsam müde werde. Außerdem muss das Messer geschliffen werden, es reißt mehr, als dass es schneidet. Wenigstens kann ich mich so nicht verletzen.

»Wir haben nicht telefoniert, Leonhard«, sagt Mia. Sie nennt mich grundsätzlich Leonhard, sie findet, das klingt so erwachsen.

Nun lege ich das Messer besser mal hin. »So ein Unsinn! Natürlich haben wir telefoniert. Ich kann mich doch ganz genau an deine Stimme erinnern.«

Sie lacht. »Ja klar. Das war die Ansage auf meinem Anrufbeantworter. Du hast mir mehrmals hintereinander das Band vollgequatscht, dazwischen immer wieder gefragt, ob ich das auch so sehe, und dann hast du aufgelegt und wieder angerufen.«

»Oh«, sage ich, weil ich nicht weiß, was ich sonst sagen soll.

»Wenigstens war ich es und niemand anders«, stellt Mia sachlich fest. »Was ist denn jetzt eigentlich passiert? Ehrlich gesagt hast du ziemlich gelallt.«

Ich erzähle ihr alles von vorne bis hinten. Ohne Aussparungen. Also, genau genommen, erzähle ich ihr das, was Frau Krohn mir erzählt hat, an das meiste kann ich mich selbst ja gar nicht mehr erinnern. Eigentlich nur an die Sache mit Sarah. An ihren Abgang. An ihr Schlussmachen ohne Grund.

»Okay, das kann man jetzt nicht mehr rückgängig machen«, ist das Einzige, das Mia zu meinem desaströsen gestrigen Abend zu sagen hat. So ist sie. Mia ist nicht der Typ, der im Konjunktiv lebt. Sie würde nie sagen: »Hättest du mich früher angerufen, wäre das nicht passiert« oder »Würdest du weniger Alkohol trinken, wäre es nie dazu gekommen«.

»Bist du nicht sauer auf mich?«

»Warum sollte ich denn sauer sein? Du hast mir ja nichts getan. Höchstens meinem AB, und der kann was ab. Kein Problem. Die Frage ist nur, was du jetzt machst.«

»Wie?«

»Na ja, irgendwie musst du ja rausfinden, warum sie einfach so abgehauen ist. Also – mich würde das interessieren.«

»Mich auch.«

»Hast du sie denn noch mal angerufen?«

»Dauernd. Eigentlich ununterbrochen. Aber sie geht nicht ran. Ich habe keine Ahnung, warum. Ich kann an nichts anderes mehr denken.«

»Doch, kannst du! Du kannst dich immerhin noch damit beschäftigen, dich zu betrinken und selbst zu bemitleiden«, stellt Mia fest und hat wie immer recht.

»Was machst du denn heute?«

»Erst gehe ich mit Mr. Bean auf den Kiez, später werde ich nachdenken.«

»Hoffentlich endet dieses Nachdenken nicht so wie gestern«, sagt Mia. »Ich denke auch mal darüber nach, warum Sarah gegangen sein könnte. Bist du dir sicher, dass du wirklich nichts Schlimmes gemacht hast?«

»Ganz sicher. Wenn ich was weiß, dann das. Es sei denn, es ist verboten, eine Frau zu fragen, ob sie nach dem Sex was vom Italiener möchte.«

»Es ist verboten, das *nicht* zu fragen«, sagt Mia und legt auf.

Mia

Ich werde nie den Richtigen finden, und ich weiß auch, warum. Weil ich blöd bin. Ich bin niemand, bei dem ein Mann länger bleiben möchte, so ist das einfach. Ich bin gut fürs Bett und gut für ein Omelette, aber niemand, den man heiraten will, mit dem man alt werden möchte, mit dem man alles, die guten und schlechten, die aufregenden und langweiligen Dinge des Lebens teilen will.

Wenigstens das mit Benedikt habe ich auf kreative Art gelöst. Das wäre ja noch schöner gewesen. Er hat sich nicht mehr gemeldet, was mich doch ein bisschen wundert. Erst dachte ich, dass ich vielleicht die SMS nicht an seine Frau Gaby, sondern an irgendeine falsche Nummer geschickt hatte, aber ich habe mit Rufnummernunterdrückung bei Gaby angerufen, und sie ging mit »Brunnhuber« ran, und diesen Namen gibt es nicht sooo häufig. Mal schauen, was noch passiert.

Während ich durch meinen kleinen Laden gehe, denke ich weiter nach. Eigentlich habe ich nichts außer einem ganz guten Aussehen und einer großen Oberweite.

Leonhard tut mir leid. Ich bin so froh, dass es ihn gibt, aber er ist schrecklich unglücklich wegen dieser Sarah, die ich, wenn ich ganz ehrlich sein soll, nicht leiden konnte, obwohl ich sie nur zwei- oder dreimal getroffen habe. So lange waren die beiden ja nicht zusammen. Sarah war mir zu sehr von sich überzeugt und hat das ständig raushängen lassen. Vielleicht denke ich das auch nur, also dass Sarah das hat raushängen lassen, ich denke so was ja gerne mal, weil ich mich leicht verunsichern lasse. Aber wenn mich jemand schon mit der Frage »Und was hast du studiert?« begrüßt, werde ich unsicher und rot und beginne zu stammeln. Einmal habe ich bei einer solchen Frage den Fehler gemacht und »Medizin« gesagt, und mein Gegenüber, ein wirklich gut aussehender Mann mit sehr schönen braunen Augen, hat fast gejubelt, weil hier »endlich mal jemand Vernünftiges« sei, und er hat davon gefaselt, dass er jetzt Assistenzarzt in der Psychiatrie im Universitätsklinikum sei und ob ich mich denn auch spezialisiert hätte und blablabla. Und überhaupt seien ihm Leute, die nicht studiert haben, irgendwie suspekt, und dann sagte ich irgendwann: »Ich habe gar nicht studiert, ich habe nur Mittlere Reife.« Und er stockte kurz, dann sagte er »Schönen Abend noch« und ist gegangen, und ich habe noch blöder da rumgestanden mit meinem schalen Sekt.

Glücklicherweise merkt meine Umgebung nicht gleich, wie ich bin. Die meisten denken, ich ernähre mich von meinem Selbstwertgefühl und habe das Leben komplett im Griff.

Während ich ein paar silberne Kerzenleuchter anders hinstelle und überlege, was ich heute Abend essen soll, geht die Tür auf, und ein Mann in meinem Alter betritt den Laden. Er ist groß, blond und breitschultrig. Und er kommt mit raschen Schritten auf mich zu, umarmt mich, fängt an, mich zu küssen, und das mit einer Intensität, dass ich ein paar der Prismen, die ich eigentlich an Leuchter hängen wollte, fallen lasse.

Ich bin zu schwach, um mich zu wehren, außerdem küsst er so wahnsinnig gut, so weich und ... schön.

Endlich hört er auf und vergräbt sein Gesicht in meinen Haaren. Ich bin völlig verwirrt. So etwas ist mir ja noch nie passiert.

Und oh, es ist aufregend!

Wer erlebt so etwas schon?

Und vielleicht ... vielleicht ist das ja so was wie Schicksal? Möglicherweise hat irgendeine höhere Macht beschlossen, dass ich jetzt *doch* mal mit dem Glückhaben an der Reihe bin.

Auf einmal fühle ich mich wie mit vierzehn, als ich meinen ersten Kuss von meinem Klassenkameraden Armin bekommen habe. Er hat sich zwar anschließend dafür entschuldigt, aber es war schon sehr gut gewesen.

Ich bleibe einfach stehen und warte ab. Er riecht gut. Er ist keiner dieser Männer, die zu viel After Shave benutzen und ihren Eigengeruch damit übertünchen. Er riecht nach Mann. Nach gutem Mann.

Wo kommt er her, dieser Mann? Warum ist er in meinen kleinen Laden gestürmt und hat einfach angefangen, mich zu küssen? Hat Gott ihn geschickt oder einer seiner Bediensteten?

Endlich löst der Mann sich von mir und schaut mich an. Seine Augen sind irgendwie ... sehr rot. Sie sehen entzündet aus. Er kommt mit seinem Gesicht näher an meins heran und blinzelt.

»Scheiße«, sagt der Mann und lässt mich nun ganz los.

»Äh ...«, mache ich ratlos und denke komischerweise darüber nach, dass mein Lippenstift gar nicht in seinem Gesicht ist.

»Ich dachte ... meine Güte! Sie müssen entschuldigen, ach herrje, ich, ich habe eine Bindehautentzündung, wissen Sie, und ich habe erst vor ein paar Minuten die Augentropfen benutzt, und da ist jetzt so ein Schleier, und ich sehe verschwommen. Jedenfalls, also das können Sie ja nicht wissen, es ist so, dass ich mich mit meiner Frau gestritten habe, und sie, also meine Frau, ist weggerannt und ich ihr hinterher, und ich war mir sicher, dass sie hier in dieses Geschäft gelaufen ist.« Er macht eine Pause, atmet ein und aus und schnauft dabei wie ein Kaltblüter. Das Ganze muss ihm unendlich peinlich sein.

Mir ist es auch peinlich, aber aus anderen Gründen.

»Es tut mir wirklich leid, aber meine Frau sieht Ihnen in der Tat sehr ähnlich, wissen Sie, und ich … wollte einfach, dass … ja, dass alles wieder gut ist, verstehen Sie, ich … verzeihen Sie bitte.«

»Schon gut«, sage ich lahm und lege die Prismen auf ein Beistelltischchen. »So was kann passieren.«

Kann es nicht. Darf es nicht.

»Ach, da bin ich beruhigt«, sagt der Mann, der nicht zu viel Rasierwasser aufgetragen hat. »So etwas ist mir wirklich noch nicht passiert, ich …«

Die Tür geht wieder auf, und im Eingang steht eine Frau, die mir tatsächlich ähnlich sieht.

»Du bist an mir vorbeigerannt«, sagt sie und lächelt so, als hätte sie ihm schon vergeben.

Der Mann mit der Bindehautentzündung strahlt sie an und dann mich.

»Heute ist nämlich unser Hochzeitstag«, sagt er, und dann verlassen beide mein Geschäft. Die Frau winkt mir noch freundlich zu.

Ich muss mich erst mal setzen.

Dann schaue ich auf die Uhr. Es ist noch nicht spät. Früh genug, um den Laden zu schließen und nach Hause zu gehen.

Dieser Tag ist für mich gelaufen.

Kurz überlege ich, Leo zu fragen, ob er was mit mir unternimmt, aber um ehrlich zu sein, möchte ich mir jetzt nicht schon wieder das Gejammer über Sarah anhören.

Also sitze ich eine halbe Stunde später zu Hause auf dem Sofa und glotze eine verendende Topfpflanze an.

Ich habe sie wohl nicht gegossen.

Das muss ich begießen.

Ich fange an, Sekt zu trinken, obwohl mir eigentlich gar nicht danach ist. Aber dann schmeckt er doch, und in meiner Verzweiflung schalte ich den Fernseher an und starre auf eine übergewichtige Wahrsagerin mit Wurstfingern, die einer Helga aus Dortmund die Karten legt und ihr dann mitteilt, dass sie einen Mann sieht. Einen Mann fürs Leben, der schon bald zu ihr kommen wird.

»Wann denn?«, fragt Helga aufgeregt.

»Bald«, sagt die Frau.

»Morgen?«, fragt Helga.

»Möglich ist alles«, antwortet die Frau.

Ich schalte um und bleibe bei einem Verkaufssender hängen, und weil ich sonst nichts zu tun habe, bestelle ich einen Fleischwolf und drei Garnituren Sportunterwäsche aus Angorawolle. Und weil ich langsam betrunken werde, ordere ich gleich noch ein Puzzle mit siebentausend Teilen, das, wenn man es in einem Leben schafft, drei drollige Maulwürfe zeigt, die aus einem Erdloch heraus die Lage peilen.

Dann bestelle ich mir eine Pizza mit doppelt Schinken und bekomme eine mit doppelt Salami geliefert, was mir aber auch egal ist. Dass sie nicht schmeckt, ist genauso wurscht.

Ich bin unglücklich und fühle mich so wie eine Frau, die weiß, dass nun der Beginn des Klimakteriums da ist. Der ein Damenbart wächst und deren Stimme tiefer wird.

Das Gefühl ist nicht schön.

Leo

Wenn man an einem Freitag nach Mitternacht auf dem Kiez unterwegs ist, hat man entweder nichts mehr zu verlieren oder man will was auch immer vergessen. Bei mir trifft selbstverständlich beides zu. Wenigstens habe ich meinen Baseballschläger nicht dabei. Den habe ich vorsichtshalber bei Frau Krohn gelassen, auch weil sie meinte, so sei sie besser gegen Einbrecher geschützt. Nachdem sie mir aber erzählt hat, dass sie in jungen Jahren Judo und Karate gelernt sowie eine Kampfschwimmerausbildung absolviert hat, war ich zwar der Meinung, dass das nicht unbedingt nötig sei, habe dem Vorschlag aber trotzdem zugestimmt. Immerhin hat sie mich vor dem Knast oder Schlimmerem bewahrt.

Vorhin war ich noch auf der Polizeiwache und habe die Sachen geklärt. Ich hab was von entsetzlichem Liebeskummer gefaselt, und zu meinem Glück waren da zwei Beamte, die Verständnis für mich hatten. Letztendlich musste ich nur das kaputte Blaulicht, die Lackschäden und die Beulen und noch irgendetwas bezahlen, das mit nächtlicher Ruhestörung zu tun hatte, und ein Passant hat auch noch Geld verlangt, weil er angeblich nicht mehr schlafen konnte, nachdem er mich gesehen hatte, was man als Lob auffassen kann oder auch nicht. Das wurde aber auch von den Beamten geklärt, und jetzt wird der Passant mich auch nicht anzeigen, und irgendwann kommt noch ein offizielles Schreiben von der Polizei, und dann muss ich das Geld halt überweisen, das war es dann. Der eine Beamte meinte noch zu mir, ich solle mein Leben in den Griff kriegen und Alkohol sei auf Dauer keine Lösung und blablabla.

Dann habe ich wieder bei Sarah angerufen, weil ich mir eine andere Taktik überlegt habe. Ich jammere nicht mehr auf ihre Mailbox, sondern versuche, mit kalter, harter Stimme eine Aussprache zu ertrotzen. Ich sage, dass ich das verdient hätte und dass es unfein wäre, so zu reagieren, wie sie reagiert. Ich versuche, sie an ihrer Ehre zu packen. Aber es gelingt mir nicht, weil ich sie ja nicht erreiche. Es ist zum Verrücktwerden.

Jedenfalls stehen wir jetzt im *Goldenen Handschuh*, und auch wenn diese Lokalität sich seit einiger Zeit als kultige Kiez-Kneipe bezeichnet, kann man froh sein, hier niemanden näher zu kennen. Der Serienkiller Fritz Honka war in dieser Lokalität Stammgast und hat seine weiblichen Opfer, alles Prostituierte, hier kennengelernt.

Ich bestelle Mr. Bean und mir zwei Bier und zwei Jubiläums-Aquavit.

»Ich hätte lieber eine warme Milch mit Honig«, sagt Mr. Bean zum Wirt, einem tätowierten Schlächter mit Schlagring und glasigem Blick, der ein T-Shirt mit der Aufschrift *Strahlende Kinderaugen sind mir scheißegal* trägt. Hübsch, gerade jetzt, so kurz vor Weihnachten.

Der Wirt blinzelt, und ich fange verzweifelt an, johlend zu lachen. »Der Flachwichser findet sich total witzig«, sage ich dann keuchend und hoffe, dass der Wirt diese Sprache versteht. »Es bleibt bei zwei Bieren und zwei Jubi.«

Nachdem der Wirt sich endlich umgedreht hat und mit dem Zapfen beginnt, schlage ich mir mit der flachen Hand gegen die Stirn. »Sag mal, hast du sie noch alle?«

»Wieso?« Mr. Bean ist tödlich beleidigt. »Ich wollte wirklich warme Milch mit Honig. Mein Hals ist seit Tagen kratzig. Abends merke ich das immer am meisten. Ich hab keine Lust krank zu werden. Momentan sind fast *alle* erkältet. Da laufen die reinsten Virenschleudern durch die Stadt.«

»Wir sind hier in der übelsten Spelunke von Hamburg«, kläre ich ihn auf. »Abgesehen vom *Elbschlosskeller* gibt es keine Kneipe, die sich mit dem *Goldenen Handschuh* vergleichen kann.

Hier wird gesoffen, gehurt und gemordet. Und du bestellst warme Milch mit Honig?«

Es ist nicht zu fassen.

Der Wirt kommt zurück und knallt mir mein Bier und den Jubi hin. Vor Mr. Bean stellt er ein Glas Milch. »Ich kenn das«, sagt er leidend. »Bin auch völlig erkältet. Aber das hier wirkt Wunder. Ist noch ein bisschen Zimt drin. Geheimrezept von meiner Oma.« Er zwinkert Mr. Bean zu. »Aber schön heiß trinken, sonst wirkt's nicht.« Mit seinem eigenen Glas Milch stößt er gegen das von Mr. Bean.

»Prost«, sagt Mr. Bean glücklich, und dann unterhalten sich die beiden über Naturheilmittel. Der Kampfhund des Wirts, ein Kaukasischer Owtscharka, versucht unterdessen, sich hinter dem Tresen selbst in den Schwanz zu beißen. Das würde ich jetzt auch gern tun.

Stattdessen kippe ich meinen Jubi runter, nehme mehrere große Schlucke Bier und schaue mich um. Man kann ja sagen, was man will, aber wenn man sich mal wirklich *gut* fühlen will, also attraktiv und begehrenswert, dann muss man einfach in den *Goldenen Handschuh* gehen. Hier sieht man nämlich automatisch super aus, weil 99 Prozent der Menschen, die sich hier aufhalten, alles andere als super aussehen. Da hilft auch kein Alkohol mehr.

Apropos Alkohol, mir hilft er. Noch. Ich bestelle noch mal dasselbe und rutsche näher zu Mr. Bean, der seine Unterhaltung mit dem Wirt beendet hat.

»Wusstest du, dass Hildegard von Bingen sich total gut mit Kräutern und deren Heilkraft auskannte?«, fragt er mich ehrfürchtig. »Hat Rocco mir erzählt. Roccos Großmutter hat wohl total viel mit Kräutern und so gemacht und vieles aufgeschrieben. Rocco will das irgendwann mal veröffentlichen. Aber erst, wenn er sein erstes Werk fertig hat. Rocco schreibt nämlich einen Ratgeber.« Mr. Bean macht eine Kunstpause.

»Was denn für einen?«, frage ich pflichtschuldig.

»Über Bodenbeläge in viel frequentierten Kneipen und Restaurants«, sagt Mr. Bean und schlürft seine Milch. »Ich finde, das ist Wahnsinn.«

Das finde ich auch.

Sarah

»Und du wolltest an einem Freitag zu Hause bleiben«, sagt Bonnie und wirft Sarah einen Blick zu, als wolle sie sagen: »Wie gut, dass du auf mich gehört hast.«

»Ja, es war richtig, auszugehen.« Sarah hakt sich bei ihr unter. »Wenn Leo jetzt mal aufhören würde, Telefonterror bei mir zu betreiben, wäre alles wieder gut. Er geht mir so was von auf den Keks. Wieso kapiert er nicht, dass ich nichts mehr von ihm will? Ich rufe ja nicht mal zurück.

»Weil er ein *Mann* ist«, meint Bonnie. »Die haben keinen Sinn für Zwischentöne, denen musst du das schon auf den Arsch tätowieren, damit sie es raffen.«

»Keine schöne Vorstellung!« Sarah muss kichern. »Also, wohin gehen wir jetzt?«

»*Silbersack*?«

Das findet Sarah gut. Sie liebt den *Silbersack*, eine Kneipe, die es schon ewig auf dem Kiez gibt. Und sie wird seit Urzeiten von Erna Thomsen betrieben, einer sogenannten Institution. Hier gibt es eine Jukebox, und man tanzt zu Hans Albers oder Freddy Quinn. Herrlich ist das! Und sie war schon ewig nicht mehr im *Silbersack*.

»Auf geht's!«, ruft Sarah.

»So gefällst du mir«, lässt Bonnie Sarah wissen.

3

Leo

»Ich finde das Leben momentan ziemlich beschissen«, sage ich zu Mr. Bean, der mittlerweile auch auf Bier umgestiegen ist, weil schon alle so komisch geguckt haben. Sogar der Hund vom Wirt, der jetzt vor uns hockt und es immer noch nicht geschafft hat, sich in den Schwanz zu beißen. Dafür hat er eine vorbeilaufende Frau in den Lackstiefel gebissen. Sie fand das zwar nicht so witzig, hat aber nichts gesagt, wahrscheinlich aus Angst, dass der Hund aus Rache auch noch in ihren anderen Stiefel beißt.

»Dein Leben *ist* ja auch beschissen«, stimmt Mr. Bean mir zu und wedelt mit seinem Bierdeckel, damit der Wasserrand trocknet. Das ist sein Tick. Er mag keine nassen Bierdeckel.

»Wenn ich bloß wüsste, wieso Sarah einfach so gegangen ist«, sinniere ich zum ungefähr tausendsten Mal.

»Wahrscheinlich war sie müde. Oder ihr ist eingefallen, dass sie den Herd angelassen hat«, sagt Mr. Bean wedelnd. Ich glaube, er ist langsam genervt, weil ich schon so lange von nichts anderem mehr reden kann.

»Also entschuldige mal bitte, das kann man doch sagen«, erwidere ich böse. »Mir kann man doch alles sagen, und mit mir kann man doch wirklich alles machen, auch spontan in den Irak fahren, wenn's denn unbedingt sein muss. Ich kann kochen, ich weiß, dass Schiller nicht wirklich ein Fisch ist und dass Boris Becker nicht mehr aktiv Tennis spielt.«

»Ein Glück«, sagt Mr. Bean. »Ich bin auch froh, dass Gabriela Sabatini nicht mehr aktiv Tennis spielt. Kannst du dich noch an die erinnern? Sie hat ein Parfüm rausgebracht, das meine Schwester sich literweise aufgesprüht hat. Das ganze Haus hat gestunken. Außerdem sah diese Sabatini aus wie ein Zwitter.«

»Keine Ahnung.« Ich überlege weiter. »Ich habe einen guten Geschmack, was meine Klamotten betrifft, und gehe sogar alle drei Monate zur Kosmetikerin. Zeig mir mal *einen* Mann, der das noch macht!«

»Vielleicht ist *das* ja dein Problem«, sagt Mr. Bean. »Vielleicht bist du ja in Wirklichkeit schwul.«

»Pass auf, ja? Das ist überhaupt nicht witzig!« Ich werde sauer.

»Ist ja schon gut. Denn eigentlich hast du ja recht. So richtige Macken hast du ja echt keine«, muss Mr. Bean zugeben. »Von deinem Glühbirnentick mal abgesehen.«

»Das ist kein Tick, sondern eine Notwendigkeit«, kläre ich ihn auf. »Ich kann Energiesparlampen nicht ausstehen.«

Und deswegen horte ich die althergebrachten Glühbirnen. Wenn die nämlich verboten werden, habe ich einen Vorrat für Jahre!

»Hmmm«, macht Mr. Bean. »Dann fällt mir auch nichts mehr ein. Ich finde nur, du solltest aufhören, sie anzurufen. Du machst dich zum Affen. Du hast ihr jetzt hundert Mal auf die Box gequatscht. Irgendwann muss sie die mal abgehört haben. *Ein* Anruf hätte auch gereicht.«

»Sie hätte mir wenigstens eine SMS schreiben können«, überlege ich. »Mit einer kleinen Erklärung. Oder eine Mail. Vielleicht sollte ich nicht mehr anrufen, sondern mailen?«

»Eventuell solltest du sie einfach vergessen«, schlägt Mr. Bean vor. »Was sie da gemacht hat, ist doch nicht okay.«

»Eben.« Ich winke Rocco, dem Milchwirt, zu und deute auf mein fast leeres Glas. Er nickt und hebt den Daumen.

Mr. Bean überlegt weiter. »Vielleicht hat sie einen anderen. Darüber schon mal nachgedacht?«

»Nein. Das ist doch auch völliger Blödsinn. Warum hätte sie denn dann noch mit mir schlafen sollen?«

»Auch wieder wahr. Andererseits, vielleicht wollte sie sich einfach sicher sein, dass sie den anderen besser findet als dich.«

»Das wäre ja wohl total mies«, rege ich mich auf.

»Solche Frauen gibt's«, sagt Mr. Bean weise.

Der Wirt kommt und bringt neue Getränke, und wir hocken nebeneinander am Tresen und wirken auf andere bestimmt wie zwei mental gestrauchelte Fernfahrer, deren einziger Lichtblick an diesen Abend noch die Lektüre der St.-Pauli-Nachrichten sein wird.

Sarah

»Nein danke.«

»Und wenn ich ›bitte‹ sage?«

Sarah muss lachen. Dieser Nils scheint nicht lockerzulassen. Außerdem gefällt er ihr. Sie haben sich bis jetzt hier im *Silbersack* gut unterhalten. Er ist rein äußerlich – zum Thema innere Werte kann sie noch nichts sagen, und das interessiert sie auch nicht sonderlich – das absolute Gegenteil von Leo, von der Größe und den breiten Schultern mal abgesehen. Nils ist blond, hat wirklich sehr schöne dunkle Augen und sieht ein bisschen wie ein »guter« Surflehrer aus, also so wie einer, der nicht tumb irgendwelche Weiber abschleppt. Er wirkt sehr sportlich und durchtrainiert. Nils hat ihr erzählt, dass er Sport toll findet. Er muss auch nie seinen inneren Schweinehund überwinden, weil er nämlich keinen hat. Leo hat immer gesagt, dass er genug Sport hat, wenn er am Herd steht, und wollte mit ihr am liebsten immer nur auf dem Sofa rumhängen. Ach, so ganz stimmt das ja auch nicht, Leo ist immerhin Laufen gegangen. Mit dieser komischen Mia, die Sarah immer angesehen hatte, als sei sie eine Kakerlake. Sarah wusste selbst nicht, was los war. Sie wusste nur, dass Leo ihr auf die Nerven ging. Am Anfang war es noch okay gewesen mit ihm, aber in nur ganz kurzer Zeit hatte sich das geändert.

»Na komm, nur ein Bier!« Nils setzt jetzt einen Welpenblick auf.

»Also gut, eins.« Das ist ja nicht verpflichtend. Zur Not drückt Sarah ihm nachher drei Euro in die Hand.

»Bist du öfter hier?«, kommt dann auch gleich die obligatorische Frage.

»Nein, ich war schon ewig nicht mehr hier«, antwortet sie und muss dabei fast brüllen. An einem Wochenende ist auf dem Kiez nun mal die absolute Hölle los und in den Kneipen kaum ein Durchkommen.

»Ich zum ersten Mal!«, schreit Nils. »Bin nämlich gerade erst nach Hamburg gezogen. Ich komme aus Kiel.«

»Echt?«, brüllt Sarah und findet die Frage gleich darauf bescheuert. Was soll er denn darauf sagen? »Höhö, nee, hab dich reingelegt, ich komm aus München/Ratingen/Goddelau-Erfelden!«

Nils schreit allerdings schon weiter. Und sie schreit zurück. Dann schreit wieder er. Dann wieder sie. So kann man einen Abend auch rumkriegen. Aber es ist lustig. Sie singen zu Freddy Quinns »Heimweh nach St. Pauli«, und Sarah trällert fröhlich: *»Ich hab Heimweh nach St. Pauli. Nach St. Pauli und der Reeperbahn. Denn es gibt nur ein St. Pauli. Und es gibt nur eine Reeperbahn. Schiff ahoi! Schiff ahoi! Glaube mir, ich bleib dir treu. Schiff ahoi! Schiff ahoi! Glaube mir, ich bleib dir treu.«*

Es ist sooo schön!

Bonnie hat auch ihren Spaß. Sie flirtet mit irgendeinem Andreas, und Sarah verlässt irgendwann mit Nils den *Silbersack*, weil sie frische Luft brauchen. Draußen in der Silbersackstraße fangen sie an zu knutschen, und selbst beim Küssen ist Nils sehr sportlich, wie Sarah findet.

Davon kann sich Leo mal eine Scheibe abschneiden. Dabei war Leo ja auch okay. Okay eben. Leo eben.

Bei Nils ist es halt irgendwie anders.

Leo

Am nächsten Morgen sieht die Welt ja immer schon wieder anders aus. Ein neuer Tag beginnt, und alle Sünden der vergangenen Nacht sollen vergessen sein. So oder so ähnlich heißt es doch. Ich wache auf und will eigentlich nur aufs Klo gehen, aber es gelingt mir nicht, weil ich irgendwo festklemme. Ein paar Sekunden später merke ich, dass ich nicht festklemme, sondern dass Mr. Bean neben beziehungsweise auf mir liegt und mich beinahe unter sich begraben hat.

Nein.

Nein!

NEIN!!!

Bitte *das* jetzt nicht auch noch. Bitte, lieber Gott, wenn es dich gibt, lass mich nicht schwul oder bisexuell geworden sein. Ich werde auch nie mehr was trinken, ich verspreche es. Ich werde auch nie mehr Oger rufen und Polizeifahrzeuge beschädigen und Passanten erschrecken. Ich werde mich ehrenamtlich um Straffällige kümmern. Siebenmal pro Woche. Ehrlich.

Nun mal langsam. Tief durchatmen. Ein, aus, ein, aus. Das geht doch. So. Nun nachdenken. Was war denn gestern noch? Nach dem *Goldenen Handschuh* sind wir noch am *Silbersack* vorbeigelaufen und fast über ein knutschendes Pärchen gestolpert. Die Frau hat man kaum gesehen, weil der blonde Typ ein Wikingerverschnitt war und sie quasi aufgefressen hat. Der Kerl hat mich noch blöde angegrinst und »Nur nicht neidisch sein«

gesagt, woraufhin ich ihm am liebsten eine auf die Zwölf gehauen hätte. Aber ein kluger Mr. Bean hat mich weitergezogen und somit Schlimmeres verhindert. Ja, und dann haben wir in irgendeinem irischen Pub am Hans-Albers-Eck noch einen oder zwölf Absacker getrunken und uns danach ein Taxi genommen. Ach, jetzt weiß ich es wieder – Mr. Bean hatte gefragt, ob er bei mir schlafen kann, weil er seinen Schlüssel vergessen hat und Edda nachts nicht aus dem Bett klingeln wollte.

Weil ich ein guter Vorgesetzter bin, habe ich ihn mitgenommen. Man lässt seinen Chefsommelier ja nicht auf der Straße pennen.

Und dann sind wir einfach nur ins Bett gegangen und haben geschlafen.

»Aaaaaah«, Mr. Bean wacht neben mir auf, entlässt mich aus seiner Umklammerung und streckt sich.

»Guten Morgen«, sage ich betont frisch.

Er dreht sich zu mir um und grinst.

»War das geil, oder?«, fragt er dann.

Ich zucke zusammen.

Also doch.

»Äh«, mache ich.

»Geiler Abend. Das machen wir bald wieder.«

»Äh«, sage ich.

»Ich glaube, es ist zwölf oder dreizehn Jahre her, seit ich zuletzt mal so richtig auf dem Kiez unterwegs war«, erklärt er mir. »Dabei macht das ja richtig Spaß.«

Ich nicke. Bitte, bitte sag nicht, dass du gut gekommen bist.

»Ich bin froh, dass wir gut nach Hause gekommen sind«, sagt Mr. Bean und streckt sich noch mal. »Das machen wir bald wieder, und bald finden wir auch eine neue Frau für dich. Aber heute Abend, da kommst du erst mal mit mir mit.«

Ich bin sehr froh. Und sehr dankbar.

»Klar. Wohin denn?« Von mir aus gehe ich auch auf eine Tupperparty. Ich bin nicht schwul, ich bin nicht schwul. Aber Mr. Bean ist es ja auch nicht. Gut. Ich bin nicht bi, ich bin nicht bi.

»Ich habe Edda versprochen, mit ihr auf so eine Emanzipationsveranstaltung für lesbische Frauen zu gehen. Alleine halte ich das nicht aus.«

Ich schließe die Augen. Schwul ist doch gar nicht so schlecht.

Später schreibe ich Sarah erst eine Mail, dann zwei, dann drei, und insgesamt werden es siebzehn. Es kommt keine Antwort, noch nicht mal eine automatische Abwesenheitsmitteilung. Selbst das hätte mir momentan schon genügt. Das wäre wenigstens eine Reaktion gewesen.

Ich rufe sie wieder an. Und wieder.

Nichts.

Mia

Am nächsten Morgen sieht die Welt doch immer gleich ganz anders aus. So oder so ähnlich heißt es doch. Ich wache auf, öffne die Augen, schließe sie wieder und habe das Gefühl, dass Fremdkörper darin sind.

Es sind Fremdkörper drin, und zwar meine Eintageskontaktlinsen, die ich gestern Abend nicht rausgenommen habe. Panisch renne ich ins Bad und will die Linsen herausfummeln, aber ich bekomme nur eine zu fassen, was nur einen Schluss zulässt: dass die zweite Linse bereits hinters Auge gerutscht ist und nun anfängt, durch meinen Körper zu wandern. Innerhalb kürzester Zeit wird die nicht sterile Linse, an der allerlei Bakterien kleben, dafür sorgen, dass sich etwas in meinem Inneren entzündet, die Milz oder der Dickdarm oder was weiß ich.

Meine Augen sind so krebsrot wie die des Mannes mit der Bindehautentzündung, weil ich mit bloßem Finger darin herumgerieben habe, und vor lauter Verzweiflung fange ich an zu heulen, auch weil mir sehr schlecht ist, was daran liegt, dass ich gestern zu viel getrunken habe, außerdem bin ich allergisch gegen zu viel Fett, in diesem Fall in Form von Pizzasalami und -käse, und jetzt habe ich lauter rote Pusteln im Gesicht. Davon mal ganz abgesehen sind meine Haare fettig, und nun klingelt es auch noch an der Tür.

Ich kann doch jetzt nicht aufmachen – aber wenn es was Wichtiges ist, was dann? Außerdem frage ich mich sonst tagelang, wer geklingelt haben könnte, weil ich mir immer blöde Gedanken um nichtige Dinge mache. Das ist nun mal so bei mir.

Ich öffne blind die Tür. Wahrscheinlich soll ich sowieso nur ein Paket für meine verreisten Nachbarn annehmen. Ich verstehe das nicht. Warum bestellen die immer Sachen bei Amazon oder ersteigern irgendwas auf eBay, wenn sie direkt danach für vier Wochen in die Karibik fliegen? Und ich hab dann hier den Mist in meinem Flur rumliegen.

Vor mir steht eine blonde, sehr attraktive Frau, was ich aber auch nur erkennen kann, weil sie wirklich direkt vor mir steht. Wo ist nur meine Brille? Sie strahlt mich mit makellosen und – im Gegensatz zu meinen – bestimmt auch geputzten Zähnen an und hält mir einen wunderhübschen Blumenstrauß entgegen.

»Sind Sie von Fleurop?«, frage ich verwirrt.

»Nein!«, jubelt die Frau und verbreitet eine Aura der Frische und Gepflegtheit. »Ich bin Gaby Brunnhuber. Und ich möchte mich bei Ihnen bedanken! Sie haben meine Ehe gerettet.«

Und dann geht sie einfach an mir vorbei in meine Wohnung.

Ich trotte ihr blinzelnd hinterher und komme dabei an meinem Flurspiegel vorbei. Das, was ich aus den halbblinden Augen erkennen kann, sieht schrecklich aus.

»Benedikt und ich haben uns nach Ihrer SMS endlich ausgesprochen«, erklärt Gaby mir fröhlich. »Ich hatte nämlich auch so meine Affären. Aber jetzt, nach diesem Gespräch – das war wie eine innere Reinigung. Alles ist auf null, und jetzt können wir einen Neustart wagen. Und Sie haben den Stein ins Rollen gebracht. Sie allein! Dafür möchte ich mich, auch im Namen von Benedikt, ganz, ganz herzlich bei Ihnen bedanken.«

Sie legt die Blumen auf mein Sideboard und stürzt auf mich zu. Dann umarmt sie mich fest und riecht dabei nach frischer Zitrone. Ich fühle mich noch schlechter.

»Ach«, sage ich bedröppelt. »Keine Ursache. Das habe ich doch gern getan.«

»Nun sind wir wieder eine richtige Familie«, jubiliert Gaby und hebt glücklich beide Arme gen Himmel. »Die Kinder haben wieder einen richtigen Vater und ich einen richtigen Mann. Endlich hatten wir wieder Sex, und er war einfach großartig. Hat Benedikt bei Ihnen auch immer ...«

»Das freut mich wirklich alles sehr«, unterbreche ich sie hastig, weil ich unter gar keinen Umständen möchte, dass Gaby mir ihre Sexpraktiken mit meinem ehemaligen Liebhaber erläutert. Das fehlt gerade noch.

»Ich habe jetzt gleich einen Termin«, sage ich. Gaby soll endlich gehen.

»Ach was! Kein Problem. Ich bin schon wieder weg. Ich muss sowieso noch einkaufen. Dessous. Benedikt und ich fahren nach Venedig. Nur wir beide. Meine Mutter bleibt bei den Kindern. Wir werden wahrscheinlich gar nicht aus dem Bett rauskommen, was fahren wir da eigentlich nach Venedig? Hihihi. Nun ja. Wie dem auch sei, ich danke Ihnen für alles. Aber ... was wird denn jetzt aus Ihnen? Sie sind nicht verheiratet, oder?«

»Nein.«

»Das Glück hat eben nicht jeder.« Gaby klopft mir auf die Schulter und schwebt Richtung Wohnungstür. »Alles Liebe für Sie!« Und damit ist sie verschwunden.

Ich stehe da und glotze auf die Blumen. Geschmack hat sie,

das muss man ihr lassen. Trotzdem nehme ich den Strauß und werfe ihn aus dem Fenster. Es ist mir egal, ob sich ein Passant erschrickt oder davon getroffen wird. Meine Augen brennen jetzt noch mehr. Durch die Tränen, die kurz darauf kommen, wird die verschwundene Kontaktlinse wieder irgendwo hervorgeholt und fällt mir aus dem Auge.

Zwei Wochen später

Leo

»Klar bin ich drüber weg.« Ich bestreiche die Rouladenscheiben mit Senf. Hoffentlich kommt Mia wie versprochen heute Abend etwas früher, damit wir uns schon mal mit ein bisschen Weißwein oder Champagner in Stimmung bringen können. Ihr ist auch kein guter Grund für Sarahs Verschwinden eingefallen. Ich habe jeden Tag bis zu zwanzigmal bei Sarah angerufen und sie nie erreicht, ich habe Mails geschrieben, auf die keine Antwort kam, ich habe SMS geschickt, die ignoriert wurden. Ein paarmal war ich auch bei ihr zu Hause, aber sie hat nicht aufgemacht, obwohl das Licht brannte. Ich habe gerufen und gebettelt, und Passanten haben mich schon komisch angeschaut. Ich habe sie wieder angerufen und das Klingeln ihres Handys bis nach unten auf die Straße gehört. Aber abgehoben hat niemand.

Ich will den Grund der Trennung immer noch wissen. Es macht mich wahnsinnig, dass ich ihn nicht weiß.

Ich habe Sarah auch zu meinem Geburtstag eingeladen, obwohl das eher versehentlich geschehen ist. Ich hatte sie mit auf den Verteiler gesetzt. Aber darauf natürlich keine Antwort erhalten. Warum hätte sie auch ausgerechnet auf diese Mail antworten sollen? Und kommen wird sie auch nicht, das ist so sicher wie das Amen in der Kirche.

Jetzt sind die Zwiebelchen dran. Ich schneide sie noch kleiner und verteile sie auf dem Fleisch.

»Das heißt, es macht dir nichts aus, wenn heute Abend verliebte Pärchen hier herumknutschen? An deinem Geburtstag?« Mr. Bean macht eine Kunstpause. »*An deinem 33. Geburtstag*«, fügt er dann unheilschwanger hinzu.

Frau Krohn wackelt mit dem Kopf, macht ihr obligatorisches »Hihihihi« und rührt weiter den Kuchenteig. Sie wollte mir unbedingt bei den Vorbereitungen zu meiner Geburtstagsfeier helfen, und nun stehen wir hier also zu dritt im Café und bereiten alles für heute Abend vor. Ich hatte in den letzten beiden Tagen schon viel erledigt, heute ist der Rest dran. Ich habe, vielleicht weil ich es mir selbst beweisen wollte, so gut wie alle eingeladen, die ich kenne. Auch meine Exfreundinnen. Alle. Sarah eingeschlossen. Weil sie mich ja immer abgewimmelt hat am Telefon oder nicht aufgemacht hat, habe ich ihr eine Mail geschrieben, und wenigstens darauf hat sie geantwortet. Ja, sie komme gern. Ihre Antwortmail war aber eher sachlich. Na ja, meine war ja auch sachlich. Ich wollte mich nicht zum Deppen machen.

Die letzten zwei Wochen habe ich im Prinzip nur mit Nachdenken verbracht. Und mit einem One-Night-Stand mit einer Annabell. Wie sie mit Nachnamen heißt, habe ich schon wieder vergessen.

Annabell wollte sofort nach dem One-Night-Stand nach Hause gefahren werden, aber ich habe gar kein Auto und konnte sie deshalb auch nicht fahren, und dann ist sie einfach gegangen, und drei Minuten später ist uns beiden aufgefallen, dass wir ja in ihrer Wohnung waren. Also habe ich meine Sachen gepackt, und Annabell hat die Tür lauter als notwendig hinter mir zugeknallt. »Du bist total gefühllos!«, wurde mir vorher noch vorgeworfen, und bestimmt hatte sie recht. Ich bin im Moment wirklich kein Emotionsbolzen, und ich weiß auch leider nicht, wann genau sich das wieder zum Positiven verändern wird.

Aber ich schweife ab.

Mit Mia war ich, wenn das Café geschlossen war oder Edda oder Mr. Bean da waren, zwei Mal essen, und zwei Abende haben wir in Jogginghosen auf ihrer Sofalandschaft verbracht, Essen bestellt und vor der Glotze gesessen. Ach, die Abende mit Mia sind so schön. So schön *einfach*. Es ist herrlich, eine beste Freundin zu haben, und ich teile nicht die Meinung von Billy Crystal in *Harry & Sally*, dass eine Freundschaft zwischen Mann und Frau nicht funktionieren kann.

Bei uns funktioniert sie. Weil wir es unkompliziert machen. Wir müssen uns nichts beweisen.

Ich habe Mia sogar schon die Zehennägel lackiert, und sie war mit mir bei einer Prostata-Vorsorgeuntersuchung, weil mir irgendjemand mal gesagt hat, ich soll das machen, das sei ab einem gewissen Alter extrem wichtig. Mia hat im Wartezimmer gesessen und mich nach der Untersuchung ängstlich in Empfang genommen, und nachdem ich ihr mitgeteilt hatte, es sei alles in Ordnung, hat sie vor Erleichterung fast zu weinen angefangen.

»Ihr Mann ist kerngesund«, hatte der Arzt freundlich zu ihr gesagt, und keiner von uns beiden hatte sich genötigt gefühlt, den Irrtum aufzuklären.

Mia weiß sogar, dass ich Angst vor Fliegen habe. Ja, Sie lesen richtig, da fehlt kein *m* nach dem *vor*. Ich habe Angst vor der Gattung der Brachycera. Nicht, dass ich geistesgestört wäre, aber wem schon einmal neunzehn Fliegen gleichzeitig in den Mund geflogen sind, und wer diese Fliegen vor Schreck runtergeschluckt hat, und wem diese Fliegen in der Speiseröhre steckengeblieben sind und versucht haben, wieder rauszukommen, der weiß, wovon ich spreche. Ich war damals sieben und schwer traumatisiert. Diese verdammten Fliegen waren auf dem Dachboden meiner Großeltern aufgescheucht worden, als mein Vater dort seine alte Eisenbahn suchte, die er für mich reparieren wollte. Ich war natürlich dabei. Seitdem meide ich Fliegen wie der Teufel das Weihwasser. Mia findet das nicht schlimm. Sie sagt, dass jeder vor irgendwas Angst hat. Ihr wäre es eher unheimlich, wenn jemand zu ihr sagen würde, dass er vor *gar nichts* Angst hätte.

Sie selbst hat Angst vor Barbecue, seitdem sie den Film *Grüne Tomaten* gesehen hat.

»In jedem Barbecue könnten sich ein Menschenbein oder Teile des Arschs befinden«, hat sie damals zu mir gesagt, und ich habe wie selbstverständlich genickt.

Deswegen nimmt Mia auch keine Einladungen an, wenn beim Einladenden gegrillt wird, denn Grillen ist für sie ebenfalls Barbecue. Im Sommer ist das dann immer etwas schwierig mit ihren sozialen Kontakten.

Mit Mia ist es niemals langweilig, weil wir uns immer was zu erzählen haben. Sie ist eine Seelenverwandte, und ich liebe sie wie die Schwester, die ich leider nicht habe.

Jedenfalls kommen nachher alle meine Exfreundinnen.

Ich weiß nicht, wo dieser Hang zum Masochismus auf einmal herrührt, aber jetzt kann ich es auch nicht mehr rückgängig machen.

Frau Krohn jedenfalls sagt unaufgefordert, dass sie meine Entscheidung gut findet: »So kann man die Dinge am besten klären«, ist ihre Ansicht. Sie steht nun bei mir in der Küche und überlegt, was als Nächstes getan werden muss.

»Was soll denn geklärt werden?«, frage ich.

»Na, die Sachlage eben. Sie beweisen mit diesen Einladungen, dass Sie über den Dingen stehen, Leo.« Frau Krohn findet es gut, mich zwar beim Vornamen zu nennen, aber zu siezen, und sie möchte, dass ich auch Sie und Henriette zu ihr sage. Den Gefallen tue ich ihr gern, weil ich sie nämlich wirklich mag.

»Sie werden heute Abend durch Ihre Gästeschar schreiten, groß und erhaben wie einst Napoleon«, schwadroniert sie.

»Napoleon war fast zwergwüchsig«, korrigiere ich meine Nachbarin und schnippele Gewürzgurken.

»Dann halt eben wie ... wie ein großer Herrscher«, sagt sie und denkt kurz nach. »Frei nach dem Motto: Was war, das war, und das macht mir nichts mehr aus.«

»Es macht mir ja auch nichts mehr aus.«

»Haha.« Mr. Bean, der plötzlich neben mir steht, rollt mit den Augen und scheint mir nicht ganz zu glauben.

»Und wenn es an der Zeit ist, werden Sie auch die Frage mit dem plötzlichen Aufbruch klären«, beschließt Henriette. »Im passenden Moment nehmen Sie die kleine Sarah zur Seite und fragen, was es damit auf sich hat. Sie werden sehen, es wird irgendwas Unbedeutendes sein, und schon ist alles vergessen, und Sie können gemeinsam drüber lachen.«

»Bestimmt«, sage ich.

»Haha«, macht Mr. Bean, und er sieht so aus, als müsste er gleich heulen.

Sarah

»Er ist doch nur mein Exfreund. Ich hab mit ihm Schluss gemacht, kurz bevor wir uns kennengelernt haben.«

»Warum hast du eigentlich mit ihm Schluss gemacht?«

»Weil ...«

»Ach, ist doch auch egal.«

»Kommst du nun mit heute Abend? Er hat mich eingeladen.«

»Ist das der, der dauernd anruft und heult?«

»Genau der.«

»Wieso willst du dann da hin?«

»Weil ich ihm was schenken will.«

»Hä?«

»Er kriegt etwas ganz Besonderes von mir. Damit dieser Terror endlich aufhört.«

»Kapier ich nicht.«

»Das macht nichts. Was ist nun?«

»Ja, ich komme mit. Aber vorher will ich noch was ganz anderes machen.«

»Schon klar.«

Leo

Gut möglich, dass es ein Fehler war, alle meine Verflossenen einzuladen. Ich habe sogar Lara Struppenfrick, die aus dem Sandkasten, und Sabrina Hielscher, die mit der Blutsbrüderschaft, angeschrieben, nachdem ich sie bei Facebook gefunden habe. Und sie konnten sich beide sofort an mich erinnern und haben auch beide sofort zugesagt.

Und sonst kommen auch alle. Natürlich habe ich in die Mails geschrieben, dass die jeweiligen Partner selbstverständlich ebenfalls herzlich willkommen seien, hahaha, schließlich sind wir ja erwachsen, nicht wahr, und auch, wenn es lustige Kinder gibt, können die mitgebracht werden, ich habe ja nichts dagegen, wenn ich von diversen Seiten gezeigt bekomme, dass ich es mit 33 immer noch nicht fertiggebracht habe, Vater zu werden.

Ich schließe kurz die Augen.

Scheiße, das war ein Fehler.

Ich habe gar keine Lust zu feiern.

Aber ich kann ja schlecht ein paar Stunden vorher alles wieder absagen. Ja, natürlich könnte ich das, aber wie würde das denn aussehen? Davon mal ganz abgesehen würde Mr. Bean mir über Jahre deswegen Vorhaltungen machen, nach dem Motto »Hab ich's nicht gesagt?«.

Nein, da muss ich jetzt durch.

Henriette kommt zu mir getrippelt. »Ich mach jetzt die Desserts so weit fertig«, sagt sie eifrig, und ihre Bäckchen glühen schon.

»Danke«, sage ich.

»Ach, Junge«, sagt sie. »Zur Not hast du wenigstens noch den Baseballschläger. Wenn dir einer blöd kommt, haust du ihm damit eins über die Rübe. Ich hab ihn vorsichtshalber mitgebracht. Er steht hinten neben den Colakästen.«

Offenbar findet sie nun doch, dass man mich duzen sollte. Mir ist es recht. Soll sie doch machen, was sie will.

Ein paar Minuten später stehe ich hinter dem Tresen und schaue mich in meinem Café um. Es ist wirklich schön geworden, da kann man nicht meckern. Ich hab es ganz bewusst nicht auf Schickimicki getrimmt, weil das zum nicht so superedlen Stadtteil Ottensen einfach nicht passt. In Ottensen kann man beispielsweise morgens in einer ausgeleierten Jogginghose zum Bäcker latschen, ohne wie ein Schwerverbrecher angeglotzt zu werden. Mehrere alte Sofas mit hoher Rückenlehne stehen hier in meinem Café, verschiedene Sessel aus den Fünfzigerjahren und unterschiedliche Holztische. Den Dielenboden hab ich abschleifen und lackieren lassen, die Wände sind pistaziengrün und gold gestrichen, und überall hängen kleine Kronleuchter, die Mr. Bean regelmäßig reinigt, weil er verstaubte und fettverklebte Kronleuchter genauso wenig ertragen kann wie nasse Bierdeckel. Das Porzellan und die Gläser sind bunt zusammengewürfelt, das meiste habe ich aus Haushaltsauflösungen und bei eBay ersteigert, irgendwie passt nichts zusammen und irgendwie dann doch. Geblümte Kuchenteller werden eben kombiniert mit Goldrandtassen, auf den Tischen stehen mal silberne, mal Porzellanzuckerdosen, und auch das Besteck ist eine bunte Mischung aus Augsburger Faden und den Restbeständen eines Passagierschiffs, das Muriel hieß, und entsprechend sind die einzelnen Messer, Löffel und Gabeln auch graviert.

Reich bin ich nicht, aber ich komme zurecht. Und ja, ich würde gern irgendwann eine Familie gründen. Das ist ja wohl nicht zu viel verlangt.

Ich schaue auf die Uhr. Dann sehe ich aus dem Fenster und glaube es kaum. Es schneit! In Hamburg! Schnee! Ist es denn die Möglichkeit? Und das an meinem Geburtstag! Das ist ein Omen! Nur … welches? Ein gutes oder ein schlechtes?

Nun gut, der Abend wird's zeigen!

Schlimmer als dieser entsetzliche Vortrag im Emanzipationszentrum mit Edda kann es ja nicht werden. Schon nach einer halben Stunde bin ich fast eingeschlafen, und Edda hat mir mit einem Kugelschreiber in die Rippen gestochen, danach war mein Lieblingshemd ruiniert.

Mr. Bean war auch eingepennt, aber den hat sie natürlich schlafen lassen.

Später hat sie gesagt, dass sie es gut fand, dass ich dabei gewesen sei, weil ich ja so gar nichts über die Emanzipation weiß und über die von Lesbierinnen schon mal überhaupt absolut null. Deswegen könnte ich nur lernen.

Edda kommt nachher auch. Sie hat irgendeine Tante kennengelernt, die sie mitbringt.

Ich bin gespannt, wie Sarah aussieht.

Wie die anderen aussehen, interessiert mich auch, vor allen Dingen Sabrina Hielscher; ich hab sie ja ewig nicht gesehen, das muss fast dreißig Jahre her sein, und auf ihrer Facebook-Seite gibt es nur ein Foto, das eine eingeknickte Narzisse zeigt, also nichts Aussagekräftiges.

Noch ein Blick auf die Uhr.

Ich richte mich auf und hebe den Kopf. Nein, ich werde mich nicht unterkriegen lassen.

Und nun ist es Zeit, die Rouladen anzubraten.

Wenigstens das kann ich.

Ach, bestimmt kann ich auch mehr, viel mehr, nur leider fällt es mir gerade nicht ein.

Wo bleibt eigentlich Mia?

Ich will nicht mehr allein sein, wenn alle kommen. Mr. Bean und Frau Krohn sind nicht dasselbe wie Mia.

Ich brauche sie einfach. Sie muss bei mir sein.

Das hier finde ich plötzlich alles viel schlimmer als eine Wurzelbehandlung ohne Betäubung.

Leo

Ich erinnere mich an einen Abend, ich glaube, es war ein runder Geburtstag meiner Großmutter – welcher genau, weiß ich leider nicht mehr, aber ich war noch ziemlich klein –, da hat meine Mutter heulend in der Küche gestanden und dauernd wiederholt: »Ich hätte es gleich sein lassen sollen!« Kochwütig, wie sie nun mal ist, hatte sie sich dazu bereiterklärt, die kompletten Vorbereitungen zu übernehmen. Dreißig Gäste wurden erwartet, und das hieß Organisieren! Leider fiel ihr schon bei der Zubereitung des ersten Gerichts ein Glas in die Pfanne und zersprang, dann brannte noch etwas an, und letztendlich fiel ein Bräter mitsamt Inhalt auf den Küchenboden, und es war nichts mehr zu retten, weil Omas Hund sofort zur Stelle war und fraß, was das Zeug hielt. Damals sagte meine Mutter, wie schon erwähnt schluchzend, dass sie es gleich hätte sein lassen sollen, weil »dann der restliche Tag auch gelaufen ist, wenn schon morgens so viele Sachen hintereinander schiefgehen«.

Das hätte ein Warnschuss für mich sein sollen, denn 1. stellte ich die Hitze für die Rouladen viel zu hoch ein und vergaß zu allem Überfluss auch noch, vorher Öl in den Bräter zu gießen, was logischerweise zur Folge hatte, dass aus den schönen kleinen Rouladen kohlschwarze Klumpen wurden, 2. gingen fast alle Sektgläser nach dem Dominoprinzip zu Bruch, 3. gab der Backofen seinen Geist auf, natürlich in dem Moment, als ich ihn am meisten gebraucht hätte, nämlich als er kleine Mürbeteigtörtchen backen sollte. Es war zum Heulen. Und die Zeit blieb nicht stehen. Zwar organisierte Mr. Bean neue Gläser, aber das mit den Rouladen war mehr als ärgerlich, zumal ich mich selbst so darauf gefreut hatte. Das restliche, nicht angebrannte Fleisch briet ich dann in einer Pfanne, was auch okay war, aber im Bräter wären sie besser geworden. Außerdem konnte ich den Deckel nicht finden, und die Dinger müssen schmoren. Die Soße wurde dann auch nichts, was unter anderem daran lag, dass ich Salz mit Zucker verwechselt hatte.

Es ist alles zum Verrücktwerden.

Nachdem Mr. Bean nun auch noch ankommt und »Hier stinkt es nach Verbranntem!« sagt, das Küchenfenster öffnet und dabei ein Tablett mit Dessertschalen hinunterwirft, ist es mit meiner sowieso schon grenzwertigen Laune komplett vorbei.

Niemand möchte an seinem Geburtstag Verbranntes, Versalzenes oder Kaputtes, niemand, niemand, niemand!

Ich muss ehrlich zugeben, dass ich gerne anfangen würde zu heulen, aber ich kann mich gerade noch beherrschen. Nicht auszudenken, wenn ich flennend in ein Geschirrtuch rotze, Frau Krohn und Mr. Bean mich abwechselnd in die Arme nehmen und trösten, und dann steht plötzlich Lara Struppenfrick in der Tür und sieht aus wie Gisele Bündchen, um dann wiederum auf dem Absatz kehrtzumachen, weil sie Jammerlappen schon im Sandkasten nicht ausstehen konnte.

Also putze ich mir die Nase, trete mir selbst kräftig gegens Schienbein, um einen klaren Kopf zu bekommen, und überlege, was als Nächstes zu tun ist.

»Du siehst ja super aus.« Erschrocken drehe ich mich um. Mia steht mit hochgezogenen Augenbrauen vor mir und schaut mich leicht von oben herab an. Das kann sie gut. In der einen Hand hält sie ihre Tasche, in der anderen ein Geschenk und eine Flasche Champagner.

»Dass du keinen Smoking hast, weiß ich ja, das wäre auch ziemlich overdressed, aber so ein ganz kleines bisschen in Schale hättest du dich schon werfen können, oder?«

Ich schaue an mir herunter und muss zugeben, dass sie nicht unrecht hat. Mein T-Shirt war mal weiß, und jetzt befindet sich darauf – warum auch immer – etwas Rotes, das wie Blut aussieht. Und im Schritt meiner Jeans ist es recht nass, wie ich gerade bemerke, weil mir vorhin auch noch eine Olivenölflasche umgefallen ist. Es sieht jetzt, wenn ich ehrlich bin, fast ein bisschen so aus, als ob … egal.

»Danke für die Glückwünsche«, entgegne ich und grinse mit letzter Kraft. »Wir passen outfitmäßig doch wie immer super zusammen.«

»Absolut.« Mia nickt mir gnädig zu und schreitet mit ausladendem Hüftschwung zur Arbeitsplatte. »Ich mach mal die Flasche auf. Das war vielleicht ein Tag.«

»Im Ernst, du siehst super aus.« Ich stelle mich hinter sie und gebe ihr einen Kuss in den Nacken. Sie hat ihre langen Locken heute hochgesteckt, was ich sehr mag. Es verleiht ihr etwas Unnahbares, das aber natürlich nicht für mich gilt.

»Ist das neu?«, frage ich dann, nachdem ich einen Schritt zurückgetreten bin, und deute auf ihr Kleid.

»Ja. Toll, oder?« Sie dreht sich einmal um sich selbst. Das dunkelgrüne Etuikleid ist sehr schlicht und tailliert geschnitten; es reicht ihr bis kurz über die Knie. Dazu trägt sie Nylons und hohe schwarze Stiefel, und ihr Schmuck besteht aus einer riesigen Kette mit schwarzen Steinen und dazu passenden Ohrringen. Die Nägel selbstverständlich perfekt maniküdaß und rot lackiert – Mia weiß eben, wie's geht.

»Super«, ich nicke anerkennend. »Wo ist Benedikt?«

»Wer?« Sie tut so, als müsste sie einen Fleck auf ihrem Kleid wegrubbeln.

Sofort werde ich hellhörig. Immerhin ist sie seit einiger Zeit mit diesem Benedikt zusammen, den ich, unter uns gesagt, noch nie so richtig leiden konnte. Er wirkt auf mich irgendwie halbseiden. Ich war mal mit Mia und ihm was trinken, das aber auch nur, weil ich die beiden zufällig in der Stadt getroffen habe, und Benedikt hat jammernd von seinem vierzigsten Geburtstag erzählt. Er hat so getan, als sei das sein Todesurteil. »Nun geht es dem Ende zu«, hatte Benedikt gesagt und mir mit abgespreiztem kleinen Finger zugeprostet. »Eigentlich hat das Ende schon lange angefangen. Letztens ist mir in der U-Bahn von einer viel älteren Frau ein Sitzplatz angeboten worden.«

»Aber Benedikt, da hattest du doch einen Gips wegen des angeknacksten Beins«, hatte Mia peinlich berührt eingeworfen und mir entschuldigend zugelächelt. »Jeder hätte dir seinen Sitzplatz angeboten. Sogar Gaddafi. So wie du gelitten hast.«

Die Vorstellung, dass Gaddafi in der U-Bahn aufgestanden und Benedikt seinen Sitzplatz angeboten hätte, fand ich irgendwie hübsch.

»Bald schon werde ich inkontinent sein«, hatte Benedikt weitergeschwafelt. »Und dann wird es Schlag auf Schlag gehen. Das Augenlicht schwindet, der erste Rollator muss angeschafft werden, und dann werde ich nicht mehr wissen, wie ich heiße, und dement in einem Pflegeheim hocken und 17 und 4 spielen.«

»Er spielt überhaupt keine Karten«, hatte Mia mir zugeraunt, als Benedikt kurz auf dem Klo war.

»Vielleicht fängt man ja damit an, wenn man dement wird«, war meine Antwort gewesen.

Benedikt war zurückgekommen und hatte sich nun an der Tischkante festhalten müssen, weil ihn die Vorstellung, im Pflegeheim Karten zu spielen, doch arg mitnahm. Irgendwann hörte er einfach auf zu reden und glotzte nur noch grenzdebil vor sich hin.

»Er hat zu viel getrunken«, hatte Mia erklärt. »Dann wird er immer so. Es ist furchtbar.«

Und es wurde immer schlimmer, weil Benedikt dann auch noch anfing zu heulen, als er an seine verstorbene Großmutter denken musste. Die hatte ihm nämlich zum Geburtstag immer Milchreis gekocht. Also ganz ehrlich, Benedikt hat geredet, als sei er zwölf oder so.

Ich habe nie verstanden, was Mia an ihm findet. Er ist sehr groß, hat blondes Haar, blaue Augen und ist irgendwie mager, behauptet aber von sich, durchtrainiert zu sein, weil er ganz viel Sport treibt. Benedikt trägt gerne Anzüge, weil er glaubt, dass ihm das einen seriösen Touch verleiht. Er macht nämlich »was mit Tieren«. Ich habe bis heute nicht herausbekommen, was genau er eigentlich macht, und Mia weiß es auch nicht.

Jedenfalls rubbelt Mia immer noch.

»Jetzt erzähl schon«, sage ich neugierig.

»Herr Brunnhuber gehört nicht mehr zu meinem Leben.« Sie hört auf zu rubbeln, und ich denke: »Gott sei Dank.« »Und mehr gibt es dazu für heute nicht zu sagen. Heute Abend will ich gute Laune haben, feiern und trinken. Und zwar mit dir. Wo sind die Gläser?«

»Na gut«, sage ich und hole zwei Sektflöten. Sie öffnet die Flasche und schenkt uns ein.

»Auf dich.«

»Auf uns. Für immer.« Ich gebe ihr einen Kuss auf die Wange.

»Ganz genau. Und jetzt helfe ich dir noch ein bisschen. Was ist zu tun? Gib mir eine Schürze!«

Das ist Mia. So ist sie halt.

Mia

Nein, ich habe Leonhard nichts von Benedikt und Gaby erzählt. Weil es mir einfach so unglaublich peinlich ist, was da passiert ist. Ich meine, hallo, wo gibt es denn bitte so was, dass die betrogene Ehefrau zur Geliebten kommt und sich bedankt? Wohl nur in einem wirklich schlechten Film. Und bei mir natürlich. Ja, ja, klar müsste ich es Leonhard sagen, aber ich will nicht, dass er Mitleid mit mir hat oder solche Sachen sagt wie »Irgendwann kriegst du auch mal einen ab, der es ehrlich mit dir meint«. Mit Benedikt ist Schluss, und das muss genügen. Vielleicht erzähle ich es Leonhard irgendwann, wenn ich mal in einer Beziehung lebe, die länger als ein paar Monate dauert und in der alles komplikationslos läuft. Normal eben. Wahrscheinlich kann ich darauf warten, bis ich schwarz werde, aber jedenfalls bin ich derzeit nicht in der Verfassung, über Benedikt zu sprechen. Außerdem ist heute Leonhards Geburtstag, und den will ich ihm nicht mit meinen Trennungsgeschichten vermiesen. Das wäre ja noch schöner. Nein, heute wird gefeiert. Vielleicht ist ja ein Mann dabei, der mir gefällt. Wer weiß?

Leo

Gegen 19 Uhr kommen die ersten Gäste. Weil ich schon halb einen im Tee habe, finde ich es nicht mehr so schlimm, alle Exfreundinnen eingeladen zu haben. Eigentlich ist es sogar ganz lustig.

Henriette Krohn, die auch einen Kleinen im Tee hat, kichert die ganze Zeit, während sie in dem von ihr zu Hause zubereiteten Chili con Carne rührt, und Mr. Bean, der keinen Kleinen im Tee hat, sondern einen Großen, muss dauernd aufstoßen, weil er die Kohlensäure vom Champagner nicht so gut verträgt. Die Einzige, die mal wieder alles im Griff hat und sich nicht gehenlässt, ist natürlich Mia. Ich habe sie noch nie betrunken erlebt. Noch nicht mal beschwipst, obwohl sie Alkohol trinkt, was ich schon mit eigenen Augen gesehen habe und gerade sehe. Mia ist Beherrschung pur. Selbst wenn ein Flugzeug den Anschein erweckt, als würde es gleich abstürzen, bewahrt sie die Ruhe. Einmal – wir sind für eine Woche nach Mallorca geflogen – hat Mia sogar die Stewardessen während der grauenhaftesten Turbulenzen getröstet und ihnen und der gesamten Belegschaft sowie den Passagieren Mut zugesprochen, als sei sie der Heilige Vater persönlich.

Ich trinke mehr und noch mehr und freue mich sehr auf den Abend.

Mia

Meine Güte, ich möchte mich so gern besaufen, und zwar so richtig. Aber ich möchte nicht, dass Leonhard mich für eine versoffene Schlampe hält. Er hat mich noch nie betrunken erlebt. Ich bin eigentlich auch selten betrunken. Na ja, in den letzten Tagen öfter mal. Das kann man ja wohl auch verstehen? Aber auf gar keinen Fall werde ich mich heute besaufen. Nur will ich es so gern, so gern, *so* gern. Ich will Sektflaschen mit Säbeln köpfen, Bacardi-Cola saufen, bis der Arzt kommt, und Wodkaflaschen in einem Zug leeren, sodass alle Anwesenden Hochachtung vor mir haben. Aber das geht natürlich nicht.

Leo

»Hallo, Leo.« Vor mir steht eine mittelgroße Frau, die auf fast tragische Weise einer Maus ähnelt. Ihre Zähne stehen weit vor und auseinander, ihre Ohren sind viel zu groß und zu abstehend. Ihre Haare sind eine Mischung aus lehmfarben und grau. Ihre Augen sind ebenfalls grau wie meine, aber anders grau. Langweilig grau. Sie trägt ein Kostüm und zieht hektisch an ihrer Zigarette. Die Fingerkuppen ihres rechten Zeige- und Mittelfingers sind vom Nikotin ganz gelb.

»Hallo.« Wer ist das? Ich reiche der Maus ein Glas mit Champagner und warte.

Sie raucht hektisch weiter. Das gefällt mir nicht. Davon mal ganz abgesehen habe ich nirgendwo hingeschrieben, dass hier geraucht werden darf. Das Nichtrauchergesetz gilt nämlich auch bei mir, und auch, wenn das hier eine geschlossene Gesellschaft ist, will ich nicht, dass es so eklig stinkt. Aber das scheint der Maus egal zu sein. Sie raucht, als ginge es um Leben und Tod, und starrt mich aus ihren grauen Augen erwartungsvoll an.

Ich habe wirklich nicht die geringste Ahnung, wer das sein könnte. Glücklicherweise gibt es Mia. Höflich reicht sie der Maus ihre Hand. »Ich bin Mia.«

»Ich bin …«, sagt die Maus und schaut mich wieder an. »Sag mal, Leo, erkennst du mich wirklich nicht?«

»Äh … nein.« Was kann ich verlieren, wenn ich ehrlich bin?

Sie lässt ihre Zigarette fallen und zündet sich sofort eine neue an. Ihre Hand zittert. Schnell hebe ich die Zigarette auf und werfe sie in ein halbleeres Champagnerglas, weil ich keine Lust habe, dass der gute Dielenboden leidet. Eins ist sicher: Auf gar keinen Fall wird diese Maus mir gleich mitteilen, dass ich der Vater der vor fünf Jahren geborenen Luna/Sophie/Charlotte bin und sie jetzt einfach findet, dass es an der Zeit ist, dass ich das weiß. Mit dieser Frau war ich garantiert nie im Bett.

»Ich habe mich so über deine Einladung gefreut«, erklärt die Maus und nimmt zwei tiefe Lungenzüge. »Ich dachte, endlich hat er sich gemeldet, endlich. Er hat mich also nicht vergessen.«

»Natürlich nicht«, entgegne ich lahm.

»Immer hab ich an dich gedacht.« Jetzt sehe ich Tränen in ihren Augen glitzern. »Ein paar Mal war ich drauf und dran, dich anzurufen, aber dann dachte ich: ›Nein, er muss von selbst darauf kommen.‹«

»Ja, auf was denn?«, fragt Mia neugierig. Mr. Bean hat von

Gott weiß wo einen Aschenbecher geholt und hält ihn unter die Zigarette der Maus, die das aber gar nicht registriert.

»Darauf, dass man einen Schwur nicht einfach bricht. *Ich habe mich daran gehalten.*« Nun ist die Stimme noch nicht hysterisch, zumindest aber schon sehr schrill.

Mir schwant Fürchterliches.

»Ach …«, wispere ich.

»Ja, ach, Leo. Ach, ach, ach. Was hat er mir ewige Liebe geschworen, bewiesen hat er es, hier, hier!« Anklagend hält die Maus ihren freien Arm hoch und deutet mit der Zigarette auf einen klitzekleinen weißen Strich.

Scheiße. Sabrina Hielscher, mit der ich Blutsbrüderschaft geschlossen habe, sieht noch schlimmer aus als die Klos in der Jugendherberge damals. Irgendwie muss ich aus dieser Nummer rauskommen, ohne dass jemand Schaden nimmt oder es Tote gibt.

»Aber da waren wir doch noch Kinder«, leiere ich lahm herunter, während Mia anfängt, hinter vorgehaltener Hand zu kichern.

»Wir waren Kinder!«, äfft Sabrina mich laut und herrisch nach. »Hast du mich deswegen eingeladen, um mir das zu sagen, ja? Vorsicht, mein Lieber. Ich nehme solche Dinge sehr ernst. Mit mir ist nicht zu spaßen. Fast geheult hast du damals, als ich mich nicht küssen lassen wollte.«

»Nein, nein«, wehre ich ab. »Da verwechselst du was. Fast geheult habe ich, weil es nie genug zu essen gab und ich dauernd hungrig war. Es gab immer nur lauwarme Suppe mit einem viel zu hohen Wasseranteil. Und die war nicht mal gewürzt.«

Das stimmt wirklich. Wahrscheinlich habe ich deswegen mit dem Kochen angefangen. Solche Traumata sitzen tief und bleiben ewig an einer Psyche kleben.

»Ich fordere jetzt mein Recht ein!« Nun brüllt Sabrina, und

ich bekomme ein wenig Angst. Nicht, dass sie gleich durchdreht. Das würde man dieser grauen Maus zwar nicht wirklich zutrauen, aber man weiß ja nie.

»Du wirst zu deinen Worten stehen!«, schreit Sabrina und deutet mit der fast heruntergebrannten Zigarette auf mich. »Ich verlange es. Ich gehe sonst zum Anwalt!«

»Ich glaube, wir brauchen eher einen Arzt«, wispert Mr. Bean mir besorgt zu und hält den Aschenbecher vorsorglich schon mal so, dass man ihn notfalls als Waffe benutzen könnte.

Sabrina rollt die Augen. »Da wartet man jahrelang auf einen Anruf oder einen Brief, und das Einzige, das kommt, ist eine stillose Einladung zu einem Geburtstag per E-Mail.«

Ich muss wahnsinnig gewesen sein, als ich diese Einladungen verschickt habe.

»Wollen Sie einen schönen heißen Tee?« Henriette will Frieden stiften.

»Nein«, keift Sabrina. »Ich will Leo. Jetzt sofort.«

Und dann stürzt sie sich auf mich, und das Einzige, das ich denken kann, ist: ›Hoffentlich verbrennt sie mich nicht mit dieser Zigarette.‹

Nachdem Sabrina mich unter sich begraben und ununterbrochen meine Liebe eingefordert hat, gelingt es Mr. Bean gemeinsam mit einem Bekannten, die Liebestolle von mir runterzuziehen. Sie schreit wirres Zeug, und ich glaube, wenn nicht gerade ein Mann reinkommen würde, ich hätte die Polizei alarmiert. Das geht ja gar nicht.

»Das ist mir so unangenehm«, sagt der Mann, der sich als Thomas und Sabrinas Bruder vorstellt. »Sie durfte am Wochenende nach Hause, und ich habe nicht richtig aufgepasst.«

»Von wo nach Hause?«, will ich wissen.

»Sabrina befindet sich derzeit in einer psychiatrischen Klinik«, sagt der Bruder müde.

»Doch nicht wegen der Jugendfreizeit damals?«, hoffe ich.

»Nein, Unfug«, winkt er ab. »Sie ist halt … ach, das wollen Sie gar nicht wissen.«

Irgendwie tut er mir leid. Und Sabrina tut mir auch leid, wie sie so dasteht und schon wieder raucht, während Mr. Bean aufpasst, dass sie nicht ausrastet.

»Sie hat halt einen Knall.« Der Bruder zuckt mit den Schultern.

»Du bist ein Arschloch, Leo«, sagt Sabrina und zündet sich eine neue Zigarette an. »Du weißt ja nicht, wie es ist.«

»Doch, doch«, sage ich schnell, und dann zerrt der Bruder seine Schwester endlich weg.

»Das wirst du noch büßen!«, kreischt Sabrina im Gehen.

»Aber sicher wird er büßen«, sagt Thomas und zieht sie hinter sich her. »Das musst du alles mit Professor Mortensen besprechen.«

»Der will doch nur wieder, dass ich diese Pillen schlucke. Er ist verrückt«, meckert Sabrina.

»Natürlich ist er verrückt, natürlich.« Endlich sind sie verschwunden.

Ich brauche sofort was zu trinken. Das hält ja kein Mensch aus.

»Hattest du nur solche Exfreundinnen?«, will Mia gickelnd wissen.

»Natürlich nicht. Außerdem war Sabrina keine Freundin. Wir waren in einer Klasse und zusammen auf Klassenfahrt oder Jugendfreizeit oder was weiß ich. Ich weiß nur noch, dass die Betten in dieser Jugendherberge nach Schimmel und Kotze gestunken haben.«

»Dürfen wir mit noch mehr Überraschungen für den heutigen Abend rechnen?«, fragt Henriette und gießt mir Champagner nach.

»Nein. Das war's. Alle anderen sind ganz harmlos«, sage ich und glaube es plötzlich selbst nicht mehr. Aber ich kann nicht weiter darüber nachdenken, denn jetzt strömen die Gäste nur so herein. Die Party kann beginnen.

Nach ein paar Minuten bin ich wieder gut gelaunt und habe Sabrina und ihr Maus-Aussehen schon vergessen. Eigentlich eine arme Frau.

Musik ertönt, und ein paar Gäste fangen an zu tanzen. Ich auch. Ich brauche jetzt einfach Bewegung.

Und eine Viertelstunde später kommt Sarah zur Tür herein.

Ich wäre so froh, wenn diese Geschichte hier zu Ende wäre. Aber leider fängt sie an dieser Stelle erst richtig an.

Leo

»Hallo, Leo«, sagt Sarah. Meine Güte, sie sieht umwerfend aus. Nein, nein, das habe ich falsch ausgedrückt – sie sieht überirdisch aus, wie nicht von dieser Welt. Sarah hat in der kurzen Zeit, seit ich sie zuletzt gesehen habe, abgenommen (bestimmt vor Kummer über unsere Trennung, es gibt keine andere Möglichkeit), und sie trägt eine sehr schöne, sehr enge Jeans und ein knallrotes Paillettentop mit tiefem Ausschnitt. Ihre langen Haare hat sie offenbar auf Heißwickler gedreht, jedenfalls umrahmen weiche Locken ihr Gesicht. Ihr Lippenstift hat dieselbe Farbe wie das Top, die Fingernägel sind ebenfalls rot lackiert, und sie trägt einen Ring mit einem roten Stein. Den habe ich vorher noch nie an ihr gesehen. Ihre Haut ist leicht gebräunt, als wäre sie gerade eben nach einem vierwöchigen Malediven-Urlaub aus dem Flugzeug gestiegen.

»Sarah.« Das ist alles, was ich sagen kann. Gerade eben noch bin ich zu einem 80er-Jahre-Hit von den Pet Shop Boys herumgehüpft, jetzt stehe ich hier verschwitzt vor Sarah und fühle mich irgendwie schlecht. Weil sie so perfekt aussieht und ich immer noch das rotgesprenkelte T-Shirt trage und Olivenöl im Schritt habe und gar nicht gut aussehe. Aber irgendwie fühle ich mich auch gut. Sie ist da. Nun wird alles gut. Meine Penetranz hat gewirkt, und sie hat eingesehen, dass die Trennung ein Riesenfehler war. Natürlich werde ich ihr nicht gleich verzeihen, sondern um Bedenkzeit bitten. Solch ein Verhalten nennt man Stolz.

Sarah lächelt mich an. »Herzlichen Glückwunsch zum Fünfunddreißigsten«, sagt sie.

»Dreiunddreißig«, entgegne ich mit einer Stimme, die so klingt, als hätte ich hohes Fieber.

»Ach, echt? Das tut mir leid.« Sarah lächelt immer noch. »Das ist für dich.« Sie reicht mir ein in Geschenkpapier eingepacktes Paket. »Mach es am besten erst auf, wenn du alleine bist«, empfiehlt sie mir.

»Ja.« Ich glotze auf ihr Paillettentop.

»Das ist übrigens Nils.« Sarah deutet auf einen blonden Wikinger, der sich bislang im Hintergrund gehalten hat und von mir noch gar nicht wahrgenommen wurde. Aber jetzt macht er einen Schritt nach vorn und schüttelt mir die Hand, und das so fest, dass ich fast aufschreie. Ich gehöre nicht zu den Menschen, die sich gerne die Knochen brechen lassen.

»Guten Abend.« Nils zeigt seine perfekten weißen Zähne. Irgendwie kommt er mir bekannt vor. Wo könnte ich ihn schon mal gesehen haben? Fieberhaft denke ich nach. Im Sportstudio, in das er mit Sicherheit geht, nicht, denn ich gehe in keins.

Hier im Café? Nein. Er wäre mir aufgefallen. Nils sieht eher so aus, als würde er ein proteingeschwängertes Eiweißgetränk nach dem Hanteltraining am Tresen des Fitness-Centers herunterkippen, aber kein Bier hier bei mir. Ich hasse das Gefühl, Leute schon mal gesehen zu haben und dann fällt mir nicht ein, wo.

»Schöner Laden«, sagt Nils und nickt. »Den haben Sie aber sehr geschmackvoll eingerichtet.«

Hat der einen Knall, oder was? Was labert der denn für einen Scheiß? Ist das eine Schwuchtel? JA! Das wird es sein. Sarah hat einen schwulen Freund mitgebracht. Sie hat viele Schwuletten in ihrem Bekanntenkreis. Dieser Nils ist einer von ihnen. Dass ich darauf nicht gleich gekommen bin. Gott sei Dank! Sarahs schwule Freunde sind mir doch herzlich willkommen!

Und dann sagt Sarah: »Nils und ich werden an Silvester heiraten.«

Und da weiß ich, dass Nils keine Schwulette ist. Mein Mund trocknet aus, ich schnappe nach Luft, dann trinke ich einen Schluck Champagner, der mittlerweile lauwarm ist, dann wird mir schwummrig, dann bin ich wieder klar, dann wanke ich ein wenig, dann stehe ich wieder ganz ruhig da, dann sehe ich zu Mr. Bean, der bedröppelt dasteht, dann sehe ich auf den Boden, dann sagt Sarah: »Ist alles in Ordnung?«, dann sage ich »Ja«, dann »Nein«, dann richte ich mich einigermaßen wieder auf, und dann stelle ich eine ziemlich dämliche Frage, nämlich: »Warum willst du ihn denn heiraten? Ich dachte, jetzt sei alles wieder gut. Ich hab dich auch dauernd angerufen.«

Sarah lacht. »Das weiß ich, Leo. Es ist nicht an mir vorübergegangen. Und warum ich Nils heiraten will? Dreimal darfst du raten.« Sie macht eine Kunstpause. »Weil ich meine wahre, große Liebe gefunden habe, Leo. Deshalb.«

»Ach.« Zum Glück steht Mia auf einmal neben mir und hält meinen Arm. »Das ist ja schön. Die wahre Liebe. Wie lange kennt ihr euch denn schon?«, frage ich und hoffe so sehr, dass meine Stimme nicht *total* verzweifelt klingt.

»Ist was mit deinem Hals?«, fragt dieser dumme Nils.

»Nein«, krächze ich böse. »Antworte mir bitte, Sarah.«

»Ich habe Nils zwei Tage nach unserer Trennung kennengelernt«, bekomme ich freudig erregt erklärt.

»Welche Trennung?« Nun keuche ich, weil ich eigentlich genau weiß, dass sie sich sehr wohl getrennt hat. Aber ich muss es versuchen. »Es gab keine Trennung. Du bist einfach gegangen, ohne was zu essen.«

Hilfe, ich höre mich ja an wie ein besorgter Vater. (»Kind, zieh wenigstens eine Jacke an, wenn du rausgehst, du holst dir sonst den sicheren Tod.«)

»Ach, Leo.« Sarah schüttelt den Kopf. »Hast du es denn immer noch nicht kapiert?«

»Nein. Das war keine Trennung.«

»Leonhard, ich glaube, wir sollten …«, setzt Mia an und will mich wegziehen, aber ich schüttle sie ab.

»Eine Trennung wäre es dann, wenn du Schluss gemacht hättest«, erkläre ich jetzt fieberhaft. »Aber das hast du nicht. Du hast lediglich meine Wohnung verlassen. Das ist keine Trennung. Keine Trennung.«

»Das kapier ich jetzt nicht«, wirft Nils ein. »Ich dachte, das sei eine klare Sache. Wie denn nun, Sarah?«

»Natürlich ist das klar.« Sarah lacht. »Aber so was von klar. Gut, ich habe vielleicht nicht gesagt: Mit uns ist es aus. Aber jeder Blinde mit Krückstock hätte das kapiert.«

»Was?« Ich.

»Dass es aus ist mit uns.« Sarah.

»Mir hast du gesagt, du bist drüber weg.« Mr. Bean, unnötigerweise.

»Er hat einen Polizeiwagen zerstört.« Henriette Krohn, überflüssigerweise.

»Das ist ja entsetzlich. Der arme Leo.« Lara Struppenfrick, die ich nur ganz kurz begrüßt und mit der ich mich noch gar nicht weiter unterhalten habe.

»Armer Teufel.« Lara Struppenfricks Mann Ansgar Struppenfrick, der auch ein bisschen bekloppt ist, weil er den Namen seiner Frau angenommen hat. Jetzt kommt er auch noch und tätschelt mir die Schulter, als sei ich ein Hartz-IV-Empfänger, dem man gerade den letzten 100-Zoll-3-D-Fernseher aus der Wohnung geholt hat und der jetzt sehr, sehr verzweifelt ist, weil er nicht weiß, was er nun mit seiner 24-stündigen Tagesfreizeit anfangen soll.

Auch alle anderen Anwesenden murmeln mitleidige Worte.

Nur Mia nicht. Sie steht einfach nur da und signalisiert mir, dass ich auf sie zählen kann, wenn es nötig ist.

Und dann will ich es wissen. Ich. Will. Es. Einfach. Wissen.

»Warum hast du Schluss gemacht?«, frage ich Sarah. »Sag es mir klar und deutlich. Wieso? WARUM?«

»Aber Leo, das ist doch …«, fängt Sarah an, aber ich wiegele ab, indem ich eine Hand hebe. »Nein. Genug. Sag die Wahrheit. Ich kann sie vertragen.«

Die umstehenden fünfzig oder sechzig Personen schweigen, aus Angst, eine dramatische Antwort seitens Sarah zu verpassen. Ich schweige auch, und das Einzige, was ich höre, ist mein eigener Atem.

»Die Wahrheit bitte!« Ich bin bereit und fühle mich doch ein wenig wie der kleinwüchsige Napoleon in Waterloo. War das nicht seine letzte Schlacht und er hat sie verloren? Egal. Dann fühle ich mich eben wie … wie Karl der Große. Der hat bestimmt irgendeine Schlacht gewonnen. Und er war nicht so klein. Hoffe ich.

»Na gut, Leo, du hast es nicht anders gewollt. Dann mach halt dein Geschenk auf.« Sarah wirkt jetzt ein bisschen zickig.

»Was hat das Geschenk damit zu tun?«, frage ich angestachelt.

»Mach es halt auf.« Sie verschränkt die Arme vor der Brust.

Ich nestle an dem Paket herum, und weil ich mit der Schleife nicht weiterkomme, reiße ich irgendwann genervt das Papier auf und ziehe den Deckel von der Verpackung. Ein gallertartiges Teil liegt kurz darauf in meiner Hand, künstliche Augen starren mich an, und der rotgemalte Mund wirkt grotesk. Auf der Verpackung steht *Vanessa Big Boob*. Und darunter: *Heiße Strandnixe für geile Liebesabenteuer! Mit angewinkelten Beinen wartet Vanessa schon darauf, von dir verführt zu werden. Ihre prallen Riesenbrüste drängen aus dem knappen Bikini, und ihr hübsches Schmollmundgesicht wird von langen blonden Haaren* umrahmt. *Lebensgroß aufblasbare Liebespuppe inklusive roséfarbenem PVC-Bikini.*

Meine Gäste fangen an zu lachen. Ich lache nicht, genauso wenig wie Mr. Bean, Frau Krohn und Mia.

»Was soll das?« Ich muss träumen. Jedenfalls ist das nicht der Film, in dem ich sein will. Ich hab mich im Kinosaal geirrt.

»Ursprünglich sollte es ein Spaß sein«, erklärt mir Sarah, die ein wenig rot geworden ist. »Aber jetzt ist es ernst gemeint. Du solltest mit Vanessa mal ein bisschen üben und mich bitte endlich in Ruhe lassen. Das heißt: Keine Anrufe mehr, keine Mails, keine Überraschungsbesuche, keine SMS. Nichts.«

»Üben? Dich in Ruhe lassen?« Was geht hier vor sich?

»Ja, Leo.« Sarah wartet.

Mia kommt ein Stück näher zu mir.

»Verdammt noch mal!« Jetzt raste ich aus. »Ich habe keinen Bock mehr auf diesen Schwachsinn. Was zum Teufel ist los? Sag es jetzt endlich! Warum hast du mich verlassen? Was soll dieses blöde Geschenk?«

»Bitte, du willst es ja nicht anders!« Jetzt wird auch Sarah laut, schließlich wollen wir doch, dass auch die Gäste in der hintersten Ecke alles mitkriegen, ohne ein Hörgerät zu benötigen.

»Du bist eine Niete im Bett, Leo. *Eine absolute Niete!* Und du kapierst es einfach nicht, sondern rennst mir hinterher und laberst mir blödes Zeug auf die Mobilbox. Es ist Schluss, du bist eine Niete im Bett, eine *Niete*, es ist aus! Hoffentlich kapierst du das jetzt endlich. So. Jetzt ist es raus.« Sie dreht sich zu Nils um. »Ich möchte gehen.«

Er nickt unbeholfen. »Tja ... was soll ich sagen, nichts für ungut. Und nur keinen Neid.« Er nickt mir zu.

Jetzt weiß ich, wo ich den Kerl schon mal gesehen habe. Auf dem Kiez. Vor dem *Silbersack*. Er hat mit einer Frau geknutscht, die man kaum sehen konnte, weil er sie mit seinem Schwarzenegger-Kreuz verdeckt hatte. Da hat er das mit dem neidisch sein auch zu mir gesagt. Und die Frau, das war Sarah.

Mit einem lauten Schrei stürze ich mich auf diesen Nils und will ihm jetzt endlich eine reinhauen, aber meine Faust saust ins Leere, weil ich nämlich angetrunken bin und Nils nüchtern ist. Er kann schnell genug ausweichen.

»Mach dich doch nicht lächerlich«, sagt Sarah, und dann gehen sie, Hand in Hand.

»Wir sollten jetzt alle ins Bett gehen«, sagt Mr. Bean zum wahrscheinlich tausendsten Mal und gähnt.

Es ist drei oder vier oder fünf Uhr morgens, vielleicht auch 12 oder 13 Uhr mittags, wer weiß das schon. Und mir ist es so was von egal.

»Ich gehe nicht ins Bett. Ganz sicher nicht ins *Bett*.« Anklagend schaue ich ihn an. Die Doppeldeutigkeit seiner Bemerkung soll ihm zu schaffen machen, tut sie aber nicht. Er stiert zurück und kapiert gar nichts.

Ich, Leo Sandhorst, bin jetzt 33 Jahre alt – und eine Niete im Bett. Und ich soll mit einer Gummipuppe üben, die Vanessa heißt, dicke Titten hat und einen Schmollmund. Mr. Bean hat sein iPhone geholt und nach dieser Puppe gesucht, warum auch immer. Wahrscheinlich, um mich insofern zu beruhigen, als dass diese idiotische Vanessa zumindest ein hochwertiges Teil ist und ich nicht auch noch mit minderwertiger Ware abgespeist werde. Er hat uns die Produktbeschreibung auch noch laut vorgelesen:

»Die Puppe: Vanessa ist leicht aufzublasen und hat kein Rückschlagventil, somit entweicht die Luft auch schnell wieder. Das Material duftet anfangs leicht nach Vanille, der Geruch hält sich aber leider nicht lange, wenn die Puppe erst mal aus ihrer Tüte raus ist. Vanessa entpuppt sich nach dem Aufblasen als sitzend mit leicht gespreizten Beinen und O-förmigem Lutschmund mit rosa geschminkten Lippen und schöner Nase. Leider sind am inneren Rand des Mundes scharfe Grate, die sich aber mit 180er Schmirgel leicht entfernen lassen. Die Anwendung: Vanessa sieht am besten aus, wenn sie nach dem Aufpusten aufrecht hingesetzt wird. Durch die leicht nach hinten stehenden Arme kann sie sich selbst ganz gut abstützen und fällt nicht so leicht um. Vanessa macht's am liebsten aufrecht sitzend und in eine Ecke vom Sofa gedrückt. Vorsicht, hier sollte man etwas Luft ablassen, da die Beine eigentlich in Sitzposition und nur leicht gespreizt sind. Voll aufgeblasen wird sie das wohl nicht lange mitmachen.«

Mr. Bean hatte eine Pause gemacht. »Was ist 180er Schmirgel?«

Niemand hatte geantwortet.

Es war mir auch völlig egal, was 180er Schmirgel ist.

Ich bin eine Niete im Bett.

Und alle, *alle* haben es mitgekriegt.

Ich werde nie wieder auf die Straße gehen können, ohne dass man sich nach mir umdreht und mit dem Finger auf mich zeigt. Am besten, ich schließe das Café, oder ich benenne es um in »Nieten-Café«. Aber bei meinem Glück kommen dann wahrscheinlich nur noch die Mitglieder der Hells Angels in ihren nietenbesetzten Jacken zu mir.

Oh mein Gott! Warum habe ich nur darauf bestanden, dass Sarah mir vor ALLEN Gästen die WAHRHEIT sagt? War ich nicht ganz dicht? Andererseits: Hat man mit so etwas rechnen können?

Jedenfalls sitzen wir nun hier, und man überlegt, wie man mit mir verfahren soll.

Die Gäste sind mittlerweile weg. Wir sind nur noch zu fünft, also ich, Mr. Bean, seine Schwester Edda, Frau Krohn und Mia. Na ja, wenn wir Vanessa, die Mr. Bean aufgepumpt hat und die jetzt auf einem Stuhl sitzt und uns anklagend mit offenem O-Mund anglotzt, mitzählen, sechs.

»Das war wirklich kein schöner Geburtstag«, sagt Henriette und wackelt mit dem Kopf. »Meine Cremespeise ist gar nicht gegessen worden. Das ist merkwürdig, weil doch sonst immer alle meine Cremespeisen lieben.«

»Die Leute sind ja gleich gegangen. Es ist überhaupt nichts gegessen worden«, sagt Mr. Bean. »Was sollen wir bloß mit dem ganzen Kram machen? Wir haben hier Essen für fünfzig Leute.«

»Ist mir egal.« Ich starre Löcher in die Luft.

»Armer Junge«, sagt Frau Krohn. »Aber die guten Lebensmittel ... Ich werde mir ein bisschen was mitnehmen. Und bestimmt kann man das auch einfrieren. Ich kümmere mich darum.«

»Nein.« Ich will leiden. Ich will die finanzielle Einbuße merken. Ich will spüren, dass ich ganz viel Geld dadurch verlieren werde, dass die Lebensmittel, die ich teuer bezahlt habe, nicht gegessen werden. »Hier wird nichts eingefroren. Wir werfen es weg.« Ich spüre nichts. Es ist mir wirklich egal.

»Unsinn.« Mr. Bean steht auf. »Nichts wird weggeschmissen.« Er tippt weiter auf seinem iPhone herum.

Frau Krohn fängt damit an, alles einzupacken, und beginnt dann, in der Tiefkühltruhe Platz zu schaffen, was ich sehen kann, weil der Durchgang zur Küche offen ist.

»Vanessa kostet 18 Euro«, sagt Mr. Bean, und das gibt mir den Rest. 18 Euro. Noch nicht einmal eine hochwertige Gummipuppe wurde mir geschenkt, sondern eine Billigversion, die es nicht lange macht. Wahrscheinlich, weil ich ja sowieso eine Niete bin. Was brauche ich da schon eine haltbare Gummipuppe?

Ich kann nicht mehr. Für heute reicht es.

»Entschuldigung«, unterbricht plötzlich eine Stimme meine Gedanken, und wir drehen uns alle zur Tür hin, um zu sehen, wem sie gehört.

Da steht ein älterer Mann mit einem Koffer und einem Schirm in der Hand. Weil ich doppelt sehe, erkenne ich nicht gleich, wer es ist. Aber dann höre ich die Stimme und erstarre vor Schreck.

»Junge! Ich habe dich telefonisch nicht erreicht, und zu Hause warst du auch nicht. Da dachte ich, ich versuch's mal in der Wirtschaft! Das ist ein Wetter draußen, da jagt man ja keinen Hund vor die Tür! Es schneit und schneit, man könnte meinen, das hört gar nicht mehr auf. Und ich dachte, in Hamburg regnet's immer.« Der Mann reibt sich die Hände, nachdem er Schirm und Koffer abgestellt hat.

»Junge, ich muss einige Zeit bei dir wohnen. Bei uns im Haus wird alles aufgerissen, ein paar Rohre sind geplatzt, und das vor Weihnachten, aber was will man machen? Es macht dir doch nichts aus? Natürlich macht es dir nichts aus, wenn dein alter Herr bei dir ist, was frage ich denn! Deine Mutter ist beim Hildchen auf Mallorca, sie sagt, das hält sie nicht aus mit dem Lärm und dem Dreck, aber ich musste ja auch irgendwohin, obwohl ich am liebsten dageblieben wäre, um die Handwerker zu beaufsichtigen. Aber das macht jetzt der Herr Rudolf von gegenüber. Der hat ja den ganzen Tag nichts zu tun, und im Winter kann er nicht in seinem Garten herumwirtschaften. Er macht es gern, hat er gesagt.«

Nein. Nein. Nein.

»Es tut mir leid, dass es so spät geworden ist, aber das Auto ist mir liegengeblieben. Ich wollte tanken, aber weißt du, was Diesel im Moment kostet?«

Nein. Nein. Nein.

»Die vom ADAC haben den Kopf geschüttelt. Ich glaube, da kündige ich. Die machen sich lustig über mich, weil ich gesagt habe, die sollen mich zu einer günstigen Tankstelle schleppen.«

NEIN!

Leo

»Papa. Das ist jetzt wirklich ungünstig.«

»Ach, wir werden es uns schon nett machen. Wir haben uns doch immer gut verstanden. Was meinst du, wollen wir nächste Woche ins Miniaturwunderland? Ich besorge mal Prospekte. Vielleicht gibt es da ja Rabattangebote für Senioren, oder wir erwischen einen günstigen Familientag. Du hast doch schon als Kind so gern mit deiner elektrischen Eisenbahn gespielt. Weißt du noch, als ich die alte Bahn bei Opa für dich vom Dachboden geholt habe? Da sind dir doch diese ganzen Fliegen in den Mund geflogen. Wo ist die Bahn eigentlich? Ich interessiere mich nämlich seit Neuestem auch für Eisenbahnen. Danach kaufe ich dir auch ein Eis. Magst du eigentlich immer noch so gern Stracciatella? Das hat er als Kind schon so gern gegessen«, informiert er die Anwesenden. »Ach übrigens, ich habe dir ein paar Glühbirnen mitgebracht, Leo. Sind im Koffer. 40 und 60 Watt.« Zum Glück plaudert er nicht aus, dass ich die 60-Watt-Birnen schon als Kind so gerne gegessen hab. Oder es zumindest versucht habe.

Mia tritt vor. »Herr Sandhorst, wie schön, Sie wiederzusehen. Wie geht es Ihnen denn? Was macht der Rücken?«

Wenn meine Eltern mich in Hamburg besuchen, kann ich mich auf Mia verlassen. Entweder organisiert sie ein nettes Restaurant oder sie besorgt Theaterkarten, weil meine Eltern gern »was für die Bildung tun«, wenn sie schon mal in der großen

Stadt sind. In dem kleinen Kaff in der Nähe von Leer in Ostfriesland, wo sie immer noch wohnen, gibt es nur einen Tante-Emma-Laden mit integrierter Post und einem Quelle-Shop sowie eine Bäckerei, in der man sich morgens zum Tratschen trifft. Dann wird darüber spekuliert, ob der Zimmermanns Ede sich mit seinem neuen Dach finanziell nicht doch übernommen hat und dass Krögers Marie auch schon mal einen besseren Geschmack hatte, was die Bepflanzung ihres Vorgartens angeht. Gelb und Blau, das geht ja gar nicht. Dann gibt es noch eine Ha-Ra- sowie eine – tatsächlich, es gibt sie noch – AVON-Beraterin, und natürlich werden regelmäßig Tupperpartys veranstaltet, bei denen der Sekt in Strömen fließt. Meine Mutter hat ALLES von Tupperware, und wenn es nach ihr ginge, hätte auch ich alles von Tupperware. Ich glaube, insgeheim hat meine Mutter mir nie verziehen, dass ich ein Junge geworden bin. Eine Tochter hätte sich selbstverständlich für die ausgezeichnete Stapelfähigkeit der Tupperboxen interessiert und sich stundenlang über die Haltbarkeitsdauer von Gurkensalat in der PrimaKlima-Box unterhalten. Mich interessiert das eben nicht so wahnsinnig, auch wenn ich wirklich gern und gut koche und natürlich auch Lebensmittel lagern muss.

Mein Vater freut sich sichtlich, Mia wiederzusehen. Ich glaube, er ist ein bisschen verliebt in sie, heimlich natürlich. Jedenfalls strahlt er immer wie ein Honigkuchenpferd, sobald sie auftaucht, und weicht bei keinem Hamburgbesuch von ihrer Seite. Er hält ihr Türen auf, hilft ihr in und aus dem Mantel, rückt im Restaurant ihren Stuhl zurecht und zieht grundsätzlich seinen Hut, wenn er sie sieht. So auch jetzt. Von seinem Benehmen Frauen gegenüber würde Papa eher ins 19. Jahrhundert passen.

»Ach, meinem Rücken geht's gut«, wird Mia informiert. »Mein Knie macht mir momentan Probleme. Ich kann wirklich nicht so lange stehen. Habt ihr einen Stuhl für mich? Guten

Abend übrigens allerseits.« Er nickt allen zu, auch Vanessa. Die ist die Einzige, die nicht antwortet. Mit großen Augen und offenem Blasmund starrt sie meinen Vater an.

Mir wird heiß. Diese Gummipuppe muss auf der Stelle verschwinden. Glücklicherweise ist mein Vater jemand, der extrem auf sich selbst fixiert ist. Er hat es am liebsten, wenn es um ihn geht. Und er jammert gern.

Mr. Bean holt einen Stuhl, und Papa lässt sich ächzend darauf fallen. »Diese Arthrose ist kein Spaß«, lässt er uns wissen. »Schöne Grüße übrigens von Mutti. Ihr geht es so weit ganz gut, aber sie braucht jetzt Einlagen wegen ihrer Senk-Spreiz-Füße.«

»Ach«, sage ich.

»Und sie hat drei Pfund abgenommen, weil sie und Frau Redlich jetzt immer mit diesen komischen Stöcken spazieren gehen. Die frische Luft tut ihr gut, sagt sie. Soll sie machen. Ich hab ja genug zu tun. Allein der Garten. Gut, im Winter ist nicht so viel zu machen, aber da ist ja auch noch der Keller. Und der Dachboden. Meiers haben übrigens ein neues Auto. So eine Art Bus. Da sitzt man so hoch drin. Jetzt fährt *er* immer durch die Straßen und schaut uns von oben herab an. Ich mochte *ihn* noch nie. *Sie* geht – aber auch nur in Maßen. *Sie* war letztens für einen Tag in Hamburg und hat da natürlich erst mal keinen Parkplatz gefunden. Und dann hat sie auch noch einen Strafzettel gekriegt. Ein teurer Besuch, wenn man mich fragt. Das wäre ja nichts für mich.« Er strahlt Mia an. »Ach, meine Liebe, Sie sehen mal wieder hinreißend aus. Wie frisch aus dem Modekatalog entsprungen.«

»Danke, Herr Sandhorst.« Mia stellt sich vor Vanessas Stuhl, und ich versuche verzweifelt, Mr. Bean mit Handzeichen dazu zu bringen, diese billige Plastikpuppe aus unserem Blickfeld verschwinden zu lassen. Aber Mr. Bean bearbeitet immer noch sein iPhone und bemerkt mich nicht. Wahrscheinlich sucht er nach noch günstigeren Gummipuppen, ist aber leider bislang nicht fündig geworden.

»Das kommt ja jetzt wirklich überraschend«, sage ich lahm.

»Warum? Ich habe dir doch einen Brief geschrieben. Da stand ja alles drin.«

»Ich habe keinen Brief bekommen.« Wer schreibt denn heute noch Briefe? »Warum hast du denn nicht angerufen?«

»Du bist ja nie zu Hause.«

»Du hättest im Café anrufen können.«

»Da störe ich dich ja bei der Arbeit. So einen Brief kannst du lesen, wenn du Zeit und Muße hast«, bekomme ich erklärt. Mein Vater hat natürlich auch keinen E-Mail-Account. Er verweigert sich dem Internet und ist felsenfest davon überzeugt, dass sich dieser »neumodische Schnickschnack« auf Dauer sowieso nicht durchsetzen wird.

Natürlich liebe ich meinen Vater, und natürlich verbringe ich auch gerne Zeit mit ihm, aber ich möchte nicht, dass er bei mir wohnt. Gerade *jetzt* bitte nicht.

»Papa, ganz ehrlich, da war kein Brief. Und das ist jetzt echt nicht so supergünstig. Weißt du was? Ich besorge dir ein schönes Hotel. Am besten irgendwo am Hafen, da kannst du dann schön an der Elbe spazieren gehen.«

»Junge, du musst dir doch wirklich keine Umstände machen. Ich wohne gern bei dir, ich brauche kein Hotel!«

»Bei mir ...«, ich gerate ins Stottern, »bei mir ... ich ... also, ich habe vor, meine Wohnung zu renovieren. Die Handwerker sind schon bestellt. – Ja, ich hab auch bald Handwerker im Haus, genau wie ihr!« Das stimmt natürlich nicht. Weder habe ich vor zu renovieren noch habe ich wen auch immer bestellt.

»Echt?« Mr. Bean schaut von seinem iPhone auf, ich deute wieder auf Vanessa und wedele mit der Hand Richtung Tür. »Das höre ich heute zum ersten Mal. Muss ich den Laden dann so lange alleine schmeißen? Das müssen wir doch besprechen!«

»Ich habe dir das schon gesagt.« Ich werfe ihm einen drohenden Blick zu.

»Nein, hast du nicht. So was würde ich mir doch merken.«

»So war er schon immer«, sagt Papa gutmütig. »Er hat schon als Kind immer behauptet, er hätte dies und das bereits gesagt, obwohl er es eben nicht getan hat. Die gleiche Geschichte haben wir ja jetzt mit dem Brief. Er sagt, er habe ihn nicht bekommen, dabei bin ich mir ganz sicher, dass er ihn bekommen hat. Wahrscheinlich hat er ihn versehentlich mitsamt den Werbebriefen weggeworfen. So ist er nun mal. Manche Dinge ändern sich eben nie.« Er wackelt nachsichtig mit dem Kopf und sieht dabei ein kleines bisschen aus wie meine Nachbarin Frau Krohn. »Aber hör mal, Leo, das mit dem Hotel kommt *überhaupt nicht* in Frage. Das passt doch alles bestens. Dann kann ich bei dir die Handwerker beaufsichtigen, und du kannst in Ruhe arbeiten gehen. Wofür hat man denn einen pensionierten Vater, hahaha! Ich werde den Jungs schon Beine machen. Da ist nichts mit Zigarettenpause zwischendurch. Kaffee bekommen sie, Wasser auch, das besorge ich alles, aber ich werde nicht dulden, dass Pizza bestellt wird und die fettigen Kartons dann achtlos auf dem schönen Holzboden liegen gelassen werden. Da kannst du dich ganz auf mich verlassen, mein Junge. Das kriege ich schon hin, mit links! Du kennst mich doch.«

Ja. Leider kenne ich meinen Vater. Wie komme ich jetzt aus dieser Nummer wieder raus?

Henriette Krohn macht einen Schritt auf Papa zu, stellt sich ihm vor und lächelt ihn an. »Ich kann gerne für die Handwerker kochen«, sagt sie. »Dauernd fettige Pizza, das ist auf Dauer auch nicht gesund.«

»Oh!«, ruft mein Vater und zieht wieder seinen Hut. »Zwei

so schöne Frauen auf einen Schlag, das muss ich erst einmal verarbeiten.« Er lacht, und Henriette und Mia lachen ebenfalls. Henriette wird sogar ein kleines bisschen rot.

Mir fällt auf, dass er es gar nicht merkwürdig zu finden scheint, dass wir hier alle zu nachtschlafender Zeit herumsitzen, außerdem scheint er meinen Geburtstag vergessen zu haben. Egal. Ich werde ihn jetzt nicht daran erinnern. Dann kommen nämlich wieder irgendwelche Geschichten aus meiner Kindheit, und ich möchte nicht, dass die hier Anwesenden erfahren, dass ich als Sechsjähriger hysterisch zu Heulen angefangen habe, weil neben mir Luftballons zerplatzt sind.

Davon mal ganz abgesehen habe ich *wirklich* keinen Brief bekommen. Ich sehe meine Post immer sehr genau durch.

»Ich bin jetzt müde«, sage ich und merke, dass ich es tatsächlich bin. Mein Kopf dröhnt, weil ich viel zu viel getrunken habe, ich bin verschwitzt und beleidigt und in meiner Ehre gekränkt.

Und morgen werde ich als Allererstes diese schreckliche Puppe entsorgen. Für heute lasse ich sie in der Küche sitzen. Den Kühlschrank leerfressen wird sie wohl nicht.

Mein Vater ist eigentlich ein netter Mann, er redet nur ein bisschen viel, und er weiß grundsätzlich alles besser, egal, ob es um Inhaltsstoffe von Fertiggerichten oder um die Erderwärmung geht. Andere Meinungen duldet er genauso wenig wie keine Meinungen. Man muss *seiner* Meinung sein, sonst hat man verloren.

Henriette Krohn, die mit uns nach Hause geht, scheint meinen Vater jedenfalls ganz wunderbar zu finden.

Er sagt: »Die Luft in Hamburg ist beinahe genauso gut wie bei uns zu Hause, aber nur, wenn ein Lüftchen vom Pazifik herüberweht, ansonsten ist hier Smog«, und Henriette Krohn sagt, obwohl das völliger Quatsch ist, was Papa von sich gegeben hat:

»Ach du meine Güte, sind Sie klug! Dass Sie so etwas wissen!« Papa lächelt geschmeichelt.

Mia, die auch mitkommt, hat sich bei mir untergehakt, und wir schweigen gemeinsam. Mit Mia kann man herrlich schweigen. Manchmal beenden wir unser Schweigen auch gleichzeitig, indem wir exakt zur selben Sekunde genau dasselbe sagen. Das ist fast schon unheimlich. Ich hätte nie gedacht, dass ich mal eine beste Freundin haben würde, denn eigentlich habe ich schon in der Schule nicht sonderlich gut mit Mädchen gekonnt. Oder sie nicht mit mir, wenn ich ehrlich bin. Ein richtiger Frauentyp war ich jedenfalls nie. Für Mia bin ich das auch nicht, also, ein Frauentyp, aber immerhin ihr bester Freund. Und seitdem ich sie habe, ist vieles einfacher.

»Ich bin noch überhaupt nicht müde«, sagt Papa, als wir vor unserem Haus stehen. »Wollen wir noch einen Schlummertrunk nehmen, mein Junge?«

Ich bin todmüde, nicke aber und sehe Mia an, die ebenfalls nickt. Frau Krohn nickt sowieso, vielleicht ist das ja in Wahrheit ein neurologisches Leiden; und dann sitzen wir kurze Zeit später in meinem Wohnzimmer, trinken Sherry aus meiner 50er-Jahre-Hausbar, auf die ich unglaublich stolz bin, und Papa schlägt vor, noch eine Runde Scrabble zu spielen.

Ich trinke mehr Sherry, als mir guttut, und nachdem Henriette Krohn »Bettniete« gelegt hat, mich wissend anschaut und dabei senil keckert, stehe ich auf und gehe kommentarlos ins Schlafzimmer, ziehe mich bis auf die Boxershorts und mein bekleckertes T-Shirt aus und lege mich ins Bett. Die können mich alle mal.

Eine Minute später wird die Tür geöffnet, Mia kommt ins Zimmer und wirft sich neben mir auf die Matratze. Wir übernachten öfter beieinander, auch wenn andere Leute das vielleicht komisch finden, wenn ein erwachsener Mann und eine erwachsene Frau so etwas machen, ohne, dass es dabei um Sex geht. Gerade bin ich sehr froh, dass sie sich neben mir in die Decke wickelt. Mag ja sein, dass ich eine Niete im Bett bin und Frauen nicht gern mit mir schlafen. Aber immerhin schläft Mia gern *bei* mir, manchmal muss man eben genügsam sein.

Mia

Leonhard tut mir leid. Wirklich. Das hat er nicht verdient. Es ist schon komisch. Normalerweise kann ich sabbernde Männer nicht ausstehen, aber so, wie er jetzt daliegt, mit offenem Mund, und einen glasigen Speichelfaden absondert, finde ich das weder schlimm noch eklig. Ich finde es sogar irgendwie süß.

Ich lasse ihn schlafen, stehe auf und ziehe mir seinen viel zu großen Bademantel an, der so gut riecht, nach Leo eben. In der ganzen Wohnung duftet es nach Kaffee, Leos Vater ist schon wach und werkelt in der Küche herum.

»Ein herrlicher Tag«, sagt er, als ich reinkomme, und deutet zum Fenster. Das stimmt. Es hat noch mal geschneit, die Sonne scheint, und alles glitzert wie im Winterwunderland.

Wie gut, dass heute Samstag ist. Wir können schön frühstücken und dann überlegen, was wir unternehmen wollen. Vielleicht eine Hafenrundfahrt, oder wir gehen alle in die Kunsthalle, da ist nämlich gerade eine Caspar-David-Friedrich-Ausstellung. Aber erst mal Kaffee.

»Na«, sagt Herr Sandhorst, »schläft der Junge noch?«

Er wird nie kapieren, dass Leonhard mittlerweile ein erwachsener Mann ist, der sein eigenes Café betreibt, und das auch noch erfolgreich, seit gestern dreiunddreißig Jahre alt ist und sogar schon ein paar Jahre seine Steuern bezahlt. Den Geburtstag erwähne ich besser nicht, weil Herr Sandhorst dann bestimmt zuerst ein schlechtes Gewissen bekommt, weil er ihn vergessen hat, und dann Geschichten über Leonhards Kindergeburtstagsfeiern zum Besten gibt.

»Ja, er schläft«, sagte ich und gähne. Wie gut, dass das Café heute geschlossen hat. Ich glaube nicht, dass Leonhard arbeiten könnte.

»Plupsi hat schon als kleines Kind gern lange geschlafen«, erzählt mir Leonhards Vater. »Und früh laufen konnte er, der kleine Racker, da war er noch keine neun Monate alt! Was glauben Sie, was der alles angestellt hat! Einmal hat er an einer Tischdecke gezogen, und alles ist heruntergefallen. Meine Frau hatte gerade eine Käsesahnetorte auf den Tisch gestellt. Na, Sie können sich vorstellen, was dann passierte. Plupsi saß auf dem Boden und ließ sich die Torte schmecken.« Herr Sandhorst hat bei dieser Erinnerung Tränen in den Augen. »Ein Schelm, das war er, der Junge. Ein Lümmel, wie er im Buche steht. Wie er in den Schotterhaufen gefahren …«

»Soll ich vielleicht Brötchen holen?« So interessant finde ich diese Geschichten jetzt auch nicht. Und gern gegessen hat Leonhard schon immer. Ich meine Plupsi.

»Schon erledigt. Da ist doch der leckere kleine Bäcker an der Ecke. Ich hatte schon Angst, dass der auch einer dieser großen Filialen weichen musste, die nur mit Treibhefe arbeiten. Aber dieser Bäcker nicht. Getreu dem Leitsatz: Hier kommt die Ware nicht vom Band, hier backt man noch mit Herz und Hand.«

Er holt die Brötchentüte hervor und verteilt den Inhalt in einen silbernen Brotkorb.

»Jetzt nur noch die Eier, dann ist alles fertig. Würden Sie den Bub wecken? Wir wollen doch gemeinsam frühstücken. Die Zeiten, in denen er gegen Mittag allein gefrühstückt hat, weil er erst um fünf Uhr in der Früh aus der Diskothek kam, sind vorbei.«

Diskothek. Himmel!

»Moin.« Leonhard steht in der Tür und streckt sich. »Ach, *du* hast meinen Morgenmantel geklaut.« Er selbst hat sich einen Jogginganzug angezogen, tapst zur Kaffeemaschine und streicht mir im Vorbeigehen übers Haar. »Hast du gut geschlafen?«

»Mhm.« Ich trinke einen Schluck Kaffee und nehme mir ein Brötchen.

»Haben Sie auf dem Sofa übernachtet?«, fragt mich Leonhards Vater.

»Nein, bei Leonhard im Bett«, sage ich.

Herr Sandhorst schüttelt den Kopf. »Ihr schlaft gemeinsam in einem Bett? Aber ihr seid doch gar nicht liiert. Ach, ach, ach. Ich komme da nicht mehr mit. Und ihr wärt so ein schönes Paar«, kommt es dann wie immer von ihm. »Eigentlich ist es ein Jammer. Allein die hübschen Kinder, die ihr haben würdet. Nun ja, ich werde mich wohl damit abfinden müssen, keine Enkel zu bekommen. Man kann nicht alles haben. Dafür bekomme ich auch keine Glatze. Mein Haar ist noch ganz voll. Ach, ich bin froh, dass Plupsi dieses kleine Gästezimmer hat. Darin fühle ich mich sehr wohl. Ich brauche nicht viel Platz, aber ein richtiges Bett. Die Matratze für das Gästebett habe ich damals spendiert, weißt du noch, Plupsi?«

Leonhard antwortet nicht, steht mit seiner Kaffeetasse am Fenster und schaut müde nach draußen.

Dann dreht er sich um. »Ich habe eine Idee.«

»Aha.« Ich hoffe sehr, dass er jetzt nicht spontan nach Sri Lanka reisen will, um seine Mitte zu finden, während eine Singhalesin ihm Öl über die Stirn kippt.

»Wir ziehen uns jetzt an, dann müssen wir los.«

»Warum?«

»Sag ich dir dann.«

»Ach, ein Spaziergang«, sagt der Vater. »Eine gute Idee. Frische Luft ist wichtig.«

»Du kannst leider nicht mitkommen, Papa.«

»Du spinnst«, sage ich zum zehnten Mal. »Aber total.«

»Warum?«, fragt er mich. »Sie hat das mehr als verdient.«

Mir ist die Situation entsetzlich peinlich. Auch, weil der Taxifahrer so blöd geschaut hat. Leonhard hat nämlich Vanessa aus dem Café geholt, und die Gummipuppe hat hinten neben mir gehockt, während Leonhard vorne neben dem Fahrer Platz genommen hat mit den Worten: »Es ist nicht das, wonach es aussieht.«

Nun latschen wir über den Kiez, um zu dem Sex-Shop zu gehen, in dem Vanessa gekauft wurde. Auf der Verpackung steht nämlich der Name des Ladens, was Leonhard auf diese »geniale« Idee gebracht hat, die er nun gemeinsam mit mir in die Tat umsetzen will. Die Puppe hat er unter den Arm geklemmt, und wären wir jetzt in einem anderen Stadtteil unterwegs, würde diese Tatsache für einigen Wirbel sorgen, hier aber guckt niemand blöd, auf dem Kiez rennen oft noch ganz andere Gestalten herum. Peinlich ist es mir trotzdem.

Leonhard hat vor, die Gummipuppe gegen einen Riesenvibrator oder etwas in der Art einzutauschen und Sarah das Ding dann mit einem blöden Spruch zu überreichen. Natürlich dann, wenn möglichst viele Leute dabei sind, deshalb will er sie bei ihrer Arbeit besuchen. Ich finde das Vorhaben total peinlich, zumal er sich damit automatisch auf das gleiche Niveau begibt wie Sarah, aber Leonhard ist nicht davon abzubringen. Wie besessen rast er über die Reeperbahn.

»Hier ist es.« Wir betreten einen Sex-Shop mit dem vielsagenden Namen »World of Pleasure«, und schon beim Eintreten bekomme ich von dem penetranten Gummigestank beinahe Schnappatmung. Leonhard geht auf den Mitarbeiter zu, der hinter dem Tresen steht und so aussieht, als hätte er in seinem vorherigen Leben als Henker gearbeitet. Und das sehr gern.

»Moin«, sagt der Mann und grinst.

Leonhard hält Vanessa hoch. »Ich möchte die hier umtauschen«, sagt er mit fester Stimme.

Ich schaue mich in der Zwischenzeit ein wenig um, in so einem Geschäft war ich noch nie. Es gibt wirklich alles hier. Angefangen von einer Million unterschiedlichster Magazine, in denen Nylonstrümpfe oder Latex eine tragende Rolle spielen, bis hin zu Vibratoren und Dildos in allen Farben und Formen. Dann entdecke ich noch Handschellen, Peitschen und Gerten und Gasmasken. Ich sehe sie mir genauer an, weil ich nur zu gern wissen möchte, was man damit anstellen kann.

»Umtauschen?«, höre ich den Henker fragen. Er lacht kehlig auf. »Sehr guter Witz! *Sehr* guter Witz. Hahaha!«

»Da gibt es nichts zu lachen«, erklärt ihm Leonhard ernst. »Das war ein Fehlkauf. Und hier ist der Beweis dafür, dass das Objekt aus Ihrem Laden stammt.« Er hält ihm die Verpackung hin.

»Darum geht's doch gar nicht.« Der Henker hustet bellend, während ich eine grüne Gasmaske in die Hand und genauer unter die Lupe nehme. »Die Dinger können wir nur in der ungeöffneten Originalverpackung zurücknehmen. Aus hygienischen Gründen, haste verstanden?«

»Nein«, sagt Leonhard und hält ihm Vanessa immer noch hin, die das willenlos mit sich geschehen lässt.

Ich setze die Gasmaske auf, vorsichtig, um nichts kaputt zu machen. Ganz schön schwer. Vorn hängt ein langer Rüssel mit einer Klappe. Ich begreife immer noch nicht, was das soll, bekomme aber einen Riesenschreck, als ich mich umdrehe und direkt in einen Spiegel starre. Mit der Maske sehe ich aus wie jemand, der sich mit chemischen Kampfstoffen gut auskennt, ursprünglich ist so ein Ding dafür ja auch gedacht. Während Leonhard und der Henker sich weiterstreiten, gehe ich mit der Gasmaske auf dem Kopf ein wenig im Shop herum, erschrecke einen Rentner, der gerade aus dem integrierten Sexkino kommt, zu Tode und greife dann in ein Regal nach einem Dildo, der wie ein extrem kräftiger männlicher Unterarm geformt ist und in einer Faust mündet.

Mir wird ein wenig schwindelig, was bestimmt an der Luft in dem Laden liegt. Oder an den Gummischwaden unter der Maske. Oder an beidem. Das Nichtrauchergesetz scheint hier jedenfalls nicht zu gelten, denn der Henker zündet sich gerade die nächste Zigarette an. Neben ihm steht ein überquellender Aschenbecher. Ich habe Zigarettenrauch noch nie gut vertragen, und in Verbindung mit den schwitzigen Plastikgasen aus der Maske merke ich auf einmal, dass ich ganz dringend raus und an die frische Luft muss. Das Problem ist nur, dass ich die Maske nicht vom Kopf bekomme. Irgendwas hat sich verhakt, und je hektischer ich an dem Teil herumfummele, desto fester scheint sie zu sitzen.

»Ich möchte stattdessen einen Riesendildo und bin auch bereit draufzuzahlen«, geht es am Tresen weiter.

»Das müssten Sie auch. Das Ding da ist nämlich unser billigstes Modell. Die Kunden, die öfter das Vergnügen mit so was haben wollen, kaufen gleich hochwertigere Ware wie die Blow-Babs oder die Hot-Hannah.«

Grundgütiger, ist mir schlecht. Wenn ich nicht sofort an die frische Luft komme, kippe ich um.

»Äh«, mache ich und winke hilflos zu den beiden rüber.

»Bist du irre geworden?«, brüllt der Henker, als er mich sieht, und springt hinter seinem Tresen hervor. »Da steht doch groß und breit, dass man die Dinger nicht anfassen soll!«

»Ich ... keine Luft ... Hilfe ... bitte!«, stöhne ich, und der Henker fummelt an meinem Kopf herum.

»Kann ja wohl nicht wahr sein, das kann ja wohl nicht wahr sein!«, sagt er die ganze Zeit.

Leonhard scheint sich immer noch so wegen der Gummipuppe aufzuregen, dass er gar nicht mitbekommt, wie es mir geht.

»So einen Dildo meine ich«, sagt er dann aufgeregt und reißt mir den Gummiarm aus der Hand. Dann werde ich ohnmächtig und überlege im Fallen noch, wer sich nächste Woche um meinen Laden kümmert, falls ich sterben sollte.

Leo

»Mit dir macht man echt was mit.« Zusammen mit dem tätowierten Schlächter des Sexshops habe ich Mia die Gasmaske vom Kopf geschnitten, und nun liegt sie in einem Raum des Pornokinos auf einer Liege, die wir vorher mit einem Handtuch abgedeckt haben. Auf einer überdimensionalen Leinwand läuft ein Streifen mit einer blonden Kassiererin im Baumarkt, die ein mobiles Scannergerät in der Hand hält und von zwei Kunden gleichzeitig verwöhnt wird. Offenbar handelt es sich bei den beiden um Gärtner, denn in ihren Einkaufswagen befinden sich riesige Stauden und andere Gewächse. Während die zwei sie auf dem Förderband vernaschen, ruft die Kassiererin: »Verstärkung bitte an Kasse 1, Verstärkung bitte an Kasse 1!«, und die wartenden Kunden johlen und feuern das Trio an.

»Es tut mir so leid«, sagt Mia. »Und ich will hier raus. Das ist ja widerlich.«

»Wir gehen ja gleich. Geht's denn wieder?«

Sie setzt sich auf. »Ja, ja. Ein furchtbarer Schuppen ist das hier.«

»Hier wohnen will ich auch nicht. Also komm.« Ich halte Mia eine Hand hin und helfe ihr beim Aufstehen, und dann gehen wir durch einen kleinen Flur, an dessen Wand eine riesige Pinnwand hängt, auf der alle möglichen Zettel kleben. Eine Art Kontaktanzeigenmarkt für alles Mögliche, was mit Sex zu tun hat. Wunderheiler bieten Soforthilfe bei Impotenz an, es gibt Viagra zu Spottpreisen, Puffs locken mit Flatrates, ein Joe in Lederhosen und Cowboyhut sucht einen Mann, mit dem man so richtig die Sau rauslassen kann – und dann gibt es da noch einen DIN-A4-Zettel, den ich mir etwas genauer anschaue.

Mr. Orgasmic is fantastic!
Gut im Bett oder nicht gut? Das ist die große Frage. Wie wird man zu einem richtig guten Liebhaber und zu einer sexy Liebhaberin? Mr. Orgasmic zeigt euch, wie's geht.
Bringt euer Liebesleben in Schwung – und bleibt für immer scharf aufeinander!

Dann noch Blabla, wo es stattfindet, was es kostet und so weiter. Unter der Pinnwand befindet sich ein kleines Regal, und hier liegen Flyer von Mr. Orgasmic aus. Ich nehme mir einen.

»Guck mal«, sage ich zu Mia und halte ihr den Zettel hin.

»Mr. Orgasmic? Klingt *extrem* seriös«, lautet ihre Antwort.

Trotzdem stecke ich den Zettel ein, zu Hause werde ich mir das Ganze mal genauer ansehen. Mia nimmt mich bei der Hand und zieht mich hinter sich her aus dem Geschäft. Als wir schon in der Tür sind, tippt mir der tätowierte Schlächter auf die Schulter.

»Nicht so schnell!«, grunzt er. Ich drehe mich überrascht zu ihm um.

»Ist noch was?«

»Allerdings.« Er hält mir einen Zettel unter die Nase. »499 Euro ist noch.«

»499 Euro?«, frage ich verständnislos.

»Für die kaputte Gasmaske.«

»Was?«

»So viel kostet die.« Er hält das Teil hoch, das wir Mia vom Kopf geschnitten haben. Ich würde gerne protestieren und ihm erklären, dass das eine Unverschämtheit und Raub auf offener Straße ist. Aber ein Blick in sein finsteres Gesicht reicht.

»Nehmt ihr EC-Karten?«, frage ich stattdessen.

Nach der missglückten Aktion fahren wir erst mal zu mir nach Hause zurück. Diesmal sitze ich im Taxi hinten. Vanessa hockt neben mir und guckt wie immer ins Leere, einen anderen Blick hat sie vermutlich nicht drauf. Vielleicht werde ich sie bei eBay versteigern. Aber auf gar keinen Fall als gebrauchte Ware.

Später beschließen Mia und ich, eine Runde laufen zu gehen. Das Wetter ist wirklich herrlich, und Mia hat immer ein Paar Laufschuhe und Joggingklamotten bei mir deponiert, weil ich näher an der Alster wohne. Mein Vater will nicht mitkommen, weil er, wie er sagt, zu alt ist zum Laufen. Nein, er möchte ins Museum der Arbeit gehen und mal schauen, was es so für Berufe gibt, was uns ganz recht ist.

Wenn ich laufe, wird mein Kopf frei. Das mag sich klischeehaft anhören, ist aber wirklich wahr. Schon nach ein paar Metern fällt alles von mir ab, und ich fühle mich mit jedem Schritt besser. Mia und ich laufen oft zusammen, danach gehen wir meistens noch irgendwo einen Kaffee trinken.

An der Alster ist die Hölle los, vor dem Café Cliff stehen die Leute Schlange, um sich an einem Außenstand Glühwein zu kaufen.

Nachdem wir eine Runde um die Alster gedreht haben und wieder am Cliff stehen und ein paar Lockerungsübungen machen, sehe ich am Glühweinstand Hanno und Astrid, zwei meiner Stammgäste, stehen. Ich gehe rüber und tippe Hanno auf die Schulter.

»Na«, frage ich. »So früh und schon Alkohol?«

Hanno lächeln krampfhaft. »Ach, Leo, wie geht's? Wieder besser?«

»Mir ging es nie schlecht«, sage ich. Mia kommt ebenfalls zu uns herüber und nickt den beiden zu.

»Hanno meint wegen gestern Abend«, mischt sich Astrid ein und reibt sich wegen der Kälte die Hände. Jedenfalls denke ich, dass es wegen der Kälte ist.

Schlagartig schwant mir Fürchterliches. »Was genau meinst du?«

Astrid wirkt plötzlich verlegen und schaut Hilfe suchend zu Hanno, aber der stiert auf einen leeren Pappbecher vor seinen Füßen und räuspert sich dämlich.

»Wegen deiner Ex«, sagt Astrid und wird rot.

»Ihr wart doch gar nicht da«, versuche ich mich zu retten.

»Ja, aber ich kenne doch Sarahs Schwester, das hab ich dir schon mal erzählt vor ein paar Wochen. Da ist Sarah im Café vorbeigekommen und hatte ihre Schwester dabei, weißt du nicht mehr?«

»Doch.« Jetzt erinnere ich mich.

»Und Sarah hat heute Morgen mit ihrer Schwester telefoniert, und die hat mich danach angerufen.«

»Und?« Jetzt ist Mia am Zug. »Was hat Sarahs Schwester denn erzählt?«

»Äh, ja, sie meinte, Sarah hätte Leo eine Gummipuppe geschenkt, und Leo hätte sich darüber nicht so richtig gefreut, weil Sarah auch gesagt hat, dass Leo nicht gut im Bett sei. Also um ehrlich zu sein, hat sie gesagt ... äh, also ...«

»Sie hat gesagt, du seist eine Niete im Bett, Leo«, vervollständigt Hanno den Satz und macht dabei ein so bedröppeltes Gesicht, als hätte das jemand zu *ihm* gesagt.

»Hat sie das«, sage ich lahm, und Mias Hand liegt auf einmal auf meiner Schulter, was gut ist. Glaube ich.

»Sarah erzählt viel, wenn der Tag lang ist«, erklärt Mia. »Wahrscheinlich, weil in ihrem Leben nicht sonderlich viel passiert.«

»Wirklich?«, fragt Astrid und mustert Mia so, wie alle Frauen Mia mustern. Halb argwöhnisch, halb neidisch. Mia sieht nämlich selbst in Joggingklamotten und verschwitzt besser aus als die meisten ihrer Geschlechtsgenossinnen, die sich für eine Gala oder eine Hochzeit herausgeputzt haben. »Und dass Sarah ihm eine Gummipuppe geschenkt hat, das stimmt also auch nicht?«

»Das war ein nicht ganz so lustiger Scherz. Aber Sarah ist ja nicht besonders erfinderisch, was diese Dinge betrifft. Sie ist ja eher ein bisschen … einfach.« Mia lächelt. »Wenn ich an ihre strassbesetzten Fingernägel denke. Primitiv nennt man das, glaube ich.« Sie lächelt jetzt noch breiter und blickt wie zufällig auf Astrids Fingernägel, auf denen sich ebenfalls Glitzersteinchen befinden.

»Wir müssen dann mal weiter«, sagt Hanno und zieht Astrid mit sich fort. »Schönen Tag noch«, sagen beide im Gehen. Auf den Glühwein wollen sie wohl doch verzichten.

Ich atme ein und aus und wieder ein und aus. »Das ist jetzt nicht wahr.« Flehend schaue ich Mia an. »Bitte sag, dass das nicht wahr ist.«

»Na ja, hast du gedacht, das macht nicht die Runde? Dafür waren definitiv zu viele Leute da.« Sie sieht nicht einmal empört aus. »Willst du auch einen heißen Kakao?«, versucht sie mich abzulenken.

Ich schüttele den Kopf. »Nein danke. Das hilft jetzt auch nicht weiter, ich bin ja keine zwölf mehr. Was soll ich denn jetzt machen? Wie peinlich ist das denn bitte?!«

»Du wartest einfach ab und machst gar nichts. Umso schneller ist Gras über die Sache gewachsen. Ist doch immer so.«

»Na, auch unterwegs bei dem schönen Wetter?« Wir drehen uns um. Vor uns steht Mr. Bean's Schwester Edda, neben sich drei weitere Frauen, die aussehen wie hungrige Insassen eines Arbeitslagers. Ihre Blicke sind feindselig, und es würde mich nicht wundern, wenn eine von ihnen gleich einen Vorschlaghammer zieht und damit auf uns eindrischt. Nur Edda sieht wie immer total niedlich aus. Sie, die sich selbst als Kampflesbe bezeichnet, trägt eine rosa Daunenjacke und hat Ohrenschützer aus hellblauem Plüsch aufgesetzt. Die anderen haben raspelkurze Haare und sind an allen möglichen Stellen gepierct. Bestimmt auch da, wo man es nicht sieht. Hoffentlich ruft gleich eine von ihnen »Dawai, dawai!«, und sie verschwinden.

»Ist er das?«, fragt die ganz rechts Stehende, die fast eine Glatze und eine Drachentätowierung auf der Kopfhaut hat.

»Mhm.« Edda nickt. »Das ist er.« Sie deutet extra noch mal auf mich, damit man mich auch bloß nicht mit Mia verwechselt. »Eigentlich wollten wir alle am Montag im Café vorbeischauen, weil meine Freundinnen dich unbedingt mal sehen wollten. Aber jetzt haben wir uns ja zufällig hier getroffen. Auch schön.«

»Ja. Das ist toll.«

»Kriegst du ihn nicht hoch, ist er zu kurz, kommst du zu schnell oder stehst du auf Typen oder was?«, will die ganz links Stehende wissen.

Ich merke, wie mir schlagartig die Tränen in die Augen schießen, weil die Situation so peinlich ist. Habe ich das geträumt, oder hat mich eine der Lesben gerade gefragt, ob ich zu schnell komme? Es ist so schrecklich demütigend, und das alles auch noch vor Mia. Andererseits ist es besser als vor irgendjemand anderem. Trotzdem will ich es nicht, ich will es nicht, ich ... und da umarmt mich Mia plötzlich, sieht mich lasziv und provokativ an und sagt: »Komm, Leonhard, ich will jetzt vögeln. Sofort. Lass uns gehen.« Zu den Straflagerarbeiterinnen sagt sie: »Diesen Schwanz, meine Besten, würdet ihr nie vergessen. Ihr habt was verpasst, glaubt mir. Da wird die beste Zunge neidisch.«

Sie nimmt meine Hand und zieht mich mit sich. Ich drehe mich nicht noch mal um, weil mir das jetzt alles noch peinlicher ist. Dass Mia so vulgär reden kann, das ist wirklich unfassbar ... unfassbar genial!

9

Mia

»Das war ein richtig toller Freundschaftsdienst«, sagt Leonhard und lächelt mich an. »Danke. Obwohl es mir bei den Lesben egal ist. Trotzdem ist es nicht gerade toll, dass jetzt offenbar ganz Hamburg glaubt, dass ich zu blöd zum Vögeln bin.«

»Das denkt nicht *ganz* Hamburg.« Manchmal übertreibt er wirklich.

»Noch nicht.« Er seufzt. »Gib ihnen noch ein paar Stunden.«

»Blödsinn.« Wir liegen auf Leonhards Bett und schauen zur Decke. Sein Vater ist noch nicht zurück, und es ist noch nicht mal Mittag, erst halb zwölf. Ich überlege, ob ich so langsam nach Hause fahren sollte, da setzt Leonhard sich auf.

»Was ist, wenn ich *wirklich* so scheiße im Bett bin?«, fragt er mich ernst. »Was ist, wenn alle meine Freundinnen deswegen so schnell wieder mit mir Schluss gemacht haben? Ich habe letztens mal alles aufgeschrieben, also alle meine Freundinnen und die Dauer unserer Beziehung. Das war ein ziemlich beschissener Abend, falls es dich interessiert. Ich …«

»… weiß«, sage ich. »Das war der Abend, an dem du auf der Straße randaliert und meinen Anrufbeantworter vollgelallt hast. Von deiner armen Nachbarin ganz zu schweigen.«

»Das war wirklich kein guter Abend. Ich habe meine ganzen Beziehungen Revue passieren lassen. Länger als sechs Wochen hat keine gehalten. Das sind zweiundvierzig Tage. Das ist doch nicht normal!«

»Was? Dass sechs Wochen zweiundvierzig Tage sind?«

»Nein, dass ich immer nur so kurze Beziehungen hatte.«

»Vielleicht hast du die Richtige einfach noch nicht gefunden.«

»Und was ist mit Sarah?«

»Na ja ...«

»Woran erkennt man denn, dass es die Richtige ist?«

»Ich glaube, man hat das irgendwann im Gefühl.«

»So wie bei dir und Benedikt?« Sofort wird Leonhard rot, weil er seinen Fehler bemerkt. »Tut mir leid, jetzt habe ich gerade glatt vergessen, dass ihr gar nicht mehr zusammen seid. Ich weiß ja, dass du darüber und die Gründe dafür nicht sprechen willst«, entschuldigt er sich.

»Schon okay. Ich erzähle es dir irgendwann mal, versprochen. Nur jetzt nicht.« Sie seufzt. »Also, wo waren wir? Woran man das erkennt? Ich weiß es wirklich nicht. Also, nicht sicher jedenfalls. Ich habe meine Mutter mal gefragt, das war kurz nach der silbernen Hochzeit von meinen Eltern. Ich habe mich gefragt, wie man so lange mit einem Menschen verheiratet sein kann. Das muss ja die wahre Liebe sein. Und genau das habe ich meine Mutter gefragt: ›Woran hast du gemerkt, dass Papa der Richtige ist?‹«

»Ja und?«

»Ihre Antwort war: ›Er ist es nicht. Und genau deswegen werde ich morgen ausziehen. Die Feier wollte ich aber noch mitnehmen. Dein Vater hat seit Monaten nur gezetert und sich über die Kosten beschwert, da wäre es doch eine Schande gewesen, das Fest ausfallen zu lassen, oder? Und war das Essen nicht lecker? Denk mal an das köstliche Perlhuhn.‹«

»Das ist nicht wahr?« Entsetzt richtet Leonhard sich auf.

»Doch, ist es.« Ich nicke und verschränke die Hände hinterm Kopf. »So wahr ich hier liege. Sie ist dann tatsächlich am nächsten Tag ausgezogen, und zwei Monate später hat sie mir ihren neuen Freund vorgestellt. Reinhold. Er ist das komplette Gegenteil von meinem Vater. Reinhold ist agil, interessiert, liebt Kunst und Musik und fährt gerne in den Urlaub. Er geht gern gut essen und ins Kino, sie haben ein Theater-Abo und gehen zusammen tanzen.«

»Und dein Vater?«

»Hat immer nur zu Hause gehockt und gemeckert. Alles war doof. Im Urlaub wird man abgezockt, im Theater schreien sie zu laut, Kunst ist was für Arrogante, Essengehen ist zu teuer und, und, und. Dass meine Mutter das so lange mitgemacht hat, hat mich eh gewundert.«

»Ist sie denn jetzt glücklich?«

»Ja. Total. Mein Vater auch.«

»Echt?« Leonhard scheint gar nichts mehr zu kapieren.

»Ja. Jetzt hat er Luise, die genauso viel meckert wie er, nicht gern in den Urlaub fährt und am liebsten zu Hause hockt. Die beiden bedienen jedes Rentnerklischee, hängen aus den Fenstern, auf Kissen gestützt, damit es bequemer ist, und schreiben Falschparker auf oder erklären den Hilfspolizisten, wie sie ihre Arbeit zu verrichten haben. Ein absoluter Albtraum, aber die beiden sind glücklich.«

»Unfassbar«, bewundert Leonhard meine nicht anwesenden Eltern.

Wir schweigen ein paar Minuten vor uns hin, dann fragt er: »Glaubst *du*, dass ich scheiße im Bett bin?«

»Woher soll ich das denn wissen?« Er stellt manchmal echt komische Fragen.

»Na, vom Gefühl her. Was glaubst du, wenn du mich siehst?«

»Im Moment glaube ich, dass bei dir gar nichts geht, weil du müde bist und noch Restalkohol intus hast. Außerdem stinkst du, weil du vom Laufen verschwitzt bist. Und du bist verletzt, weil so viele Leute von der Sache mit Sarah wissen.«

»Stimmt. Und sonst?«

»Ach, Leonhard«, ich überlege kurz. »Ich weiß es nicht, und ich will es auch gar nicht wissen. Das ist für mich einfach kein Thema. Also bei *dir*.«

»Aber ich muss es herausfinden. Wer kann es mir denn sonst sagen?«

»Ich. Weiß. Es. Nicht.«

Plötzlich springt er auf. »Ich hab eine Idee.« Dann rennt er raus in den Flur und kommt eine Minute später zurück, in der Hand hält er einen zerknitterten Zettel und schwenkt ihn hin und her. »Das hier ist die Lösung, da müssen wir hin!«

»Was kommt denn jetzt?« Auf gar keinen Fall werde ich heute noch irgendwo hingehen. Der gestrige Abend und das Laufen stecken mir noch in den Knochen.

»Doch, doch! Wir werden es tun!«, ruft Leonhard theatralisch.

»Was denn überhaupt?«

»Wir werden zu diesem Seminar gehen!«

»Welches Seminar?«

»Na, von Mr. Orgasmic!« Er deutet auf den Zettel in seiner Hand, und mir fällt ein, dass er den im Sex-Shop eingesteckt hatte. »Das ist die beste Idee, die ich seit Langem hatte! Danach werde ich ein Hengst sein, und du wirst auch den richtigen Mann finden.«

»Momentan will ich überhaupt keinen Mann.« Ich gähne. Ich bin so müde. Ich mag nicht mehr über Sex reden. Ich will auch keine Gummipuppen mehr gegen Dildos eintauschen. Aber Leonhard hat mir gar nicht zugehört.

»Und danach gehe ich zu Sarah und werde ihr beweisen, wie gut ich bin. Ha! Ist das nicht grandios?« Er hüpft durchs Zimmer wie ein Springteufel. »Bitte, Mia, komm mit. Du musst einfach! Bitte, bitte.« Wieder hält er mir den Zettel hin. »Hier steht, dass das nur für Paare ist. Ich weiß nicht, welche Frau ich sonst fragen könnte. Die würden mich doch alle für irre halten.«

Zu Recht.

»Ich weiß nicht.«

»Bin ich nun dein bester Freund oder nicht?« Anklagend sieht er mich an.

»Na klar bist du das. Aber das heißt doch noch lange nicht, dass ich …«

»Also du bist dabei. Danke, das vergesse ich dir nie!« Dann rennt er aus dem Zimmer, kurz darauf höre ich ihn telefonieren. Er bittet Mr. Bean, das Café morgen Abend alleine zu schmeißen. Und offenbar sagt Mr. Bean auch noch zu.

Na prima.

Jetzt komm ich aus der Nummer wohl nicht mehr raus.

Leo

»Da wären wir.« Himmel, bin ich aufgeregt. Mia und ich stehen vor der St.-Christophorus-Kirche in Ottensen, in deren Gemeindesaal der Kurs von Mr. Orgasmic stattfindet. Es hat noch Ewigkeiten gedauert, um Mia rumzukriegen, aber letztlich habe ich es geschafft. Was auf dem Flyer steht, klingt extrem interessant. An jedem Seminartag soll ein anderes Thema behandelt werden. Das wird sozusagen ein bunter Streifzug durch alles, was an Sexkursen so angeboten wird. Was den Vorteil hat, so versprechen es zumindest die Veranstalter, dass man nicht mehrere Kurse absolvieren muss. Nein, hier gibt es das Rundum-Sorglos-Paket.

»Willst du das wirklich tun, Leonhard?«, fragt Mia mich zum letzten Mal, und ich nicke aufgeregt. Es gibt gerade nichts, was ich mehr will.

»Gut.« Mia öffnet die Tür. Wir gehen einen Flur entlang. Der Boden ist mit Linoleum ausgelegt, und der Geruch hier erinnert mich an meinen Konfirmandenunterricht. Kirchen haben einen merkwürdigen Eigengeruch, genau wie Schulen, Finanzämter oder Gerichtsgebäude. Das sind irgendwie spezielle Mischungen, die einem nie wieder aus der Nase gehen.

»Ich verstehe nur nicht, warum ein Sexseminar ausgerechnet im Gemeinderaum einer Kirche stattfindet«, wundert sich Mia.

»Keine Ahnung. Vielleicht wegen der Fortpflanzung. Die Kirche predigt schließlich, dass wir uns fortpflanzen sollen.«

»Ich weiß aber noch gar nicht, ob ich das will.«

»Es war ja auch nur der Versuch einer Erklärung, warum die das ausgerechnet hier machen«, rechtfertige ich mich. »Da, das ist der Raum.« Die Tür ist nur angelehnt, und wir schauen erst mal durch den Spalt. Schnell zähle ich die Anwesenden durch und komme auf acht Personen, also vier Paare. Mit Mia und mir sind es dann also fünf.

»Nun geh schon rein«, sagt Mia und stößt die Tür auf. Natürlich starren alle sofort in unsere Richtung, und ich laufe rot an, was mir zum letzten Mal vor ewigen Zeiten passiert ist. Genauer gesagt an dem denkwürdigen Tag, an dem ich Vanessa geschenkt bekommen habe, also ist es wohl doch noch keine Ewigkeit her.

Aber auf Mia ist wie immer Verlass. »Hallo«, sagt sie selbstbewusst und nickt freundlich in die Runde. Ich nuschle ebenfalls »Hallo«, dann setzen wir uns auf die verbliebenen zwei Stühle. Offenbar sind wir die Letzten. Eine unangenehme Pause entsteht, und ich schaue mir unauffällig die Teilnehmer an. Eigentlich sehen sie ganz normal aus. Aber wir sehen ja auch ganz normal aus. Wer kann schon in das Innere eines Menschen blicken? Jeder hat doch seine Probleme und muss versuchen, sie in den Griff …

»Guten Abend zusammen!« Ein junger, blonder Mann, der auch noch ziemlich gut aussieht, betritt eine Art Podest an der

Stirnseite des Raums. Typ Manager. Er ist leger gekleidet, aber die Jeans und der Pullover sind teuer gewesen, ich erkenne so was sofort.

»Ich bin Mr. Orgasmic, und ich freue mich, dass Sie alle hier sind«, beginnt er. »Am besten, wir fangen mit einer kleinen Vorstellungsrunde an. Wenn Sie also bitte alle nacheinander aufstehen und Ihren Namen sagen würden. Der Vorname genügt.«

Mia steht auf und will etwas sagen, da macht Mr. Orgasmic plötzlich große Augen und kommt näher. Mia weicht ein Stück zurück und stößt gegen ihren Klappstuhl.

»Nein! Das glaube ich ja jetzt nicht!«, ruft unser Sex-Guru und sieht aus, als hätte er einen Geist gesehen.

Mia

Ich bin in der Tat irritiert. Was will der Mann von mir? Oder gehört das zum Seminar? Ist das irgendeine Schocktherapie oder so?

»Jetzt sag bitte nicht, dass du mich nicht erkennst.« Mr. Orgasmic lacht auf, während er mich an den Schultern packt und an seine – zugegebenermaßen breite – Brust zieht.

»Äh«, stottere ich und versuche, mich aus seinem Griff zu befreien. »Ich weiß wirklich nicht …«

»Ich sag nur: Wasserbombe«, ruft der Blondschopf und hält mich weiterhin fest umklammert. »Klingelt's jetzt?«

Ich brauche ein paar Sekunden, um zu begreifen, was Mr. Orgasmic da gerade gesagt hat. Dann reiße ich ungläubig die Augen auf. »Mark! Das gibt es nicht. Bist du es wirklich?«

Jetzt umschlingt er mich noch fester, hebt mich einfach hoch und wirbelt mich einmal im Kreis herum. »Klar bin ich's. Mensch, Mia, das ist ja Ewigkeiten her!« Er lässt mich wieder auf den Boden herunter, ich taumele kurz und muss mich an dem Stuhl hinter mir festhalten. Mark! Das gibt's ja gar nicht, ich bin vollkommen fassungslos. Und im nächsten Moment weicht die Fassungslosigkeit kindlicher Freude. Mark! Ach, ist das schön!

Mark und ich haben vor Urzeiten im selben Haus gewohnt, da waren wir noch klein. Wir kommen beide aus Hessen, genauer gesagt aus Oberursel, und dort gibt es nur ein riesiges Hochhaus mit dreizehn Stockwerken. Ich hab im fünften und Mark im achten Stock gewohnt. Also natürlich mit unseren Eltern. Beide Familien hatten Wohnungen auf der linken Seite, und so kam es, dass Mark mir eines Tages – wir waren gerade neu eingezogen, und ich stand auf dem Balkon und schaute übers Geländer in die Tiefe – eine Wasserbombe aus dem achten Stock auf den Schädel knallen ließ. Die Bombe war eigentlich nicht für mich bestimmt gewesen, sondern für Jockel und Timmi, die beide unten vorm Haus spielten, aber sie hatte nun mal mich getroffen.

Ich war natürlich stinksauer und habe Mark beschimpft wie ein Rohrspatz, aber er hat nur gelacht, und später haben wir uns unten auf dem Spielplatz getroffen und mit den anderen Fangen gespielt, und schon war alles vergessen. Mark hatte noch gemeint, das sei ein würdiger und tapferer Einstieg für mich in die kindliche Hausgemeinschaft gewesen.

Und so fing unsere Freundschaft an. Mark ist zwei Jahre älter als ich und hat fortan auf mich aufgepasst wie der große Bruder, den ich ja nie hatte, weil ich ein Einzelkind bin. Wir gingen auf dieselbe Schule, aber logischerweise in verschiedene Klassen. Mark half mir in Bio, ich ihm in Deutsch. Wir waren gemeinsam in der Jugendgruppe der Christuskirche und später Betreuer bei Konfirmandenfreizeiten, die uns in so komische Orte wie Kastellaun oder Waldfriede führten.

Wir hatten beide feste Freunde und Freundinnen, die der andere ganz okay fand, aber am liebsten waren wir zusammen allein, schauten fern, weinten gemeinsam bei Kitschfilmen oder fuhren Fahrrad und machten Quatsch.

Mit Mark habe ich mich zum ersten Mal in meinem Leben betrunken, und mit geschätzten zehn Promille tanzten wir gemeinsam auf einem der vielen Dorffeste herum, das heißt, wir taumelten eher. Am nächsten Morgen hatten wir gemeinsam einen Kater, schworen uns gemeinsam, nie wieder Alkohol zu trinken, und waren beide froh, diesen katastrophalen Tag nicht alleine durchstehen zu müssen.

Dann machte Mark irgendwann Abitur und beschloss, für ein Jahr nach München und Wien zu gehen und Praktika in allen möglichen Werbeagenturen zu absolvieren, um danach Grafikdesign zu studieren. Ich ließ ihn ungern ziehen, aber ich wollte seinem Erfolg auch nicht im Weg stehen. Natürlich haben wir gemailt und telefoniert, aber wie das so ist, wurde es mit der Zeit immer weniger, und als Mark mir dann schrieb, er habe eine Christina kennengelernt und sei bis über beide Ohren verliebt, brach der Kontakt fast ganz ab, was daran lag, dass er nur noch dieses Mädchen im Kopf hatte und sonst gar nichts. Mark blieb dann auch ganz im Süden, aber das hat mich nicht mehr so sehr interessiert, weil ich irgendwann einen Alexander kennengelernt und mich sehr in ihn verliebt hatte, da war Mark dann endgültig abgeschrieben.

Irgendwann haben Mark und ich dann fast gar nichts mehr voneinander gehört, manchmal hat man noch aneinander gedacht, sich zu Geburtstagen gratuliert, und vor zwei Jahren hatte ich die Einladung zu Marks Hochzeit mit einer anderen Frau namens Katharina im Briefkasten, zu der ich aber leider nicht gehen konnte, weil ich kurz vorher eine entsetzliche Wurzelbehandlung hatte.

Damals hatte ich schon lange in Hamburg gewohnt, hier war ich wegen Oliver hergezogen, der meinte, er könne nirgendwo sonst leben. Also habe ich in der Hansestadt Jura studiert, um dann, als ich meinen Abschluss in der Tasche hatte, festzustellen, dass die Rechtsverdreherei überhaupt nichts für mich ist. Stattdessen habe ich mit einer Freundin einen Laden aufgemacht, in dem es selbst gebackene Kuchen, Trüffel und andere Leckereien gibt. Bisher die beste Entscheidung meines Lebens, auch wenn ich den Laden mittlerweile alleine schmeißen muss, weil Sophie, meine Freundin, Zwillinge bekommen hat.

So. Das nur am Rande.

Sex mit Mark hatte ich übrigens nie, und das ist auch gut so.

Er ist – wie Leonhard – wie ein Bruder für mich. Eigentlich wurde Mark von Leonhard ersetzt.

Jedenfalls freue ich mich riesig.

»Mark, Mark, Mark! Was machst du hier? Ach, wie lange ist das denn her? Zehn Jahre?«

»Weit über zehn«, sagt Mark und küsst mich hundertmal hintereinander auf beide Wangen, was von den anderen Seminarteilnehmern inklusive Leonhard etwas irritiert zur Kenntnis genommen wird, aber das scheint Mark nicht im Geringsten zu stören. »Ich bin jetzt 35, du wirst 33, kurz nach dem Abi haben wir uns zum letzten Mal gesehen, Mensch Mia, das ist ja wirklich gut fünfzehn Jahre her!«

Die anderen Kursteilnehmer räuspern sich, was ich nachvollziehen kann. Sie haben ja nicht viel Geld bezahlt, um sich anzuhören, wie lange Mark und ich uns nun schon nicht mehr gesehen haben.

Eins verstehe ich allerdings nicht. Mark hat doch Grafikdesign studiert und hat, soweit ich mich erinnern kann, eine eigene Werbeagentur. Was macht er dann hier in diesem Seminar, und das nicht als Teilnehmer, sondern als Leiter? Gerade öffne ich den Mund, um ihn zu fragen, da sieht Mark mich durchdringend an.

»Ich weiß, was du jetzt sagen willst«, raunt er mir zu. »Tu's bitte nicht, ich erkläre es dir später.« Mit diesen Worten schiebt er mich zurück in Richtung Stuhl und zwinkert gleichzeitig Leonhard verschwörerisch zu. Leonhard erwidert das Zwinkern nicht, stattdessen sieht er so aus, als würde er nur noch Bahnhof verstehen.

»Wer ist das denn?«, flüstert er mir zu, als ich wieder neben ihm sitze.

»Ein Freund von früher.«

»Aha. Hattest du mal was mit dem?«

Ich sehe ihn stirnrunzelnd an. »Wieso fragst du das?«

»Weil es mich interessiert.« Leo schaut angestrengt nach vorn, wo Mark am Stehpult seine Unterlagen sortiert.

»Nein, hatte ich nicht. Er ist ein alter Freund, wir haben im selben Haus gewohnt.«

»Ihr habt in einem Haus gewohnt, und zwischen euch ist nichts gelaufen?«

»Herrje, Leonhard. Da waren wir noch Kinder.«

»Ich frage ja auch nur.«

»Können wir uns jetzt vielleicht mal auf das Seminar konzentrieren?«, pampe ich ihn an. »Immerhin bin ich nur dir zuliebe hier und habe dafür extra den Laden geschlossen.«

»Der hat um acht Uhr abends eh nicht mehr offen«, sagt Leonhard, und damit hat er recht.

»Trotzdem tue ich es für dich.«

»Ist ja schon gut. Ich …«

»Verzeihen Sie bitte die Störung von eben«, entschuldigt Mark sich bei den Anwesenden. »So ist das, wenn man eine Geschäftspartnerin wiedertrifft, die man schon lange nicht mehr gesehen hat.« Er lächelt in meine Richtung und zeigt dabei eine Reihe makelloser Zähne.

Ich ärgere mich über Leonhard. Was soll dieses Ausgefrage? Immerhin bin ich nicht mit ihm liiert. Er ist ja fast eifersüchtig!

»Wenn Sie sich also nun nacheinander erheben und kurz vorstellen würden.« Er nickt mir zu, also stehe ich auf, sage meinen Namen und setze mich wieder hin. Die anderen tun es mir nach.

»Sehr schön«, sagt Mark. »Hier im Kurs sagen wir du zueinander, so wie in einer großen Familie. An jedem der zehn Termine werden wir andere Methoden und Sichtweisen erarbeiten und natürlich diskutieren. Wir werden gemeinsam über unsere Schwächen und Stärken sprechen. Und natürlich darüber, wie wir unseren Lustgewinn und den des Partners steigern können. Die Quintessenz dieses Seminars soll das gemeinsame Wiederentdecken einer lebendigen Sexualität sein, und, das ist ganz wichtig, der jeweilige Partner soll am Ende das Gefühl haben, mit einem Menschen zusammen zu sein, der ein absoluter König beziehungsweise eine Königin im Bett ist. Nieten soll es keine mehr geben.«

Ich weiß genau, was Leonhard jetzt denkt, nämlich, dass er hier goldrichtig ist. Ich zweifle allerdings noch. Also nicht an Marks Fähigkeiten, aber an diesem ganzen Seminar. Die anderen scheinen allerdings begeistert zu sein, sie sehen allesamt erwartungsvoll bis aufgeregt aus.

»Jeder von euch nimmt sich nun ein Kissen dort aus dem Regal, und dann bilden wir zusammen einen Kreis«, sagt Mark. Wir erheben uns gehorsam von unseren Stühlen und tun, was er sagt. »Nun sucht sich jeder von euch einen neuen Partner, immer Mann und Frau. Dann setzt ihr euch in den neuen Paarkonstellationen einander gegenüber.« Ich schaue mich um. Außer Leonhard und Mark gibt es hier nicht wirklich attraktive Männer. Ich entscheide mich für einen, der, glaube ich, Gerd heißt, eine Glatze hat und zumindest halbwegs normal aussieht, und gehe schnell zu ihm, damit ihn mir keine der anderen

Frauen wegschnappt. Leonhard geht zu einer Brünetten, die ein Sweatshirt mit dem Konterfei der Schlagersängerin Andrea Berg trägt.

Gerd und ich setzen uns auf unsere Kissen und sehen uns interessiert an. Mein Gegenüber grinst unbeholfen und knibbelt an seinen Fingernägeln herum, was ihn nicht gerade attraktiver macht.

Ich sitze einfach nur da und warte ab.

Mark läuft herum und verteilt nun Schlafmasken.

»Setzt jetzt bitte die Maske auf«, fordert er uns auf.

»Oje«, sagt Gerd.

Ich finde das irgendwie blöd, sage aber nichts, sondern setze einfach meine Maske auf. Gar nicht so schlecht, so muss ich immerhin Gerds unbeholfenes Grinsen nicht mehr sehen.

»Ich habe nun extra ein Sinnesorgan ausgeschaltet«, sagt Mark. »Je mehr Sinnesorgane ausgeschaltet werden, desto besser kann man sich auf das Wesentliche konzentrieren. Ich bitte euch, ab sofort nicht mehr miteinander zu sprechen, bis ich euch wieder das Okay dazu gebe. Und nun möchte ich, dass ihr euer Gegenüber zärtlich berührt.«

Leonhard ist so gut wie tot. Das schwöre ich.

Eine Sekunde später spüre ich Gerds Hände an meinen Unterarmen und möchte sie am liebsten wegstoßen, traue mich aber nicht.

»Oje«, sagt Gerd immer wieder und nervt mich wahnsinnig damit. Ich berühre ihn ebenfalls, obwohl mir das extrem unangenehm ist. Ich möchte am liebsten gehen, kann aber Leonhard ja nicht im Stich lassen. Immerhin habe ich mich auf die ganze Sache eingelassen und werde sie jetzt durchziehen. Auch wenn Leonhard nachher sterben muss.

»Nur Mut«, sagt Mark. »Nicht nur die Arme anfassen. Erkundet den gesamten Körper des anderen.«

Jetzt spüre ich Gerds Hände auf meinen Oberarmen, dann auf meinem Gesicht. Er hat dicke Hornhaut an den Fingern, und ich möchte mich auf der Stelle übergeben.

»Oje«, sagt er wieder.

»Meine Güte«, fahre ich ihn an. »Warum sagst du denn dauernd ›Oje‹?«

»Das ist immer so, wenn ich eine Erektion habe«, erklärt er mir höflich. »Das hat aber nichts mit dir zu tun. Ich habe oft eine Erektion.«

»Aha.« So tief bin ich also schon gesunken, dass ich mit meinem platonischen Freund in einem Erotikseminar hocke und mein unattraktives Gegenüber mir erklärt, dass seine Erektion nichts mit mir zu tun hat. Schönen Dank auch.

Vielleicht sollte ich ihm mal gepflegt in die Eier treten. Da das Vulgäre aber nicht mein Stil ist, lasse ich es bleiben. Leider hört Gerd nicht auf mit seinem »Oje, oje«. Er scheint sich kurz vorm Höhepunkt zu befinden, was aber natürlich auch nichts mit mir zu tun hat.

Leo

»Der Manni hat's echt nicht mehr drauf«, flüstert mir die Dunkelhaarige zu, während sie mit den Fingern sanft meine Oberschenkel streichelt. Im Normalfall würde mir das gefallen, aber ich muss dauernd an das Andrea-Berg-Sweatshirt denken und male mir insgeheim aus, wie es bei ihr zu Hause aussieht. Ich verwette meine linke Hand darauf, dass sie einen gekachelten Couchtisch hat und so komische Drucke in billigen Wechselrahmen, womöglich irgendwas von Salvador Dalí oder zwei Schwäne, die mit ihren Hälsen ein Herz bilden. Wer Andrea Berg hört, hat gekachelte Fußböden und Bistro-Gardinen in der Küche, auf denen sich eingewebte Kätzchen tummeln. Man wohnt irgendwo außerhalb, kehrt samstags die

Straße, nachdem man im Bau- und/oder Supermarkt im Industriegebiet war, und nachmittags wird der Rasen gemäht. Jeden Tag! Ältere Semester backen dann noch einen Sonntagskuchen, und niemand geht mehr in die Kirche, stattdessen schaut man lieber eine Sendung über schwererziehbare Jugendliche auf RTL II.

»Du bist der Leo, gell?«, werde ich gefragt. Ich nicke.

»Ich bin die Cheyenne. Ich komm aus Kölleda und wohn erst seit ein paar Jahren in Hamburg.«

»Aha.« Mich interessiert nicht, wo Kölleda ist und auch nicht, wie lange sie hier wohnt.

Ihre Finger streicheln nun meinen Bauch, wobei es eher ein Kratzen ist.

»Grrrrrr«, macht Cheyenne dabei, und wenn ich keine Maske trüge, würde ich jetzt vor Scham die Augen schließen. Andererseits findet sie mich offenbar attraktiv, und das ist das Wichtigste! Ich will ja etwas erreichen. Ich will Sarah beweisen, dass ich's draufhabe.

»Ich bin eine kleine Wildkatze«, sagt Cheyenne. »Und ich will's dir zeigen. Ccchhhhh!«, faucht sie, und mich wundert es nicht, dass der Manni es echt nicht mehr draufhat. »Der Manni mag das nicht. Er will gar nicht mehr. Er sagt, ich würde ihn nerven«, plappert Cheyenne. »Aber du bist bestimmt ein Wilder.«

Sie hat es erkannt! Nicht, dass ich mit ihr ins Bett gehen würde, für kein Geld der Welt – aber sie hat die richtigen Worte gesagt. Ein Wilder! Jawohl!

»Vielleicht«, sage ich vage und versuche, sie damit noch weiter aus der Reserve zu locken. Möglicherweise sagt sie ja noch ein paar nette Dinge über mich?

»Ich gehe gern mit dem Manni in den Swingerclub«, erzählt Cheyenne weiter. »Da haben wir halt schon versucht, unser

Sexleben wieder aufzupeppen, aber irgendwie wollte es nicht klappen, und deswegen hat der Manni gemeint, wir sollten das hier mal probieren. Vielleicht mögt du und deine Frau mal mit in den Swingerclub kommen. Es gibt einen total schönen in Wilhelmsburg, der heißt *Spicy Island*. Da sind voll die netten Leute.«

In Wilhelmsburg. Sicher. In der Bronx gibt es bestimmt auch nette Leute. Man muss sie bloß finden.

»Und das Büfett da ist auch immer total lecker. Letztens gab es Erbsensuppe mit Würstchen.«

Jetzt drehe ich fast durch. Erbsensuppe im Swingerclub. Wer macht denn so was?

Ich antworte nicht, und Cheyenne sagt auch nichts mehr, sondern versucht, meine Mitte zu finden.

Hoffentlich hat Mia mehr Glück. Fast habe ich ein schlechtes Gewissen, weil ich sie mit hierher gezerrt habe, aber was hätte ich denn machen sollen? Das hier ist nun mal nur für Paare.

»Versucht, die Berührungen zu genießen, seid forschend, aber nicht aufdringlich. Überlegt, was an eurem Partner anders ist, denkt darüber nach, wo ihr ihn gerne berühren möchtet«, schwadroniert dieser Mark herum. »Begreift es als eine Schatzsuche, eine Suche nach der verlorenen Lust!«

Wir müssen noch ein paar Minuten weitertätscheln, dann sollen wir die Übung mit unserem jeweiligen echten Partner noch mal wiederholen. Dabei sollen wir den Unterschied spüren und auf uns wirken lassen. Das, so erklärt Mark, hilft uns, den Körper des Partners neu zu entdecken, und das sei der erste Schritt zu einem besseren Miteinander.

Alle setzen nun ihre Masken ab. Mia funkelt mich böse an. Ihre Haare sind platt an ihren Kopf gedrückt, und ihr Gesicht hat ein paar Knautschfalten.

»Das wirst du mir büßen«, zischt sie mir zu.

»Ich liebe dich auch«, antworte ich.

»Setzt jetzt bitte eure Masken wieder auf«, befiehlt Mark, und das Spiel geht von vorne los.

Ich suche mit meinen Händen Mias Gesicht und fahre sanft über die Konturen, streichele ihre Haare, ihre Stirn, die Wangen, die Nase, die Lippen. Himmel, hat Mia schöne Lippen. Voll und warm und weich. Dann macht sie das Gleiche bei mir. Ihre Finger sind kühl, behutsam streichelt sie mir übers Kinn und den Hals hinunter. Es ist schön, einfach nur schön. Ganz anders als bei Cheyenne. Die wollte ich eigentlich gar nicht anfassen.

Aber mit Mia ist es anders. So vertraut. So ... schön einfach. Am liebsten würde ich gar nicht mehr aufhören.

Mia

Nachdem das mit dem Streicheln und Erkunden erledigt ist, soll sich ein Kursteilnehmer freiwillig zu einer Übung, die später auch eine Hausaufgabe ist, melden. Natürlich melde ich mich nicht, aber eine gedrungene Frau, die, wenn ich mich recht erinnere, Heidemarie heißt und um die fünfzig ist. Erwartungsvoll steht sie von ihrem Kissen auf und gesellt sich zu Mark in die Mitte. Der hat schon eine Yoga-Matte geholt, auf die sich Heidemarie nun legen soll. Dann geht Mark zu einem der Fenster und betätigt einen Knopf, woraufhin sich die schweren Vorhänge zuziehen. Mit einer Fernbedienung schaltet er einen CD-Player ein, und es ertönen Mönchsgesänge. Ich muss Mark nachher unbedingt abfangen und ihn fragen, warum er das hier macht. Und überhaupt. Was tut er in Hamburg?

Aber jetzt müssen wir uns erst mal auf Heidemarie konzentrieren. Mark holt von irgendwoher eine Art Puschel, der wie ein kleiner Staubwedel aussieht, hervor und sagt: »Schließe nun die Augen und genieße. Stell dir vor, es ist dein Mann.« Heidemarie tut, was er sagt, und kurz nachdem ihre Augen zu sind, beginnt Mark, ihr mit dem Puschel über den Körper zu streichen.

»Was spürst du?«, fragt er nach zwei Minuten.

»Nichts«, sagt Heidemarie. »Ich bin ja angezogen. Über dem dicken Norwegerpullover spüre ich überhaupt nichts.«

»Ah«, macht Mark. »Das ist natürlich richtig. Entschuldige bitte, ich bin heute irgendwie nicht ganz bei der Sache. Würde es dir etwas ausmachen, deinen Pullover auszuziehen? Hast du noch was drunter?«

Heidemarie nickt und schält sich aus dem Pulli. Jetzt hat sie nur noch ein Unterhemd an, das auch schon bessere Tage gesehen hat. Auf Marks Anweisung hin schließt sie nun wieder die Augen, und Mark beginnt erneut, mit dem Puschel auf ihr herumzuwedeln. Ich halte das alles für sinnlos, tue aber interessiert.

Die anderen scheinen ehrlich interessiert.

»Wie fühlt sich das an?«, fragt Mark.

»Ganz gut.«

Nun gibt Mark den Puschel an Heidemaries Mann weiter, ein spindeldürres Etwas mit randloser Brille. Seinen Namen habe ich vergessen, aber Günni könnte passen. Günni ist hundertprozentig Beamter auf Lebenszeit und nimmt morgens eine Thermoskanne und belegte Brote mit ins Büro, weil er sich den Appetit auf das liebevoll zubereitete Abendessen von seinem Heidemariechen nicht verderben will.

Mark deutet dem Beamten, es ihm gleichzutun, und nun fängt der an, seine Frau zu bepuscheln, allerdings auch ohne Erfolg. Nichts hat hier Erfolg. Ich habe mir das irgendwie anders vorgestellt. Wie genau, weiß ich auch nicht, aber anders eben.

Leo

Nach eineinhalb Stunden ist der Zauber vorbei, und ich bin eigentlich ganz froh, dass wir endlich gehen können. Ein bisschen enttäuscht bin ich schon, irgendwie hatte ich mir unter dem Seminar etwas anderes vorgestellt. Glaube kaum, dass ich mich auch nur einen Millimeter weiter in Richtung »Hengst im Bett« bewegt habe, auch wenn ich jetzt weiß, dass Cheyenne und Manni ganz gern in den Swingerclub gehen und da lecker Erbsensuppe essen. Bei dem Gedanken daran schüttelt es mich, und ich möchte jetzt einfach mit Mia ein Bier trinken gehen. Aber die steht noch bei diesem Mark rum und himmelt ihn an. Kurze Zeit später lässt sie sich dazu herab, zu mir rüberzukommen.

»Ich habe Mark gefragt, ob er mit mir was trinken geht«, informiert sie mich.

»Und?«

»Heute hat er keine Zeit. Aber er ist ja noch länger hier.«

»Wollen wir zwei was trinken gehen?«

»Ach nee.« Sie gähnt. »Ich bin total müde. Außerdem muss ich diesen merkwürdigen Abend erst mal verdauen.«

Eben wollte sie doch noch mit Mark was trinken gehen. Und mit mir nicht? Aber gut. Ich dränge mich nicht auf. Vielleicht ist sie einfach sauer, weil ich sie zu dem Seminar mitgeschleppt habe. Verstehen könnte ich es. Ein bisschen jedenfalls.

»Hör mal, Mia, es tut mir leid, dass ich dich da reingezogen habe. Ich wusste nicht, dass das so komisch wird.«

»Komisch ist wohl das richtige Wort«, erklärt Mia mir. »Ich weiß wirklich nicht, was man da lernen soll. Aber vielleicht kann Mark es mir ja erklären.«

»Also, wenn du nicht mehr hingehen …«

»Doch, schließlich will ich Mark ja auch wiedersehen«, unterbricht sie mich.

Aha.

»Dann sehen wir uns morgen zu Teil zwei?«, frage ich frustriert.

»Klar.« Sie gibt mir einen Kuss auf die Wange. »Schlaf gut.«
»Ja«, sage ich enttäuscht. »Du auch.«

Am nächsten Morgen fahre ich mit Mr. Bean zum Großmarkt nach Hammerbrook. Er ist wie immer morgens um vier so gut gelaunt, dass ich kotzen könnte. Eigentlich wollte ich gar nicht mitfahren, aber ich habe seit zwei Uhr wachgelegen und mich von einer Seite zur anderen gewälzt und ihn dann angerufen.

»Das ist doch der letzte Scheiß«, ist Mr. Beans Kommentar, nachdem ich ihm vom ersten Kursabend erzählt habe. »Reinste Geldmacherei, wenn du mich fragst. Die schröpfen verzweifelte Leute, die nicht mehr weiterwissen.«

»Aber ein alter Freund von Mia leitet den Kurs.«

»Na und?« Mr. Bean schaut mich kurz von der Seite an, während er einen Parkplatz sucht. »Das heißt doch nicht automatisch, dass die Sache seriös ist.«

Da hat er recht.

Eine Stunde später haben wir den Lieferwagen mit frischem Gemüse und italienischen Spezialitäten vollgeladen und fahren zurück.

»Ich würde da nicht mehr hingehen«, sagt Mr. Bean. »Du machst dich doch zum Affen. Das ist genauso eine Verarsche wie diese Kaffeefahrten. Man wird mit einem Präsentkorb und geräuchertem Schinken gelockt und muss den letztendlich zehnfach bezahlen. Das hast du doch gar nicht nötig.«

»Doch. Ich bin eine Niete im Bett. Und das muss sich ändern«, sage ich trotzig.

»Am liebsten würde ich Sarah schütteln«, sagt Mr. Bean. Er wird richtig böse. »Sie weiß gar nicht, was sie da angerichtet hat.«

»Und was ist, wenn sie recht hat?«

»Ach, Leo. So ein Quatsch. Wo ist denn dein Selbstbewusstsein? Sarah ist doch nicht die erste Frau, mit der du Sex hattest.«

»Das nicht. Aber die anderen haben mich ja auch alle verlassen. Spätestens nach sechs Wochen. Das muss doch einen Grund haben.«

»Hat irgendeine von denen gesagt, dass du schlecht im Bett bist?«

»Weiß ich nicht mehr. Ich glaube nicht.«

»Ich glaube dir kein Wort«, echauffiert sich Mr. Bean, fährt auf einen Parkplatz vor meinem Café und stellt den Motor ab. »Denn eins ist klar. *Das* wüsstest du, mein Lieber.«

»Ja«, sage ich. »Wahrscheinlich.« Wir laden die Einkäufe aus. Als wir damit fertig sind, gehe ich in den Keller und überprüfe meinen Vorrat an Glühbirnen. Ich muss unbedingt neue 40-Watt-Birnen bei eBay ersteigern. Diese verdammten Energiesparlampen sind Gift für gemütliche Cafés wie meines, in denen man sich willkommen und geborgen fühlen soll.

»Fängst du heute auch noch mal an zu kochen?«, fragt Mr. Bean ungeduldig, als ich wieder oben bin.

»Ja, ja.« Ich binde mir die Schürze um, wasche meine Hände und fange an, Gemüse zu schnippeln. Ein Gemüseeintopf mit Fleischklößchen kommt bei dieser Kälte sicher gut an.

Und wenn nicht, ist es mir auch egal.

Heute Abend um acht wird es mir bestimmt wieder besser gehen. Denn da kann ich wieder etwas dazulernen. Sarah wird sich noch wundern. Und wie die sich noch wundern wird!

Mia

Ich kann diese Elbletten – so nennt man die verwöhnten, reichen Frauen mit definitiv zu viel Tagesfreizeit – einfach nicht ausstehen. Sie kommen in den Laden, als würde er ihnen gehören, haben teure Klunker an den perfekt manikürten Fingern und tragen Klamotten, die ein kleines Vermögen gekostet haben. Und trotzdem wirken sie immer unzufrieden. Ich werde das nie begreifen.

Jedenfalls waren gerade zwei besonders schlimme Exemplare da und haben mich eine Stunde lang herumgescheucht, um dann zu gehen, ohne etwas zu kaufen. »Das ist mir hier zu wenig Auswahl«, hatte die eine gestänkert, und die andere hatte dazu genickt. »Da schauen wir lieber in Rom noch mal ganz in Ruhe in diesem einen Geschäft in der Via Condotti.«

»Gute Idee.« Damit waren sie gegangen, und ich war ewig damit beschäftigt, alles wieder an den richtigen Platz zu räumen. Noch nicht mal »Auf Wiedersehen« hatten sie gesagt. Ich möchte diese Frauen so gern mal schlagen. Einfach so. Und den Moment richtig auskosten.

Und dann ist heute Abend auch noch dieser behämmerte Kurs. Wie kann ich Leonhard bloß dazu überreden, das sein zu lassen? Nichts gegen Mark, wirklich, aber so ein Kurs scheint mir einfach nicht das Richtige für Leonhard zu sein. Und für mich schon mal gar nicht. Damit meine ich jetzt nicht, dass ich alles über Sex weiß und eine Granate im Bett bin, aber erstens sind Leonhard und ich kein Paar und zweitens kommt mir das alles sinnlos vor. Wer kriegt denn durch Gepuschel sein Sexleben wieder in den Griff?

Aber ich werde hingehen, weil ich neugierig bin. Auf Marks Geschichte natürlich. Hoffentlich hat er heute Zeit, nach dem Seminar mit mir was trinken zu gehen.

Leo

Wir sind vollzählig und warten nur noch auf Mark, der ein paar Sekunden später durch die Tür kommt. Er wirkt irgendwie aufgeräumter als gestern Abend, und ich bin gespannt, was heute auf dem Plan steht.

»Schön, dass ihr alle wieder da seid«, begrüßt er uns. »Es ist nämlich oft so, dass die ein oder anderen nach dem ersten Kursabend nicht mehr wiederkommen, weil sie mit der Offenheit nicht umgehen können. Ihr aber scheint gefestigte Persönlichkeiten zu sein, das freut mich sehr.« Er schaut uns nacheinander fast liebevoll an. Wir sitzen wieder auf unseren Klappstühlen und warten gespannt auf seine Anweisungen.

»Unser heutiges Thema ist die Verbalerotik«, erklärt Mark freundlich. »Das kennt wohl jeder von uns. Man will seinem Partner oder seiner Partnerin das Richtige sagen, aber es fällt einem nichts ein. Oder Sexwünsche. Wie formuliert man die so, dass der andere scharf wird? Dass unser Gegenüber nicht schockiert, sondern interessiert ist? Wir werden lernen, wie man Missverständnissen vorbeugt, wie man Unsicherheit bekämpft und nicht enttäuscht wird. Unsere Worte werden eine erotische Kraft bekommen. Denn wenn man weiß, wie man es machen beziehungsweise sagen muss, ist der Rest ein Kinderspiel. Der richtige Sextalk macht das Vorspiel zu einem Erlebnis, regt die Fantasie an und kann den Orgasmus intensivieren. Die richtigen Worte zur richtigen Zeit, das ist unser Ziel für heute Abend. Wir werden praxisorientiert arbeiten und diverse Sextalk-Varianten ausprobieren. Und nach eineinhalb Stunden werdet ihr aus diesem Raum gehen und es nicht erwarten können, nach Hause zu kommen, um dort übereinander herzufallen.« Mark macht eine Kunstpause, um seine Worte auf uns wirken zu lassen.

Keiner sagt etwas.

»Nun denn«, ergreift er wieder das Wort. »Kommt bitte nach vorn, nehmt euch Kissen und setzt euch in einen Kreis.«

Neben mir räuspert sich Mia, und ich schaue zu ihr rüber, um festzustellen, dass sich auf ihrer Stirn gleich mehrere Zornesfalten gebildet haben. Das ist ein schlechtes Zeichen, wie ich aus Erfahrung weiß. Diese Falten bedeuten nichts Gutes. Mia ist kurz vorm Explodieren.

»Das wirst du mir büßen«, zischt sie mir wütend zu, während wir aufstehen und nach vorn gehen. »Und wie du mir das büßen wirst.«

Ich antworte nicht, weil ich darüber nachdenke, wie ich zu Sarah gehen und sie mit meinen heute Abend gelernten Worten zur Ekstase treiben werde. Wie sie sich mit der Zunge über die Lippen fahren wird, während ich die richtigen Formulierungen verwende. Wie sie mich lasziv und fordernd anblicken wird, wie sie kurz vor dem Höhepunkt »Du bist der schärfste Liebhaber der Welt, Leo!« schreien wird. Wie sie ...

»Nimmst du dir jetzt bitte ein Kissen?«, richtet sich Mark an mich. »Die anderen warten schon.«

Ich tue, was er sagt, und setze mich neben Mia.

»Setzt du dich bitte deiner Frau gegenüber?«, bittet mich Mark nun. »So wie alle das tun.«

Ich platziere mich Mia gegenüber, die meinem Blick ausweicht.

»Wir werden die Sache nun gemeinsam ganz locker angehen«, sagt Mark enthusiastisch. »Ich habe mir ein paar Ausdrücke notiert, die recht heftig sind. Viele Leute scheuen sich davor, solche Worte vor dem Partner auszusprechen, weil sie Angst haben, primitiv zu wirken. Aber merkt euch eins. Beim Sex gilt: Erlaubt ist, was gefällt!« Er nimmt ein Notizbuch zur Hand und blättert darin herum.

»Gut«, sagt er dann. »Fangen wir mit den Männern an. Ich sage die Formulierung vor, und ihr Männer sprecht mir im Chor nach. Bereit?«

»Ja«, antwortet der Chor. Ich kann Mias Wut körperlich spüren.

»Bist du meine scharfe, kleine, verdorbene Wildkatze, die den Hals nicht voll genug bekommen kann?«

Ich glaube, ich höre nicht richtig. Während Mia mich mit

Blicken tötet, wiederhole ich gemeinsam mit den anderen den besagten Satz und fühle mich mies.

»Sehr gut. Merkt ihr, dass ihr lockerer werdet? Ihr Frauen, wie fandet ihr das?«

»Irgendwie blöd«, sagt diese Heidemarie, die gestern bepuschelt worden ist und wegen des dicken Pullis nichts davon gespürt hat. »Ich hab auch nichts gefühlt oder so.« Verschüchtert sieht sie die anderen an, die mit den Schultern zucken und unschlüssig wirken.

»Unfug«, sagt Mark. »Man muss das üben, dann kommt die Erregung mit der Zeit ganz von allein. Jetzt sind die Frauen dran. Sprecht mir bitte nach und erschreckt nicht vor der Heftigkeit. Also: Gleich werde ich es deinem großen Krieger so besorgen, dass du dir wünschen wirst, ein Eunuch zu sein! Alles klar?«

Mia schließt kurz die Augen, dann sieht sie mich böse an und sagt, was sie sagen soll.

Mia

Es tut mir leid, aber ich weiß wirklich nicht, was das bringen soll. Ich fühle mich wie der letzte Trottel. Warum soll ich so einen Mist von mir geben? So was sagt doch kein normaler Mensch. Das ist ja noch schlimmer als diese furchtbaren Kontaktanzeigen in der Tageszeitung: *Kater sucht Katze zum gemeinsamen Fauchen.* Hallo, geht's noch???

Das Schlimme ist, dass es allen anderen im Großen und Ganzen zu gefallen scheint. Sie wirken so, als hätten sie tatsächlich die Hoffnung, dass dieser Quatsch hier neuen Schwung in ihr Sexleben bringen wird.

Ich weiß, dass Leonhard die Situation unendlich unangenehm ist, aber ich werde den Teufel tun und ihm zulächeln. Er soll in der Hölle schmoren.

Also blitze ich ihn an und wiederhole die Worte, die Mark uns vorgegeben hat. Ich werde es überleben ...

Irgendwie schaffe ich es tatsächlich, und nachdem die neunzig Minuten um sind und ich kaum noch Stimme habe, stehe ich auf, weil ich aufs Klo muss. Leonhard, der dauernd versucht, ein normales Gespräch mit mir in Gang zu bringen, ignoriere ich.

»Mia.« Nachdem ich von der Toilette komme, steht Mark auf einmal vor mir und scheint auf mich zu warten. »Na? War's heute sehr schlimm für dich?«

»Ganz ehrlich, Mark, ich kapiere überhaupt nichts mehr. Was machst du hier? Was ist mit deiner Werbeagentur passiert?«

»Das erkläre ich dir ein andermal«, sagt er. »Aber jetzt mal unter uns, das hier ist doch nichts für dich. Das wusste ich gleich. Das ist nur was für sehr gehemmte und unsichere Menschen. Und das bist du nun wirklich nicht. Was für Probleme hast du denn mit deinem Freund?«

»Er ist nicht mein Freund«, sage ich. »Ich bin nur mit ihm hier, weil das Seminar eigentlich für Paare ist. Also, er ist ein sehr guter Freund, eigentlich mein bester, aber eben auf rein platonischer Ebene.«

»Verstehe.« Mark nickt. »Du jedenfalls brauchst diesen Quatsch hier nicht.«

»Danke«, sage ich. »Ehrlich gesagt finde ich das Ganze auch unsinnig und blöde, aber Leonhard wollte halt unbedingt herkommen.«

»Dann ist es echt lieb von dir, dass du mitgekommen bist.«

»Tja«, ich seufze, »so bin ich halt.« Mark guckt auf die Uhr.

»Ich muss dann jetzt auch mal los.«

»Moment, nicht so schnell«, halte ich ihn zurück. »So langsam könntest du mir wirklich mal erklären, was dich vom Grafiker zu ›Mr. Orgasmic‹ verwandelt hat!«

»Das mache ich auch noch, versprochen! Wir müssen uns eh

mal treffen, wir haben doch so viel aufzuholen. Warte kurz.« Er fischt eine Visitenkarte aus seiner Tasche. »Ruf mich an, wann immer du willst. Wenn dieser Kurs hier rum ist, hab ich auch Zeit. Dann können wir reden.«

»Okay, mach ich.« Ich stecke die Karte ein. Mark mustert mich einen Moment lang nachdenklich. »Du siehst irgendwie nicht glücklich aus, wenn ich das mal so sagen darf.«

»Ach was«, ich winke ab. Was soll ich ihm jetzt von meinem Ex erzählen? Das bringt doch nichts. Außerdem muss er los, und für ein Gespräch zwischen Tür und Angel ist die lange Reihe meiner gescheiterten Beziehungen nun wirklich nichts.

»Ich glaube, wir beide müssen wirklich mal reden«, sagt Mark fürsorglich. »Du bist früher doch auch mit deinen Sorgen zu mir gekommen.«

»Ja, aber das ist lange her. Und mittlerweile sind wir ja wohl erwachsen.«

»Das heißt nicht automatisch, dass man dann sorgenfrei ist.«

Das stimmt allerdings.

»Na also. Und ich will dich hier nie wiedersehen.« Er gibt mir einen Kuss und geht.

Da kommt Leonhard.

»Wieso knutschst du bitte heimlich mit dem rum?«, giftet er, als Mark außer Hörweite ist. »Das ist unser Kursleiter, wenn du den küsst, gefährdet das unseren Erfolg!«

»Mann, Leonhard, langsam reicht's mir«, fahre ich ihn an. »Du gehst mir dermaßen auf den Keks. Wie kann man sich denn so in eine Sache verrennen! Als ob das hier irgendwas bringen würde. Und ich sag dir was: Für mich ist dieser Kurs eh beendet. Ich bin raus.«

»Das kannst du nicht machen«, ruft Leonhard entsetzt. »Was wird denn dann aus mir? Hier dürfen doch nur Pärchen mitmachen.«

»Ich halte das nicht länger aus. Das ist so grauenhaft«, erkläre ich ihm. »Bitte sei nicht sauer, aber ich will einfach nicht mehr. Und wenn du mich fragst, solltest du auch aufhören damit. Du bist ein intelligenter Mensch, der anders mit dieser Sache umgehen sollte. Ich helf dir auch dabei. Aber lass dieses Seminar bleiben. Du machst dich vor dir selbst zum Horst.«

»Nein«, sagt er trotzig. »Was man anfängt, soll man auch zu Ende bringen, das sagt mein Vater auch immer.«

»Dann tu, was du nicht lassen kannst.« Mittlerweile sind wir wieder in dem Seminarraum, und ich ziehe meinen Mantel an. »Aber komm nicht irgendwann an und beschwer dich, dass ich dich hätte warnen sollen.«

Jetzt ist Leonhard wirklich sauer. »Ich bin sehr enttäuscht von dir.« Er nimmt seine Jacke, und wir verlassen das Gebäude. Draußen ist es so eiskalt, dass meine Augen zu tränen anfangen. Ich will nur noch heim und in die Badewanne.

»Ich rufe uns ein Taxi«, sagt Leonhard, und ich nicke bibbernd.

Während der paar Minuten, die es dauert, bis der Wagen endlich kommt, schweigt Leonhard mich vorwurfsvoll an, ist dann aber wenigstens so freundlich, mir die Tür aufzuhalten.

»Wollen wir bei mir noch einen Wein trinken?«, fragt er nach ein paar Minuten Fahrt.

»Eigentlich nicht. Ich bin …«

»Müde, ich weiß. Nur ein Glas«, bittet er mich, und weil ich zu schwach zum Neinsagen bin, sage ich eben Ja, und nachdem das Taxi gehalten hat, gehen wir zu ihm rauf, er holt Gläser und Rotwein und wir setzen uns in sein warmes, gemütliches Wohnzimmer. Glücklicherweise ist Leonhards Vater nicht da, obwohl es schon nach zehn Uhr und draußen nun wirklich zu kalt für einen gemütlichen Spaziergang ist. Aber ich habe gerade ganz andere Sorgen.

»Bitte mach mit mir weiter«, fängt Leonhard sofort wieder an. »Das Seminar ist meine letzte Rettung.«

»Nein.« Ich trinke einen Schluck Rotwein, und sofort breitet sich in mir eine wohlige Wärme aus. Herrlich! »Ich glaube nicht, dass man sein Sexualleben aufpeppt, indem man fremde Leute streichelt oder Dirty Talk übt. Überhaupt: Über Sex redet man nicht, man hat ihn.«

Kaum habe ich das gesagt, setzt sich Leonhard kerzengerade im Sessel auf und strahlt mich mit glänzenden Augen an. Er sieht aus, als hätte er gerade eine Eingebung gehabt.

»Du hast recht«, ruft er. »Nur darüber reden ist totaler Mist! Wir werden es tun. Wieso bin ich nicht früher darauf gekommen? Nicht quatschen, machen.«

»Was denn? Was werden wir tun?«

»Wir schlafen miteinander! Ja! Ich will Sex mit dir haben. Wenn du schon nicht mehr mit mir zu dem Kurs gehen willst, kannst du mir den Gefallen doch wenigstens tun. Komm, Mia. Wir werden *Sex haben*! Das ist die beste Idee, die ich seit Langem hatte! Danach kannst du mir sagen, wie ich im Bett wirklich bin und mir vielleicht noch ein paar Tipps geben. Also, mir erklären, was Frauen so mögen und was nicht. Und dann gehe ich zu Sarah und werde ihr beweisen, wie gut ich bin. Ist das nicht grandios?!«

»Wie bitte?«

»Komm schon, Mia. Nur ein Mal. Ich will ja eigentlich auch keinen Sex mit dir, aber manchmal muss man eben Opfer bringen. Tu es für mich!«

Ich stehe auf. Dann schütte ich Leonhard mein Glas Rotwein ins Gesicht. Und dann verlasse ich stampfend und ohne ein weiteres Wort seine Wohnung und knalle die Haustür hinter mir zu.

Leo

»Mia. Es tut mir leid, aber das habe ich jetzt schon hundertmal gesagt. Würdest du bitte ans Telefon gehen?« Ich raste noch aus. Wie kann man nur so stur sein? Wenn man es genau nimmt, habe ich doch gar nichts Böses getan. Gut, ich habe Mia gebeten, mit mir zu schlafen, aber sie hätte ja einfach Nein sagen können. Stattdessen hat sie mir ihren Wein ins Gesicht gekippt und ist einfach abgehauen. Das ist ja auch nicht die feine Art. Ich habe sie schließlich nicht gebeten, sich für einen Ritualmord zur Verfügung zu stellen.

»Sei doch nicht so bockig!«, rufe ich nun schon zum mindestens fünfzigsten Mal und lege auf, nur um gleich wieder anzurufen und erneut mit ihrem Anrufbeantworter zu sprechen. Zeitgleich probiere ich es auf ihrem Handy. Ich hoffe, dass sie durch diese Zermürbungstaktik, die ich nun seit Stunden verfolge, irgendwann so weichgekocht sein wird wie jemand, den man auf Schlafentzug gesetzt hat. Aber nichts passiert, und langsam werde ich sauer. Dann bekomme ich Angst. Nicht dass ihr auf dem Nachhauseweg etwas passiert ist. Ich würde im Leben nicht mehr froh werden. Das wäre das Schlimmste! Oh bitte, lieber Gott, mach, dass es ihr gut geht, dass sie nur sauer ist und deswegen nicht rangeht! Panisch rufe ich die 110 an, um mir von einer barschen Männerstimme sagen zu lassen, dass diese Nummer ausschließlich für Notfälle gedacht ist und nicht für Beziehungsprobleme. Dann suche ich die allgemeine Nummer der Polizei heraus und wähle, während meine Finger zittern wie die von Benno Fürmann, als er versucht, bei siebzig Grad minus die Eiger Nordwand zu erklimmen.

Ein paar Sekunden später weiß ich, dass kein Unfall oder Ähnliches gemeldet wurde und dass in der letzten Stunde auch niemand irgendwo tot aufgefunden wurde.

»Allerdings hat eine Frau hier angerufen und uns für den Fall, dass ein gewisser Leonhard Sandhorst anruft, gebeten, ihm etwas auszurichten.«

Aha!

»Ich bin Leonhard Sandhorst«, rufe ich erleichtert.

»Wann ist Ihr Geburtstag?«, fragt die Frau betont freundlich.

Ich nenne ihr das Datum.

»Ach, das war ja gerade erst. Nachträglich alles Gute. Ja, das stimmt mit meinen Angaben überein. Also, Herr Sandhorst, ich soll Ihnen mitteilen, dass es Frau Mia Wolfhard sehr gut geht, dass Sie sich aber zum Teufel scheren sollen und dass sie Ihnen nicht den Gefallen tun wird, sich an- oder überfahren zu lassen. Das soll ich Ihnen ausrichten.«

Ich bin platt. »Woher wusste sie denn, dass ich bei Ihnen anrufen werde?«, frage ich verwirrt.

»Offenbar kennt sie Sie recht gut«, sagt die Polizeibeamtin, und ich kann hören, dass sie dabei lächelt. »Wenn Sie mich fragen, ist das ein ganz gutes Zeichen.«

»Das finde ich jetzt nicht unbedingt«, sage ich und lege auf.

Das Telefon klingelt. Na endlich.

»Na endlich!«, rufe ich. »Mia, bitte! Hast du dich wieder beruhigt? Ich wollte ja nicht mit dir schlafen, weil ich dich beleidigen wollte, sondern nur, um die Bestätigung zu bekommen, dass ich im Bett keine Niete bin. Jetzt sei doch nicht sauer. Ich frag auch nie wieder, ich schwöre es!«

»Das glaube ich jetzt *nicht*. Du hast Mia nicht wirklich gefragt, ob sie mit dir vögelt, um dir zu beweisen, was für ein toller Hecht du bist?«

Mr. Bean. Ich schließe kurz die Augen, um mich zu sammeln. Verdammt! Warum habe ich nicht auf das Display geschaut?

»Los, sag schon.« Mr. Bean's Stimme klingt inquisitorisch.

»Ja, hab ich.«

»Damit du weißt, ob du eine Niete bist oder nicht?«

»Ja.«

»Du Vollidiot.«

»Was soll ich denn bitte sonst machen? Ich muss es doch wissen.«

»Ich komme jetzt vorbei.«

»Danke.«

Mr. Bean muss fliegen können, denn er braucht von St. Pauli bis zu mir nur fünf Minuten.

»Du kannst doch nicht zu einer Frau sagen, dass sie nur mit dir vögeln soll, damit du dich besser fühlst. Das ist total abwertend.« Er ist fassungslos. »Und auch noch zur besten Freundin! Oh Mann. Die arme Mia. Die arme, arme Mia. Wahrscheinlich wird sie jetzt eine angeknackste Seele und irreparable Schäden davontragen. Die arme, arme Mia ...«

»Jetzt beruhig dich mal. Wir kennen uns jetzt auch schon ein paar Tage, da wird man ja wohl mal einen Fehler machen dürfen«, versuche ich mich zu rechtfertigen und raufe mir dabei die Haare.

»Das hättest du einfach nicht tun dürfen«, knurrt Mr. Bean böse. »Ich mag Mia sehr, und das ist einfach nicht richtig ihr gegenüber.«

»Ich hab ja schon versucht, sie zu erreichen, um mich zu entschuldigen, aber sie geht nicht ran. Weder ans Festnetz noch ans Handy.«

»Was mich nicht wundert. Nun lass sie einfach mal in Ruhe. Meine Güte.«

»Jetzt habe ich niemanden mehr, der mit mir dieses Seminar besucht«, jammere ich.

»Das ist doch sowieso der letzte Scheiß.«

»Ist es nicht. Ich will es zumindest versuchen. Mist, Mist, Mist.«

»Ich könnte meine Schwester fragen«, sagt Mr. Bean.

»Bist du verrückt? Ich gehe doch nicht mit einer Lesbe zum Seminar. Nein.« Ich denke weiter nach. Mir fällt niemand ein.

»Tja, dann gibt es wohl niemanden. Ich kenne sonst keine Frau, die das freiwillig machen würde. Und Mia brauchst du gar nicht noch mal zu fragen. Der Zug ist abgefahren.«

»Doch, ich habe jemanden«, sage ich glücklich, weil ich den Einfall des Jahrhunderts habe.

»Ach. Wen denn?«

»Dich. Du kommst mit.«

»Auf keinen Fall. Das kommt überhaupt nicht in Frage. Außerdem bin ich keine Frau.«

»Da fällt mir schon noch was ein.«

»Nein«, sagt Mr. Bean barsch.

»Doch«, sage ich. Ich weiß, wie schlecht er Nein sagen kann. Und ich werde ihn weichkochen.

Mia

Dieses Arschloch. Entschuldigung, aber das muss wirklich mal gesagt werden. Von mir aus kann er anrufen, bis er schwarz wird. Mir so was vorzuschlagen. Für wen oder was hält der mich eigentlich? Für ein geschlechtsloses Wesen? Oder für eine zahnlose Alte, die froh sein kann, dass sie noch mal jemanden abkriegt, auch wenn es nur darum geht, dass der andere eine Bestätigung bekommt? Ich glaub, es geht los.

Okay, ich hatte bisher nicht sonderlich viel Glück mit Männern, und auch mein bester Freund scheint ein blödes Arschloch zu sein.

Aber davon werde ich mich nicht runterziehen lassen, ich nicht! Gleich morgen werde ich mir ein paar sexy Klamotten kaufen und am Abend allein ausgehen. Jawohl, ganz allein! Und dann werde ich jemanden kennenlernen, der mich will, mich und nichts anderes.

Einen höflichen und charmanten Mann, der mir zukünftig unaufgefordert rote Rosen mitbringen und mich vergöttern wird.

Leo

Zum Glück habe ich den Flyer noch. Ich rufe diesen Mark an und sage ihm, dass ich zum nächsten Termin einen Mann mitbringen werde.

»Das geht leider nicht«, sagt Mark. »Mein Seminar ist nur für

Hetero-Paare. Aber ich werde mal recherchieren, ob es da bei den Kollegen noch andere Möglichkeiten gibt.«

»Das ist nett.«

»Ich habe mir übrigens gleich gedacht, dass du im Grunde deines Herzens schwul bist«, sagt er freundlich. »Also, ich melde mich wieder.«

Vielen Dank.

Keine zehn Minuten später ruft Mark zurück und gibt mir die Nummer eines Kollegen, der Seminare für Männer leitet.

Ich bedanke mich, rufe den Mann an und erfahre, dass sein Kurs schon morgen Nachmittag beginnt. Jubelnd erkläre ich ihm, dass wir zu zweit daran teilnehmen werden.

Als ich mich am nächsten Tag auf den Weg zum Kurs mache, sitzt Mr. Bean brav, wenn auch schweigsam, neben mir im Auto. Ich wusste doch, dass ich ihn rumkriegen würde. Wobei, »rumkriegen« ist vielleicht nicht ganz das richtige Wort. Ich habe ihn auf sein Angestelltenverhältnis hingewiesen, und da war er dann relativ schnell bereit, mich zu begleiten. Seine Schwester Edda ist so nett, uns im Café zu vertreten, und so stehen wir jetzt am vereinbarten Treffpunkt in einem Waldstück im Niendorfer Gehege, einem Hamburger Naherholungsgebiet. Mit uns befinden sich hier noch acht weitere Männer, die alle so aussehen, als hätten sie schreckliche Angst vor dem, was gleich kommen wird. Außerdem schlottern alle. Allerdings vor Kälte. Glaube ich jedenfalls.

Das sogenannte Seminar mit dem denkwürdigen Namen *Die Dosenöffner* wird von zwei Haudegen geleitet, die es gut und gerne mit Rutger Hauer, diesem holländischen Muskelprotz, der in *Blade Runner* mitgespielt hat, aufnehmen könnten, zumindest vom Körperbau her. Die beiden nennen sich Arbogast und Roderich, heißen wahrscheinlich in Wirklichkeit Fritz und

Klaus und tragen nichts außer einem Lendenschurz. Vor ihnen liegen Keulen. Sie scheinen nicht zu frieren. Harte Männer eben.

»Sieht auf den ersten Blick ein bisschen merkwürdig aus«, flüstere ich Mr. Bean zu.

»Hör auf zu meckern«, sagt er und trippelt hin und her um sich aufzuwärmen. »Du wolltest es so.«

»Ihr Mannsbilder seid hier, um zu richtigen Dosenöffnern zu werden«, beginnt Roderich und stemmt die Hände in die Hüften. »Das heißt im Klartext, dass ihr, was die Weiber betrifft, bis heute im Grunde noch nichts auf die Reihe gekriegt habt. Sehe ich das richtig?« Ein paar der Männer starren hilflos auf den Boden, einige nuscheln »Nja«, und wir gucken weiter zu Roderich und warten ab. Aber so einfach lässt er uns nicht davonkommen.

»Ihr da, ganz links!«, ruft er Mr. Bean und mir zu. »Tretet mal vor.«

Langsam tun wir, was er sagt.

»Wollt ihr auch perfekte Dosenöffner werden – oder nicht?«

»Doch, schon«, sage ich vielleicht ein wenig zu schüchtern. »Allerdings habe ich mir das alles ein bisschen …«

»Schweig!«, ruft Roderich und hebt beide Hände zum Himmel, während Arbogast auf und ab geht und irgendwelche Laute ausstößt, die für mich germanisch oder keltisch klingen.

Weil Mr. Bean mich böse anschaut, schließe ich den Mund wieder.

»Wir gehen nun zurück zum Ursprung. Dahin, wo die Menschheit noch kein Internet hatte«, fängt Roderich an zu dozieren, und ich finde, dass man da jetzt nicht sooo weit zurückgehen muss, sage aber nichts.

»Gar nichts hatten sie. Nur ihre Hände und selbstgebaute Waffen. Keulen wie diese«, er deutet auf den Boden. »Sie waren Hitze, Staub, Regen, Schnee sowie wilden Tieren ausgeliefert.

Wie der Mann von heute, der gemeinsam mit einem ausgehungerten Eisbären auf einer Scholle in der Antarktis treibt.«

»Leben Eisbären nicht in der *Arktis,* und treibt man nicht im Arktischen *Meer*?«, frage ich Mr. Bean leise, und der zuckt mit den Schultern. Gut. Von mir aus. Jeder darf ja mal Fehler machen. Möglicherweise habe ich auch einen Fehler gemacht, indem ich uns für diesen Kram hier angemeldet habe. Aber abwarten.

»Damals mussten die Männer ihre Familien ernähren und den Umwelteinflüssen trotzen. Sie wollten ihre Frauen und Kinder schützen, und dafür haben sie alles getan. Deswegen hatten die Frauen Achtung vor ihnen und haben sie respektiert. Sie waren stolz auf ihre Männer. Aus diesem Stolz wurde Gier. Und aus dieser Gier wurde Sex. Diese Männer wurden zu erstklassigen Dosenöffnern, weil sie Selbstvertrauen hatten und geachtet und verehrt wurden. Versteht ihr, was ich meine?«

Alle nicken. Alle außer mir, weil ich noch über das Gesagte nachdenke. Ich bin mir nicht ganz sicher, ob es damals wirklich schon Familienzusammengehörigkeit oder überhaupt Familien gab, und ich glaube auch nicht, dass Stolz und Achtung und Respekt in der Steinzeit einen hohen Stellenwert hatten. Mein gesunder Menschenverstand sagt mir, dass es damals einfach nur wichtig war, die paar Jahre, die man in dieser Zeit zu leben hatte, ohne Zahngeschwüre oder Blinddarmdurchbrüche zu überstehen.

»Wir werden nun gemeinsam in diese Zeit zurückgehen. Arbogast, hast du alles vorbereitet?«

»Jawohl!« Arbogast, der zwischenzeitlich in einer Art Tipi verschwunden war, kommt nun wieder zum Vorschein, und wir weichen erschrocken zurück. Er hat sich verkleidet und sieht nun aus wie ein stattlicher Braunbär. Mit seinen Tatzen reicht er Roderich etwas Fellähnliches mit Hörnern, und eine

Minute später stehen ein Bär und ein Säbelzahntiger vor uns, die gefährlich fauchen und sich mit ihren Vorderpfoten auf die Brust trommeln. Nun kommen aus dem Zelt ein paar Frauen mit langen Haaren, sie tragen zerfetzte, schmutzige Hemden und setzen sich an eine Art Feuerstelle, die mir vorher noch gar nicht aufgefallen war. Sie reden nicht, sondern kichern nur dämlich vor sich hin. Einige von ihnen haben sich das Gesicht mit schwarzer Asche beschmiert. Vielleicht ist es auch Schuhcreme, obwohl es die in der Urzeit vermutlich noch gar nicht gegeben hat.

Arbogast geht noch einmal ins Zelt, kommt zurück und legt einen Stapel Felle vor uns auf dem Boden aus.

»Jeder von euch nimmt sich jetzt einen Lendenschurz und bindet ihn um. Wir wollen alles so authentisch wie möglich nachstellen«, sagt Roderich, und seine Stimme klingt gedämpft unter dem Bärenfell.

»Ich will mich nicht vor diesen Frauen ausziehen«, flüstert Mr. Bean mir zu.

»Ich auch nicht. Aber wenn es nun mal dazugehört. Wir können natürlich auch fragen, ob wir angezogen bleiben dürfen.«

»Nee, das können wir auch nicht machen, wie sieht *das* denn aus?« Mr. Bean überlegt. »Nein, lass uns das jetzt durchziehen. Wenn schon, denn schon. Außerdem hab ich dann einen gut bei dir. Wir können ja unsere Boxershorts anlassen.« Er beginnt, sein Hemd aufzuknöpfen, und ich mache es ihm nach. Die Kälte wird immer eisiger. Die Frauen an der Feuerstelle tun so, als würden sie nicht zu uns und den anderen Männern schauen, machen es aber natürlich trotzdem. Sie sind noch recht jung, ich schätze so um die zwanzig, und sie denken wahrscheinlich, dass das hier die Probe für ein schwachsinniges Theaterstück ist, das nie uraufgeführt wird. Ich bin neidisch auf sie, weil sie jetzt ein Feuer entfachen und es bestimmt gleich mollig warm haben.

»Alles ausziehen. Auch die Unterhosen!«, fordert Roderich lautstark, und Arbogast nickt nachdrücklich.

Scheiße, jetzt ist mir auch alles egal. Wenn bloß niemand vorbeikommt, der mich kennt. Ich drehe mich um, sodass die Frauen nur meinen Hintern sehen können, und schlinge das dämliche Ding aus Kunstfell um meine Hüften. Die anderen machen es mir nach, und die Frauen klatschen zurückhaltend in die Hände. Mr. Beans Kopf ist knallrot, und man merkt, dass ihm die Situation wahnsinnig unangenehm ist. Nachdem wir umgezogen sind, stellen wir uns wieder vor Arbogast und Roderich auf, die uns in ihren gestörten Verkleidungen kritisch mustern. Ich finde das mittlerweile alles nur noch entsetzlich und weiß, dass es Mr. Bean und den anderen Teilnehmern genauso geht, aber ich traue mich nicht, den beiden kostümierten Veranstaltern zu sagen, dass sie sich mal gehackt legen können mit ihrem komischen Kurs.

»Nun nehmet die Keulen!«, befiehlt Roderich laut, und wir gehorchen. Die Keulen sind offenbar naturgetreu nachempfunden, denn sie sind aus schwerem Holz.

»Nun werdet ihr lernen, für etwas zu kämpfen«, sagt Arbogast theatralisch und faucht plötzlich. »Wir sind eure Beute. Uns wollt ihr bekämpfen und erlegen, damit ihr und eure Familien Nahrung habt. Ihr müsst siegen, damit ihr für eure Frauen begehrenswert seid. Und wenn ihr das seid, werdet ihr auch guten Sex haben. Dann seid ihr perfekte Liebhaber. Granaten im Bett. Und das wollt ihr ja. Also. Legt los. Kämpft mit uns. Einer nach dem anderen. Dann geht in die Höhle zu euren Frauen, die unser Fleisch braten und aus unserem Fell wärmende Decken herstellen.«

Sie springen vor uns auf und ab. Irgendwie sieht das verdammt lächerlich aus.

»Wer fängt an?«, brüllt der Säbelzahntiger aggressiv.

»Uga, uga!«, schreit plötzlich ein Mann rechts von uns. Er ist schätzungsweise einen Meter fünfzig groß, hat eine Nickelbrille auf der Nase, und seine Haut ist so weiß, dass er als Schneemann durchgehen könnte. Er springt vor, schwingt die Keule und beginnt, Arbogast und Roderich damit hinterherzujagen. Die beiden flüchten fauchend und versuchen dabei, die typischen Bewegungen der Tiere nachzuahmen, deren Fell sie tragen, was ihnen aber nur bedingt gelingt. Der Weißhäutige schwingt bedrohlich seine Keule und will auf den Bären, der ihm am nächsten ist, eindreschen, doch der Bär weiß sich zu wehren und wirft sich auf den Angreifer. Die Keule fliegt durch die Luft und landet neben den kreischenden Frauen an der Feuerstelle, beide Männer wälzen sich am Boden und fluchen dabei wie die Rohrspatzen. Es sieht ein bisschen so aus, als hätten sie Sex, was die Situation, in der wir uns gerade befinden, auch nicht besser macht.

Ich schaue zu Mr. Bean, der das Szenario mit offenem Mund verfolgt.

Nach einigen Sekunden des Ringens hat der Bär die Oberhand. Der Weißhäutige liegt unter ihm und röchelt, und der Bär, der auf seinem Brustkorb sitzt, hebt beide Pfoten in die Luft und schreit: »SIIIIIIEEEEEG!«

Mir ist das alles so unangenehm, dass ich eher eine chronische Nierenbeckenentzündung in Kauf nehmen würde, als das hier weiter mitansehen zu müssen. Aber die kriege ich durch die Kälte wahrscheinlich sowieso.

Der Bär erhebt sich vom Weißhäutigen, der sich nun ebenfalls ächzend aufrichtet und mit gesenktem Kopf dasteht. »Weichei«, brüllt der Kostümierte und knallt dem Gedemütigten dann noch den Satz »Aus dir wird NIE ein richtiger Dosenöffner!« an den Kopf, woraufhin der seine Sachen nimmt und einfach geht; ich vermute, zu einem Hochhaus, um dort runterzuspringen.

Er tut mir leid.

Der Bär macht ein paar Dehn- und Lockerungsübungen, dann stellt er sich neben den Tiger, und beide fordern Mr. Bean auf: »Jetzt du! Zeig, was du kannst. Werde zum Dosenöffner!«

Mr. Bean spuckt in die Hände, hüpft einige Male auf und ab. Und plötzlich erinnere ich mich voller Entsetzen daran, dass er ja einen schwarzen Gürtel in Karate hat.

»Warte!«, zische ich ihm zu, aber er geht schon auf die beiden zu. Entschlossen wie ein Kämpfer.

Mir wird schon wieder schlecht. Aber nicht, weil ich Angst um Mr. Bean habe, sondern weil ich irgendwie das Gefühl habe, dass dieser Kampf relativ schnell vorbei sein wird.

Mia

Wenn ich das gewusst hätte, wäre ich zu Hause geblieben, um mit einem Glas Wein in der Wanne zu liegen und meine Café-del-Mar-CD zu hören. Aber so hocke ich aufgebrezelt wie eine Nutte in einer angesagten Bar in Eppendorf und hoffe, dass mir niemand Geld für einen Blowjob anbietet.

Eine Bekannte hat mir erzählt, dass man in diesem Laden hier ganz leicht die tollsten Männer kennenlernt, die einem schon nach fünf Sekunden Cocktails spendieren, weltgewandt und höflich sind, sich gut kleiden, einen sicheren Job haben und keine Altlasten mit sich herumschleppen. Also ideale Männer für mich. Männer, die nicht nur mit mir ins Bett wollen, weil sie die Bestätigung brauchen, keine Niete zu sein.

Wäre Leonhard jetzt hier, er würde Augen machen!

Ich trage ein dunkelgrünes Kleid, das kurz über den Knien endet, schwarze Lederstiefel mit hohen Absätzen und halterlose Strümpfe. Jawohl. Halterlose Strümpfe. Die Haare habe ich hinten zusammengebunden und hochgesteckt, nur ein paar einzelne Strähnen habe ich mit einem Lockenstab in Form gebracht. Und jetzt sitze ich hier auf einem Barhocker, trinke Wein und habe das Gefühl, alle Klischees dieser Welt zu bedienen. Ich wirke hundertprozentig wie eine alleinstehende Frau, die verzweifelt versucht, noch einen abzukriegen, der ihr möglichst bald ein Kind macht, weil sie die biologische Uhr ticken hört. Am besten, ich gehe wieder.

»Ist hier noch frei?«, ertönt da eine dunkle Stimme hinter mir. Ich drehe mich um und blicke in zwei freundliche blaue Augen in einem attraktiven, markanten Gesicht.

»Falls da niemand mit einer Tarnkappe sitzt, ja«, sage ich und ärgere mich sofort über meinen bescheuerten Witz.

Der Mann macht trotzdem höflich »Hahaha«, lässt sich neben mir nieder, ordert einen Whisky auf Eis, und ich wiederum hoffe, dass er das nicht nur tut, um besonders männlich zu wirken.

»Mein Name ist Gerold Freiherr von Barbitz-Hohstetten«, stellt er sich vor, und ich verschlucke mich fast an meinem Getränk. Sofort muss ich daran denken, wie grandios sich Mia Freifrau von Barbitz-Hohstetten anhören wird; ich werde dann einen ausklappbaren Ausweis brauchen, weil ich noch drei weitere Vornamen (Marie, Helena, Charlotte) habe, und wenn ich meinen Nachnamen noch als Doppelnamen dazunehme, muss der Ausweis zweimal ausgeklappt werden. Mia Marie Helena Charlotte Wolfhard Freifrau von Barbitz-Hohstetten. Oh mein Gott!

»Darf ich Sie zu einem Champagner einladen?«, fragt der Freiherr, und anstatt zu nicken, sage ich: »Ach, es wäre doch schade um meinen Wein.«

»Den übernehme ich selbstverständlich auch.« Er lächelt milde. Warum habe ich das bloß gesagt? Jetzt sieht es so aus, als könne ich mir nicht mal einen Weißwein leisten oder hätte es darauf abgesehen, dass mir jemand den blöden Wein bezahlt. Der übrigens wirklich sauteuer ist.

»Was führt Sie hierher?«, fragt der Freiherr, nachdem er nonchalant und ganz der Mann von Welt eine Flasche Heidsieck bestellt hat. In seiner Sakkotasche befindet sich bestimmt ein seidenes Einstecktuch.

»Ich bin geschäftlich unterwegs und entspanne mich ein bisschen«, lüge ich, weil ich ungern sagen möchte: »Ich suche einen Mann, der mich toll findet und wegen *mir* eine Erektion bekommt.«

»Ich auch«, lächelt mein Sitznachbar und beobachtet dann, wie der Barkeeper die Flasche entkorkt. »Ich komme aus Lübeck und verweile ein paar Tage hier.«

Aha. Er verweilt. Sofort habe ich alte Stadthäuser in Lübeck vor Augen, mit Bleiglasfenstern, Parkett, Stuck und Wandmalereien, Ahnentafeln und leise Dienstboten, die fürsorglich den Kamin im Schlafzimmer anfeuern, wenn draußen ein Schneesturm tobt.

Ich bin verrückt. Ich suche ja keinen Mann zum Heiraten, sondern bloß einen, der mir das Gefühl gibt, eine attraktive Frau zu sein. Der mich hofiert und mir Avancen macht. Ja, der mit mir ins Bett will, weil er mich einfach nur zum Umfallen scharf findet.

»Wie schön.« Wir bekommen eingeschenkt und stoßen an. Der dienstbeflissene Kellner stellt die Flasche in einen eisgefüllten Kühler.

»Gerold«, sagt der Baron, hebt sein Glas und strahlt.

Das geht aber schnell. Andererseits, warum nicht? Wir sind erwachsene Menschen, und Gerold scheint zu wissen, was er will. Warum das lange Geziere? Wir wissen beide, wieso wir hier sind. Mir ist seine direkte Art sogar ganz sympathisch.

Also hebe ich mein Glas ebenfalls, sage »Mia«, und wir trinken und schauen uns tief in die Augen.

»Darf ich dich was fragen, Mia?«

»Klar.« Ich versuche, lasziv auszusehen.

»Würdest du mal für mich gackern?«

»Äh … was?«

»Gackern«, sagt Gerold. »Gackern wie ein Huhn.«

Ich bin völlig perplex. »Warum sollte ich das tun?«

»Weil ich das scharf finde«, sagt Gerold, dessen Stimme nun

heiser wird. »Dann laufe ich hinter dir her, fang dich ein und stutz dir die Flügel, du geiles Stück. Und dann besorg ich es dir, aber so richtig.«

Das ist jetzt nicht wahr.

»Das kann nicht dein Ernst sein«, versuche ich die Situation zu entschärfen. »Du machst Witze.« Ja. So muss es sein.

»Nein, nein. Und wenn ich mein kleines Miahühnchen gevögelt habe, dann sperr ich es zurück in den Stall. Glaub mir, es wird dir gefallen. Dann gackert das Huhn wieder und wird rausgeholt, und dann machen wir einen flotten Dreier.«

Wie aus dem Nichts taucht plötzlich ein zweiter Mann neben Gerold auf, wahrscheinlich ein Freund, der genauso attraktiv und wahrscheinlich genauso pervers ist. Er nickt mir zu und muss aufpassen, dass er vor Gier nicht auf mein Kleid sabbert.

Ich stehe auf, werfe dabei mein Champagnerglas um, nehme meinen Mantel und meine Tasche und verlasse die Bar ohne ein weiteres Wort.

Und ohne zu gackern.

Leo

»Ich weiß sehr genau, wann Schluss ist«, meckert Mr. Bean. »Du musst gar nicht so tun. Eigentlich fandest du es gut. Und die beiden sind ja auch nicht wirklich sauer.«

»Natürlich sind sie sauer. Sie trauen sich nur nicht, dir das zu sagen.«

»*Ich* müsste sauer sein«, sagt der Weißhäutige, der Moritz heißt und mitgekommen ist, um noch ein Bier mit uns zu trinken. »Der eine hat mich fast umgebracht. Hätte er noch länger auf meinem Brustkorb gesessen, wäre ich erstickt.«

Moritz trägt immer noch den Lendenschurz, weil seine Klamotten leider zu dicht an der Feuerstelle gelegen haben; und weil die dort sitzenden Frauen das Geschehen zwischen Roderich, Arbogast und uns interessanter fanden als irgendwelche angesengten Kleidungsstücke, sind sie langsam verkokelt.

Und nun sitzt der Weißhäutige hier und bibbert. Die Leute glotzen, aber das schert uns einen feuchten Kehricht.

»Das war ein Fehler. Es tut mir leid. Ich gehe da nicht mehr hin. Nie mehr«, beschließe ich. »Ich möchte nämlich nicht wegen Beihilfe zum Mord im Gefängnis landen. Wie du auf die losgegangen bist«, sage ich zu Mr. Bean. »Warum musstest du sie denn gleich so außer Gefecht setzen, dass sie nicht mal mehr aufstehen konnten?«

»Es hieß, ich solle kämpfen und siegen, und nur das habe ich getan.« Mr. Bean wird langsam unleidlich. »Du stellst dich wirklich schlimmer an als ein Weib. Außerdem war es deine Idee, dahin zu gehen.«

»Ich dachte, du hättest den beiden das Rückgrat gebrochen. Sie haben geschrien wie am Spieß.« Das stimmt tatsächlich. Mr. Bean hat wirklich alles gegeben. Zuerst hat er mit den beiden gespielt wie eine Katze mit zwei Mäusen, und dann, als Bär und Tiger Oberwasser hatten, hat er nicht mehr lange gefackelt, und nach ein paar Sekunden haben die beiden zusammengekrümmt am Boden gelegen und »Bitte, bitte aufhören« gewimmert. Mr. Bean ist wie ein Irrer in seinem Lendenschurz herumgerannt und hat dauernd nur »Wer ist hier der beste Dosenöffner?« gerufen, und natürlich haben das ein paar Spaziergänger im Niendorfer Gehege gehört und sind gleich zu uns rübergekommen. Glücklicherweise war niemand dabei, den wir kannten. Das hätte gerade noch gefehlt.

Ja, und dann sind wir gegangen, Moritz im Schlepptau. Die anderen sind dageblieben und haben sich um die beiden Patienten gekümmert. Ich glaube, sie hatten auch ein bisschen Angst vor Mr. Bean. Nur Moritz nicht.

Seine Lebensgeschichte ist tragisch, wie ich finde. Das Wort »umgesattelt« ist sein liebstes. Und er rollt das R.

»Ich bin im Frrränkischen aufgewachsen«, hat er erzählt. »Bin mit sechzehn von der Schule ab und hab eine Bäckerlehre gemacht. Wegen meiner Mehlallergie musste ich umsatteln auf Schreiner. Dann bekam ich Asthma und habe umgesattelt auf Bankkaufmann. Dann wurde die Bank, in der ich am Schalter saß, überfallen, und ich wurde kurz als Geisel genommen. Also bloß ein paar Minuten, aber das hat gereicht, um mich völlig fertigzumachen. Ich bin dann erst mal in Therapie und dann in eine Klinik, und jetzt habe ich endgültig umgesattelt.«

»Auf was denn?«, frage ich interessiert.

»Ich bin nun Frührentner«, erklärt Moritz leidend. »Seitdem habe ich gegen gar nichts mehr eine Allergie. Und ich musste seitdem auch nicht mehr umsatteln. Aber leider habe ich auch keine Frau. Meine Mutter ist nach dem Tod meines Vaters hierher nach Hamburg gezogen, weil sie in meiner Nähe sein wollte. Und ich wollte nicht noch mal umsatteln und ins Frrränkische zurück. Nun wohnen wir wieder zusammen, und das ist eigentlich ganz schön. Mutti hat schon überlegt, mich bei ›Schwiegertochter gesucht‹ anzumelden, damit ich auf Ehemann umsatteln kann, aber ich finde, ich sollte es erst noch mal so versuchen. Deswegen hab ich mich zu diesem Kurs angemeldet.«

Bevor ich mich bei »Schwiegertochter gesucht« bewerbe, schneide ich mir lieber den Schwanz in Scheiben ab. Aber das sage ich natürlich nicht laut, sondern nicke nur verständnisvoll. Mr. Bean verdreht die Augen, sagt aber auch nichts.

»Ein paar Mal hatte ich Sex, aber es war nicht schön«, sagt Moritz jetzt traurig.

»Warum war es denn nicht schön?«, will ich wissen.

»Ich weiß es nicht. Vielleicht weil es in meinem Kinderzimmer zu kalt war.«

»In deinem Kinderzimmer?«

»Ja, ich wohne doch bei Mutti.«

»Ach richtig, das hatte ich vergessen. Wie hat denn der Frau der Sex gefallen?« Ich wittere meine Chance. Vielleicht finde ich ja jetzt die Antwort darauf, was eine Niete im Bett ist.

»Ich glaube, sie fand es auch nicht so gut. Sie meinte, ich sei ein netter Kerl und man könne gut mit mir Gesellschaftsspiele spielen, aber mehr nicht.«

»Und dann?«

»Ist sie gegangen, und ich habe mit Mutti zu Abend gegessen.«

»Und was war mit den anderen Malen?«, frage ich.

»Das war so ungefähr dasselbe. Es ist ganz schön frustrierend. Deswegen bin ich zu den Dosenöffnern gegangen.«

Das hört sich ja so an wie der Gang zu den Anonymen Alkoholikern.

»Ich will es einfach wissen«, sage ich zu mir selbst.

»Was denn?«, fragen Mr. Bean und Moritz gleichzeitig.

»Was ist *gut im Bett*, verdammt noch mal?«

Dass Moritz mir darauf keine Antwort geben kann, ist mir klar. Aber die Frage gärt in mir, seitdem Sarah mich vor meiner kompletten Geburtstagsgesellschaft lächerlich gemacht hat.

»Wenn du das rausfindest, wirst du zum Ritter geschlagen«, erklärt mir Mr. Bean.

»Wie ist das denn bei dir?« Ich bestelle noch ein Bier.

»Was soll denn da sein?«, meint Mr. Bean. »Ich habe hin und wieder Sex, und der ist okay.«

»Was heißt denn okay? Schreit die Frau, brüllt sie, dass du es ihr besorgen sollst, will sie mehr, mehr, mehr?« Ich schreie fast, und die Kneipengäste schauen interessiert zu uns rüber. Ein Mann im Lendenschurz, ein anderer, der lautstark über Sex redet, das hat man ja auch nicht alle Tage.

Mr. Bean ist meine Lautstärke unangenehm. »Manchmal schon«, sagt er dann leise. »Manchmal aber auch nicht. Das ist völlig unterschiedlich.«

»Sagen die Frauen zu dir, dass du gut im Bett bist?«

»Ich hab noch keine gefragt.«

»Warum denn nicht?«

»Entschuldige bitte, das nächste Mal werde ich das nachholen. Nur für dich.« Mr. Bean schüttelt den Kopf und schaut beifallheischend zu Moritz, aber der sieht nun noch trauriger aus als vorher, wenn das überhaupt möglich ist.

»Bei mir haben die Frauen noch nie geschrien«, sage ich leise. »Einige wollten auch nach dem ersten Mal gar nicht mehr mit mir in die Kiste. Sie meinten, ich sei ein wirklich netter Kerl und mit mir könne man im Kino super Popcorn essen, aber mehr eben nicht. Also nach dem ersten Sex haben die das gesagt.«

»Dann geht es dir ja wie mir. Nur dass es bei mir nicht Popcorn, sondern Gesellschaftsspiele waren. Es ist ein Jammer«, sagt Moritz und hat nun Tränen in den Augen. »Wir sind eben keine wahrrren Dosenöffner«, fügt er dann noch hinzu.

Mia

Ich werde mir einen Vibrator zulegen. Der wird mich weder beleidigen noch perverse Dinge von mir verlangen. Der wird sich auch nicht beschweren. Und er wird machen, was ich will und wann ich es will.

Während ich in der Badewanne liege und entspannende Musik höre, überlege ich, mich bei einer Singlebörse anzumelden. Warum eigentlich nicht? Andererseits bin ich ja gar nicht auf der Suche nach einer festen Beziehung. Oder doch? Nein, mir reicht es, wenn ich mich hin und wieder mit einem Mann treffe, so wie mit Benedikt, das war perfekt. Nein, eigentlich war es alles andere als perfekt. Ich mache mir ja gerade selbst was vor. Natürlich will ich einen Mann. Eine feste Beziehung. Aber wie sollte der Mann sein? Keine Ahnung. Ich mag es nicht, wenn Frauen pauschal sagen: »Er muss Humor haben und mich so nehmen, wie ich bin. Er muss treu sein und Hunde lieben. Und natürlich soll er Kinder wollen, genauso wie ich.« Ich habe zwar nichts gegen Humor, aber jeder Humor ist nun mal anders.

Ach, ich will einfach glücklich verliebt sein.

Oder am besten gleich lieben. So ganz innig und für immer.

Leo

»Ja, ich gebe es zu. Ich will Sarah immer noch zurück.«

Moritz, Mr. Bean und ich gehen langsam durch Hamburgs dunkle Straßen. Leichter Schneefall hat eingesetzt, man kann in die beleuchteten Erdgeschossfenster blicken und sieht Familien vor dem Fernseher sitzen oder Frauen beim Kochen in der Küche stehen. Alles ist schon vorweihnachtlich geschmückt und strahlt Friede, Freude, Eierkuchen aus. Moritz klappert mit den Zähnen. Er kann nicht nach Hause, weil sein Schlüssel in der Tasche seiner Hose war, die ja in der Feuerstelle verbrannt ist, und ein Anruf auf Roderichs Handy – glücklicherweise stand die Nummer auf dem Flyer – hat ergeben, dass der Schlüsselbund nur noch ein geschmolzener Klumpen ist. Roderich hat der Ehrgeiz gepackt. Er will unbedingt, dass wir auch am zweiten Teil des Kurses teilnehmen, obwohl Mr. Bean ihn zugerichtet hat, als gäbe es für ihn kein Morgen mehr.

»Vielleicht gibt es für euch ja doch noch Hoffnung. Aber ihr müsst einen anderen Weg finden«, hat er gesagt. »Mit roher Gewalt wird man kein Dosenöffner.«

Mr. Bean und Moritz kommen mit zu mir nach Hause, um bei mir zu übernachten, und leider habe ich vergessen, dass mein Vater ja auch noch da ist.

Aber er ist schon wieder unterwegs. Dafür liegt in der Küche ein Zettel: *Bin bei Deiner lieben Nachbarin Henriette. Es kann spät werden, Plupsi. Es knuddelt Dich der Papi!*

Jetzt sind die beiden auch schon per du oder was?

»Dein Vater nennt dich *Plupsi*?«, fragt Moritz und stiert fassungslos auf den Zettel. Das fehlt mich noch, dass sich ein bleichgesichtiges Muttersöhnchen über meinen Spitznamen lustig macht!

Ich antworte einfach nicht. Gerade geht es mir echt auf den Keks, dass Papa sich hier so breitmacht und jetzt auch schon meine Nachbarin in Beschlag nimmt. Henriette Krohn ist *meine* Nachbarin. Wie werde ich Papa bloß los? Ich muss meine Mutter anrufen und fragen, wann sie wieder zu Hause ist, damit Papa hier endlich wieder abhaut.

»Ob ich wohl bei dir baden kann?«, unterbricht Moritz meine Gedanken.

»Klar. Komm mit.«

Während wir Richtung Bad gehen, schaue ich noch kurz nach, ob auf dem Anrufbeantworter neue Nachrichten sind, aber keine Lampe blinkt, und auf dem Handy hat mich Mia natürlich auch nicht angerufen. Ich hatte es während des Kurses lautlos gestellt, weil ich es nicht ganz ausschalten wollte, aus Angst davor, dass es dann eventuell entgangene Anrufe nach dem Wiedereinschalten nicht anzeigen würde.

Ich finde, Mia übertreibt es. So etwas muss eine Freundschaft doch mal aushalten. Ich habe sie ja nicht gebeten, ohne Kopftuch in ein streng muslimisches Land zu fahren, um dort für Gleichberechtigung zu demonstrieren.

Moritz ist so weit versorgt. Er lässt sich heißes Badewasser ein und wirkt glücklich. Wahrscheinlich hat er zu Hause bei Mutti nur eine Duschkabine und überlegt jetzt, auf Wanne umzusatteln. Mr. Bean hat es sich in der Küche gemütlich gemacht, also kann ich kurz meine Mutter anrufen und sie fragen, wann sie aus ihrem Urlaub zurückkommt. Ich schnappe mir das Telefon und wähle Mamas Handynummer. Meine Mutter ist sofort am Apparat.

»Ja, Plupsi, wie schön, dass du anrufst!« Dann plappert sie einfach drauflos, genau wie mein Vater, das scheint ein familiäres Leiden zu sein. Dabei sind meine Eltern doch gar nicht miteinander verwandt. Jedenfalls hoffe ich das. »Mein Junge, nachträglich alles, alles Gute zum Geburtstag! Ich bin so schusselig, ich hab deine Nummer nicht mehr. Ich hab doch ein neues Telefon, und jetzt sind alle Nummern weg, weil das alte nicht mehr angeht. Und im Café wollte ich nicht anrufen und stören. Du hast ja auch bestimmt gefeiert. Aber wieso rufst du denn nicht auf dem Festnetz an, das ist doch viel billiger? Ach, da kann man auch keine Nummern abspeichern, das ist doch so ein altes Telefon. Also, Plupsi, ruf mich auf dem Festnetz an, sonst wird's zu teuer.«

»Ich habe eine Flatrate, Mama.«

»Was ist denn das? Ach, egal. Wie geht es dir denn? Was treibst du so? Was hast du an deinem Geburtstag Schönes gemacht? Wie läuft denn das Café?«

»Gut, gut. Alles so weit gut. Mein Geburtstag war unspektakulär. Sag mal, Mama, dann bist du also schon wieder zu Hause?«

»Ja, wo soll ich denn sonst sein?«

»Ich frag nur, weil du gemeint hast, ich soll dich auf dem Festnetz anrufen.«

»Ja und?« Meine Mutter kann mir nicht folgen.

»Weil Papa gesagt hat, du bist mit Hilde auf Mallorca«, erkläre ich. So schwer ist das jetzt auch nicht zu kapieren.

Meine Mutter schnaubt. »*Das* hat er gesagt? Ich bin überhaupt nirgendwo. Ich bin zu Hause.«

»Das ist ja auch nicht schlimm«, sage ich schnell.

»Hat dein Vater dich angerufen und dir alles erzählt?«, will sie dann grimmig wissen.

»Äh, erzählt? Erzählt hat er nichts. Und er hat auch nicht angerufen, sondern er ist hier. Weil du ja auf Mallorca bist. Und weil im Haus die Handwerker sind.«

»Hier sind keine Handwerker!«, krakeelt meine sonst eigentlich sanftmütige Mutter los.

»Was hat sie denn?« Mr. Bean kommt näher, weil die Stimme meiner Mutter bis zu ihm gedrungen ist. Ich wedele mit der Hand, um ihn zum Schweigen zu bringen, und zucke mit den Schultern.

»Warum schreist du denn so?«

»Ich schreie, weil ich das alles einfach nicht mehr ertragen kann. Darum schreie ich. Weißt du eigentlich, was hier los ist?

Nein, das weißt du natürlich nicht, du wohnst ja nicht mehr bei uns.« Das hört sich fast wie ein Vorwurf an.

»Sag es mir doch«, bitte ich sie, und Mr. Bean versucht, sein Ohr mit an den Hörer zu pressen, was aufgrund seiner Kopfgröße gar nicht so einfach ist.

»Wo ist denn das Duschgel?«, ruft Moritz aus dem Bad.

»Seit Jahren nervt er mich mit seiner Besserwisserei, mit seinem verdammten Hobbykeller und diesem elenden Garten. Egal wo wir sind, überall werde ich unterbrochen und belehrt, sogar an der Käsetheke. Ich sage: ›Sechs Scheiben von dem mittelalten Gouda‹, und Papa sagt: ›Nein, wir nehmen nur vier, kauf lieber übermorgen wieder frischen, der Käse ist nicht so lange haltbar.‹ Die Verkäuferin sagt: ›Ach, der hält schon länger als zwei Tage‹, und Papa sagt: ›Was verstehen Sie schon von Käse?‹«

»Na ja, das ist doch jetzt nicht sooo dramatisch.«

»Natürlich nicht. Wenn es nur *einmal* vorkommt, ist nichts wirklich dramatisch, es sei denn eine Amputation oder so was. Aber wenn man das jahrelang Tag für Tag hört, fühlt man sich so, als sei man einer Gehirnwäsche ausgesetzt.«

»Und jetzt?«, frage ich.

»Ich habe ihn rausgeschmissen. Ich brauche Zeit für mich. Ich werde mir gut überlegen, ob ich ihn zurückhaben will.« Ihre Stimme klingt sehr entschlossen, und ich bekomme Angst. Auch wenn ich schon lange volljährig bin, möchte ich nicht, dass meine Eltern sich trennen. Niemand will das. Man kann sich doch wieder zusammenraufen.

»Habt ihr denn nie über eure Probleme geredet?«

Nun wird Mama hysterisch. »Wie auf einen Ochsen hab ich auf ihn eingeredet. Umsonst. Völlig umsonst. ›Ich weiß gar nicht, was du meinst‹ ist seine Standardantwort. Er versucht ja nicht mal, über irgendwas nachzudenken. Hat er dir von der Eisenbahn erzählt?«

»Er hat gesagt, er interessiert sich jetzt auch für so was, und er wollte hier in die Modellbahnausstellung gehen. Nach meiner alten Eisenbahn, also nach der von Opa, hat er auch gefragt. Aber das war alles ganz harmlos«, verteidige ich meinen armen Vater.

»Harmlos nennst du das? Das gesamte obere Stockwerk ist nicht mehr bewohnbar, weil jetzt sämtliche Zimmer für die Eisenbahn gebraucht werden. Dann hockt er da, lässt Züge durch Tunnel und über Brücken fahren und freut sich wie ein kleines Kind. Die anderen Räume sind voll mit Ersatzschienen, kleinen Bauarbeitern und Miniaturfamilien mit Rucksäcken, es werden Kirchen und Masten gehortet, und in drei Kartons sind nur Ausgleichsmuffen.«

Ich frage nicht, was das ist, weil es letztendlich ja auch egal ist.

»Und nun?«

»Nichts und nun. Ich will meine Ruhe haben. Ich will in den Garten gehen, um eine Zeitschrift zu lesen oder mich zu sonnen, und nicht, weil eine Kräuterspirale gebaut wird und ich ständig zu hören bekomme, wie anstrengend es ist, das alleine zu machen. Aber wenn ich helfe, ist es ja doch nicht gut genug.«

»Vielleicht hast du ja eine Midlife-Crisis«, versuche ich zu beschwichtigen, und nun wird meine Mutter wirklich böse.

»Die hatte ich schon vor dreizehn Jahren, an meinem Fünfzigsten«, schimpft sie. »Da hat dein Vater mir gesagt, dass er mir ab sofort nichts mehr zum Geburtstag schenkt, weil man ja nicht weiß, ob sich das noch lohnt, immerhin könne ich ja jetzt täglich über die Wupper gehen.«

»Das hat er gesagt?« Ich kann es nicht glauben.

»Genau das hat er gesagt.« Ihre Stimme droht zu kippen. »Und jetzt muss ich auflegen. Ich gehe mit Hilde auf einen Adventsbasar. Ab sofort tue ich nur noch die Dinge, die mir Spaß machen. Ich mache auch Nordic Walking, weil dein Vater das überflüssig findet. Und er kann sich mal gehackt legen, das kannst du ihm von mir ausrichten.«

Sie legt einfach auf.

»Meine Mutter hat meinen Vater rausgeschmissen«, informiere ich Mr. Bean.

»Nach dem, was ich da gerade mitgehört habe, hätte sie das schon viel früher tun sollen«, lautet die Antwort, und ich glaube, ein klein wenig hat Mr. Bean recht.

Eins steht fest: Wenn ich irgendwann mal die Richtige finde, werde ich über alles mit ihr reden. Ich werde ihr sagen, was mich stört, und dasselbe von ihr verlangen. So etwas wie bei meinen Eltern muss im Keim erstickt werden.

»Ich brauche Duschgel!«, ruft Moritz, und ich gehe ins Bad.

Warum habe ich den eigentlich mitgenommen? Ich will ja keine WG gründen.

Aber eigentlich ist das jetzt auch schon egal.

Mia

Ich versuche, mich aufs Yoga zu konzentrieren, schaffe es aber nicht wirklich. Die anderen Kursteilnehmer fabrizieren einen perfekten herabschauenden Hund, aber ich bin heute überhaupt nicht gut drauf, was erstens daran liegt, dass Sonntag ist, und zweitens geht mir Leos unverschämte Frage nicht aus dem Kopf. Vielleicht ist es besser, wenn ich mich ein bisschen von ihm distanziere, damit er mal kapiert, was Grenzen sind.

Dann überlege ich, wie ich den restlichen Tag verbringe. Ich mag Sonntage nicht, weil die Geschäfte nicht geöffnet sind und man gar nichts Richtiges mit seiner Zeit anfangen kann, außer spazieren gehen oder vielleicht ins Kino.

Ach, ich weiß ja auch nicht. Und es ist gerade mal 11 Uhr.

Leo

Ich verstehe meine Mutter. Papa nervt. Es ist unerträglich. Erst will er wissen, wann die Handwerker kommen, dann meckert er, dass die Lebensmittel in meinem Kühlschrank völlig falsch eingeräumt sind, dann erklärt er mir, wie man Spinnweben an der Decke am einfachsten entfernt, und dann fängt er an, alle meine Schuhe zu putzen, weil er sagt, einen guten Charakter erkenne man an den Schuhen. Hat ein Mann schiefe Absätze, ist er also automatisch ein Schwein. Glücklicherweise will er später mit Henriette Krohn an der Elbe Muscheln sammeln. Ich hüte mich davor, ihm zu sagen, dass er da sicher keine finden wird.

»Ich freue mich schon richtig auf die Handwerker«, sagt er, während er sich Orangensaft eingießt. »Ach ja, die Handwerker. Da muss ich dich leider enttäuschen. Die haben abgesagt. Ganz plötzlich. Lebensmittelvergiftung.«

»Die rufen am Wochenende an? Und sie sind alle krank? Alle?« Papa ist so enttäuscht wie jemand, der auf einer Transplantationsliste ganz nach unten gerutscht ist.

»Ja, der komplette Betrieb. Die hatten Weihnachtsfeier. Was will man machen? Aber du hast ja jetzt Frau Krohn. Ihr macht euch nachher einen schönen Tag.«

»Auf nichts mehr ist Verlass.« Mein Vater lässt den Kopf hängen.

Für Moritz haben wir am Morgen einen Schlüsseldienst organisiert, dann ist er endlich gegangen. Mein Vater hat das alles gar nicht mitbekommen, er kam mitten in der Nacht angeschickert von Frau Krohn in die Wohnung und ist gleich in seinem Zimmer verschwunden. Moritz hat auf dem Sofa geschlafen, und Mr. Bean mit mir im Bett, das ja groß genug ist für zwei.

»Vielleicht begebe ich mich in ein Kloster, da habe ich das Problem mit den Frauen nicht«, hatte Moritz noch traurig gesagt.

»Das ist doch gar keine schlechte Idee«, hatte Mr. Bean gemeint und ihm auf die Schulter geklopft. »Da hat man ein geregeltes Leben, man muss sich keine Sorgen machen, nur beten und Brot backen. Und vielleicht sattelst du ja noch um und wirst schwul.«

»Ja, vielleicht.« Mit diesen Worten war Moritz dann verschwunden.

Mr. Bean hockt am Küchentisch und studiert wieder den Dosenöffner-Flyer. Nachdem er sich anfangs mit Händen und Füßen gegen das Seminar gewehrt hatte, scheint er nun Feuer gefangen zu haben.

»Du willst da nicht allen Ernstes noch mal hin?«, sage ich und gieße mir einen Kaffee ein.

»Nimm Milch, Plupsi, das ist besser für den Magen«, mischt Papa sich schon wieder ein, und ich tue automatisch, was er sagt, weil ich keine Lust auf Grundsatzdiskussionen habe.

»Warum haben Sie denn hier übernachtet, Herr Göbel?«, fragt Papa Mr. Bean. »Haben Sie Ärger mit Ihrer Frau?«

»Ich habe keine Frau«, sagt Mr. Bean. »Ich habe nur eine Schwester, mit der ich zusammenwohne.«

»Das ist ja auch eine Frau. Frauen sind insgesamt schwierig.« Papa steht vom Tisch auf und geht Richtung Badezimmer. »Nur deine Mutter nicht, Plupsi. Deine Mutter ist das Beste, was mir je passiert ist.«

Ach? Denkt da jemand mal darüber nach, dass seine Frau recht haben könnte? Gut so.

Was Sarah wohl gerade macht? Bestimmt hängt sie in einer Liebesschaukel und lässt sich von diesem breitschultrigen Nils von einem Orgasmus zum nächsten bumsen. Scheiße, ich bin tatsächlich eifersüchtig. Und natürlich ist mein Stolz gekränkt. Was hat dieser Nils, was ich nicht habe?

Was hab ich bloß falsch gemacht?

Wenn Mia doch nur nicht so eingeschnappt wäre. Sie fehlt mir. Ich möchte mich so gern mit ihr austauschen oder von ihr trösten lassen oder am besten beides. Sie soll mit mir auf ihrem Sofa unter der riesigen Decke liegen und übers Leben und über die Liebe schwadronieren. Ich versuche zum ungefähr tausendsten Mal, sie anzurufen, aber sie will mich offenbar schmoren lassen.

»Der nächste Kursteil heißt *Einfach mal die Seele baumeln lassen*«, sagt Mr. Bean.

»Was soll denn das bedeuten?«

»Hier steht nur so kryptisches Zeug«, erklärt er mir. »Das scheint eher irgendein buddhistischer Kram zu sein.«

»Wir sind ja auch buddhistisch total interessiert«, gebe ich zu bedenken.

»Ausprobieren kann man es ja mal«, sagt er. »Komm, hab dich nicht so. Ich verspreche dir auch, dass ich niemanden zusammenschlagen werde. Freu dich doch, dass ich jetzt Lust habe, da hinzugehen. Vielleicht ist es ja wirklich für irgendetwas gut.«

»Ich gehe dann mal.« Mein Vater kommt mit Mantel und Hut in die Küche. »Hast du ein Tütchen für die Muscheln?«

Ich gebe ihm eine Gefriertüte und bin froh, dass kurz darauf die Tür hinter ihm zufällt.

»Du hast ihn ja gar nicht auf das Telefonat mit deiner Mutter angesprochen«, sagt Mr. Bean. »Warum nicht?«

»Weil er offenbar gerade über alles nachdenkt. Und er ist wirklich anstrengend genug. Die beiden sollen halt ein paar Wochen getrennt voneinander sein, dann finden sie schon wieder zusammen.« Jedenfalls hoffe ich das. Wenn ich an die Geschichte von Mias Eltern denke, kann das auch ganz anders ausgehen. Oh mein Gott. Nicht auszudenken, wenn Papa mit Frau Krohn zusammenkäme und hier in Hamburg wohnen würde. Womöglich noch im selben Haus. Ich glaube nicht, dass ich das auch noch verkraften könnte.

Ich wende mich wieder Mr. Bean zu. »Wann genau ist denn dieser Kurs?«

»Morgen Abend um acht. Im Kulturzentrum St. Pauli.«

»St. Pauli hat ein Kulturzentrum?«

»Offenbar schon.«

»Was ist mit dem Café? So früh kann ich nicht dichtmachen. Normalerweise haben wir bis elf Uhr abends geöffnet, wie du weißt.«

»Das ist doch kein Problem. Ich frag Edda noch mal. Die soll die eine von ihren Lesben-Freundinnen zum Kochen mitbringen. Die hat das gelernt.«

Ich hoffe nur, dass nicht ausgerechnet morgen das Gesundheitsamt vor der Tür steht, und gebe mich geschlagen: »Von mir aus.«

Mr. Bean steht auf und streckt sich. »Ich geh jetzt heim und hau mich vor den Fernseher. Was machst du?«

»Du kannst auch hierbleiben, und wir hauen uns gemeinsam vor die Glotze«, schlage ich vor.

»Nein, ich brauch mal ein bisschen Zeit für mich«, sagt er. »Außerdem tut mir die Hand immer noch weh. Du weißt, der Handkantenschlag gegen den Tiger war nicht ohne.«

»Okay.« Ich will niemanden zu seinem Glück zwingen. Und ich bin ja auch ganz gern mal alleine.

Dann hocke ich alleine in meiner Wohnung, und mir fällt die Decke auf den Kopf. Ich räume die Spülmaschine ein und stelle sie an, ich wische den Küchentisch ab und gieße meine Kräuter, ich staubsauge und ziehe die Betten ab, ich mache Papas Bett im kleinen Gästezimmer, und dann ist es immer noch früh, halb zwei ungefähr, und ich weiß nicht, wie ich den restlichen Tag rumkriegen soll.

Ich könnte ins Kino gehen. Das ist doch mal eine Idee. In eine Nachmittagsvorstellung.

Mal sehen, was im Holi läuft. Ich gehe wahnsinnig gern ins Holi, ein kleines Programmkino, das sich in einer Nebenstraße der Hoheluftchaussee befindet. Da ist es nie so gerammelt voll wie in den Multiplexen, und ich beschließe, mir den Film *Ziemlich beste Freunde* anzusehen. Eigentlich wollte ich mit Mia da reingehen, aber daraus wird ja nun nichts.

Also gehe ich allein.

Vorher dusche ich aber noch.

Mia

Mir fällt hier gleich die Decke auf den Kopf. Diese verdammten Sonntage. Ich hasse, hasse, *hasse* sie. Ich könnte natürlich die Wohnung putzen, Wäsche waschen, den Keller aufräumen und meine Fingernägel maniküren, aber ich habe keine Lust. Ich will hier raus. Während ich aus dem Fenster schaue, das auch mal wieder geputzt werden müsste, beschließe ich, ins Kino zu gehen. Im Holi läuft vielleicht noch *Ziemlich beste Freunde*. Eigentlich wollte ich mit Leonhard in den Film gehen, aber daraus wird ja nun nichts.

Also gehe ich allein.

Leo

Super. Wenn ich gewusst hätte, dass an einem gewöhnlichen Wintersonntagnachmittag halb Hamburg ins Kino geht, wäre ich zu Hause geblieben. Die Schlange ist fünfzig Meter lang, die Leute stehen bis raus auf die Straße. Bei meinem Glück stehe ich gleich an der Kasse, und der Mann vor mir hat mir die letzte Karte für den Film vor der Nase weggeschnappt. Nach einer Viertelstunde bin ich an der Reihe, und vor mir steht kein Mann, sondern eine Frau, und die bekommt gerade gesagt, dass der Mann vor ihr die letzte Karte für den Film gekauft hat. Aber man könnte sich ein anderes französisches Drama anschauen, in dem es um ein Paar geht, das sich wegen schlechtem Sex getrennt hat. Ich habe das Plakat gesehen, und wie bei den meisten französischen Filmen, die in Programmkinos laufen, waren die Fotos düster, und alle hatten Augenringe wie die Panzerknacker und haben geweint oder geraucht; auf einigen Fotos war auch noch die verfallene Mauer einer Burgruine zu sehen, auf der eine Frau saß und blicklos in die Landschaft starrte. Natürlich hat sie auch geraucht. Und natürlich schaue ich mir jetzt keinen Film an, in dem sich ein Paar getrennt hat, weil der Sex so schlecht war.

»Hallo, Leo«, sagt da jemand zu mir, und die Frau vor mir hat sich gerade umgedreht, und es ist Mia. Sie sieht traurig aus, und ich möchte sie so gern in den Arm nehmen.

Stattdessen sage ich »Ach, hallo« und warte ab.

»Wolltest du auch ins Kino gehen?«, fragt sie, und ich nicke.

»Tja, da haben wir wohl beide Pech gehabt«, sagt Mia.

»Lass uns reden«, bitte ich sie. »Nicht hier in der Kälte. Und ich will auch nicht irgendwo in eine laute Kneipe. Lass uns zu dir oder zu mir gehen.«

»Was ist, wenn ich gar nicht reden will?«

»Mia, ich kenn dich. Natürlich willst du. Du findest die Situation doch genauso beschissen wie ich.«

»Das stimmt.«

Sie hakt sich bei mir unter. Das ist doch schon mal ein gutes Zeichen.

»Wir gehen zu mir«, sagt Mia.

Es schneit, die Flocken bleiben auf der Straße liegen, und bald wird alles weiß sein. Und wir werden gemütlich auf Mias Sofa liegen und uns mit der großen Decke zudecken, lange reden und dann vielleicht noch zusammen kochen. Ich finde, das ist ein schöner Sonntag.

Mia

Keine Ahnung, warum ich Leonhard jetzt mitnehme. Ich bin ja eigentlich sauer auf ihn, verletzt noch dazu, und außerdem fühle ich mich hässlich, weil ich nur von einem Mann angesprochen wurde, der mich gackern hören und einen flotten Dreier mit mir und seinem Freund machen wollte. Das muss man auch erst mal verkraften. Natürlich hätte ich noch länger in dieser Bar bleiben können, aber wer weiß, was dann noch passiert wäre. Nein, nein, nein.

Ich bin auch sehr froh, dass ich nicht in einer Übersprungshandlung noch jemanden angesprochen und mit nach Hause genommen habe, nur um mir was zu beweisen. Der schale Nachgeschmack am nächsten Morgen ist doof, das weiß ich aus Erfahrung.

So ist es, glaube ich, besser. Eine Aussprache mit Leonhard ist nicht das Schlechteste.

Ich will ihn ja auch nicht verlieren. Er ist der beste Freund, den ich jemals hatte.

Und wenn der doofe Streit aus der Welt geschafft ist, wird alles wieder gut.

Leo

Ist das gemütlich! Draußen hat ein Schneesturm eingesetzt, und wir lümmeln auf dem Sofa, nippen an dem heißen Tee, den Mia gekocht hat, und essen Stollen und Zimtsterne dazu. Das Radio bedudelt uns mit Weihnachtsmusik, und ich strecke mich wohlig. Die Decke ist groß genug für uns beide, und Mia hat ihre Füße unter meine Beine gesteckt, weil sie wie immer kalt sind.

Wir haben geredet und geredet, und nun schweigen wir. Es ist ein gutes Schweigen, kein peinliches. Das ist ja auch so etwas, das ich so verdammt gut mit Mia kann: schweigen. Aber das erwähnte ich schon. Ich finde, wenn man mit einem Menschen gut schweigen kann, ist das schon die halbe Miete. Dann ist die Beziehung, welche auch immer, mit diesem Menschen okay.

Wir haben uns ausgesprochen, und jetzt kann ich Mia verstehen.

»Weißt du, wie ich mich gefühlt habe, als du gesagt hast, du willst, dass ich einfach mal so mit dir schlafe, um dir dein sexuelles Selbstbewusstsein wiederzugeben?«, hatte sie mich gefragt. »Versetz dich einfach mal in meine Lage. Was hättest du denn gedacht?« Und damit hatte sie recht.

»Davon mal ganz abgesehen will ich gar nicht mit dir schlafen, und zwar aus einem ganz wichtigen Grund: Ich will dich nicht verlieren, Leonhard, ich will unsere Freundschaft nicht wegen so was aufs Spiel setzen, Freundschaftsdienst hin oder her.«

»Ich dich auch nicht«, hatte ich ernst gesagt und sie in den Arm genommen.

»Ich werde dir nie wieder so eine schwachsinnige Frage stellen, und ich finde, du hättest mich ohrfeigen sollen.«

»Ach Quatsch«, hatte Mia gesagt. »Ich fand es besser, eine Weile abzutauchen. Das war für dich doch viel schlimmer.«

Das stimmt allerdings. Erst überlege ich, Mia von den Dosenöffnern zu erzählen und dass ich da jetzt mit Mr. Bean hingehe, entscheide mich dann aber um. Ich will mir nicht schon wieder anhören müssen, was für ein Schwachsinn das alles ist.

Also schnappe ich mir die Fernbedienung. »Wollen wir ein bisschen zappen?«

»Gute Idee. Wie spät ist es?« Mia schaut auf die Uhr. »Schon sechs! Soll ich uns einen Rotwein aufmachen?«

»Perfekt.«

»Ah, und weißt du, was ich noch im Kühlschrank habe?«

»Nein ... Sag jetzt nicht MSS!«

»Doch!«

MSS ist die Mia-Spezial-Soße, die in Verbindung mit Spaghetti einfach himmlisch schmeckt. Mia verrät mir nicht, was drin ist, und ich will es ehrlich gesagt auch gar nicht wissen, weil diese Soße sowieso nur von ihr zubereitet werden kann. Alles andere wäre Blasphemie.

»Soll ich die Nudeln kochen?« Ich will mich schon vom Sofa quälen, aber Mia winkt ab.

»Ich mach schon. Du kannst fernsehen.«

Gemütlich sinke ich wieder in die Polster und zappe mich einmal quer durch die Programme. Zwanzig Minuten später kommt Mia mit einem Tablett ins Wohnzimmer.

»So. Bitte schön. Ich hab noch einen Salat dazu gemacht.«

»Und du hast deine Schlabberhose angezogen«, stelle ich fest und schaue auf das formlose dunkelgrüne Ungetüm.

»Jawohl«, sagt Mia. »Und es ist herrlich.«

Ich schaufele die Nudeln mit der MSS in mich hinein, als hätte ich drei Wochen lang nur Grütze zu essen bekommen.

»Sag mal, ist da Gorgonzola drin?«

»Sag ich nicht.«

»Mozzarella?«

»Sag ich nicht.«

»Salbei?«

»Sag ich nicht.«

So geht das jedes Mal. Wir wissen beide, dass sie es mir nicht verraten wird, und wir wissen beide, dass in unserer Beziehung immer nur sie diese Soße zubereiten wird.

In unserer Beziehung hört sich jetzt ein bisschen nach einer festen Bindung oder einer Partnerschaft an, also so, als wären wir zusammen. Das ist natürlich nicht so.

Aber eine feste Bindung und eine Partnerschaft, die haben wir trotzdem.

Das ist doch schön.

»Hast du dich eigentlich jetzt mal mit diesem Mark getroffen?«, frage ich.

»Noch nicht. Aber wir haben telefoniert. Wir wollen uns bald sehen. Er ist ja noch eine Zeitlang hier.«

»Ein komischer Job, den er da hat«, sage ich. »Wie heißt dieser Beruf?«

»Ich werde ihn fragen«, verspricht Mia.

Ich fresse mich so voll, dass ich mich kaum noch bewegen kann, und dann fängt auch schon der Münsteraner *Tatort* an, mit Jan Josef Liefers und Axel Prahl; dieses Duo lieben wir beide am allermeisten, und wir schauen diese Tatorte eigentlich immer gemeinsam an, wenn es irgendwie geht. Meistens geht es, weil ich sonntags freihabe.

Und während Jan Josef und Axel sich schon in der ersten

Minute in die Wolle kriegen, döse ich langsam weg, und eine weitere Minute später bin ich auch schon eingeschlafen.

Mia

Da liegt er und schläft. Dann decke ich ihn eben zu und schaue den *Tatort* alleine. Himmel, ist das gemütlich.

Ich gieße mir noch einen Wein ein, stopfe die Decke fester um Leonhard und streiche ihm leicht über sein dichtes Haar. Er riecht immer so gut, und das ist nicht sein After Shave. Es ist sein Eigengeruch.

Ach, Leonhard. Ich würde mir so sehr wünschen, dass du endlich eine Frau findest, die weiß, was sie an dir hat. Die es schätzt, dass man mit dir so gut wie alles machen kann. Du bist kein Typ, der am Wochenende mit seinen Kumpels auf dem Fußballplatz rumhängt, du bist noch nicht mal genervt, wenn ich dich bitte, mit mir Schuhe kaufen zu gehen. Im Gegenteil, du setzt dich auf einen dieser kleinen Hocker und gibst mir noch gute Ratschläge. Warteschlangen vor Supermarktkassen machen dir genauso wenig aus wie mein Gejammer über die zwei Kilo, die ich zugenommen habe. Du bist der einzige Mann, der mir Tampons besorgt hat, und dir war das noch nicht mal peinlich.

Wer dich nicht will, ist dumm wie Stroh!

Ich trinke mein Glas leer und stelle es leise auf den Tisch, dann kuschle ich mich an Leo und schaue weiter fern. Es ist so gemütlich und warm, dass mir langsam die Augen zufallen und ich ebenfalls einschlafe.

Als ich aufwache, ist es stockdunkel, und mein Nacken ist steif wie ein Brett. Der Tatort ist natürlich schon lange vorbei, und es läuft ein alter Ballerfilm. Die Uhr auf dem DVD-Player zeigt halb eins. Jetzt lohnt es sich auch nicht mehr, Leonhard zu wecken. Am besten, ich friemele meine Kontaktlinsen aus den

Augen, und wir schlafen einfach hier auf dem Sofa weiter; breit genug ist es ja. Ich stelle das Weckprogramm des Fernsehers auf sieben Uhr und ziehe mein Oberteil aus, weil Leonhard eine unglaubliche Wärme ausstrahlt und es sich mit T-Shirt anfühlt wie in einer finnischen Dampfsauna. Ich kuschle mich im Unterhemd an ihn und schließe wieder die Augen. Wenn es nach mir ginge, könnte ich ewig so liegen bleiben.

Leo neben mir räkelt sich und dreht sich dann zu mir um.

»Guten Morgen«, sagt er verschlafen.

»Na ja, eher gute Nacht. Es ist noch längst nicht Morgen«, lasse ich ihn wissen. »Schlaf einfach weiter.«

»Hm.«

»Was heißt ›hm‹?«

»Ich bin ausgeschlafen.«

»Unsinn. Das kann gar nicht sein.«

»Erzähl mir was.«

Das will er immer, wenn wir zusammen im Bett oder auf dem Sofa liegen und er nicht schlafen kann.

»Ich bin müde, Leonhard.«

»Dann machen wir ein Gedicht.«

Das ist auch so ein Tick von ihm. Einer muss die ersten beiden Reimzeilen dichten, der andere die nächsten zwei und so weiter und so fort. Leonhard ist in dieser Beziehung ein absoluter Versager, er bekommt das mit den Reimen nicht annähernd hin, aber ich tue ihm gern den Gefallen.

»Also gut.« Ich denke kurz nach. »Da liegen wir nun hier im Bett und haben es so richtig nett. Den *Tatort* haben wir verpasst, doch Rotweingläser angefasst.«

»Hä? Was soll denn das heißen? Rotweingläser anfassen?«

»Wir mussten sie anfassen, um daraus zu trinken. Anders geht es ja wohl nicht«, rechtfertige ich meinen Reim. »Jetzt du.«

»Äh ... Dann haben wir daraus getrunken und sie dann wieder hingestellt, dann haben wir die Decke genommen und uns damit zugedeckt.« Da sich meine Augen mittlerweile an die Dunkelheit gewöhnt haben, kann ich sehen, dass er wahnsinnig stolz aussieht.

»Darauf muss man erst mal kommen«, sagt Leonhard.

»Ja, das stimmt allerdings. Der Text ist super, lediglich der Reim fehlt.«

»Warum? Hingestellt und zugedeckt reimt sich doch quasi. In beiden Wörtern gibt es zweimal den Buchstaben e.«

»Ach, Leonhard.«

»Ach, Mia.«

»Wollen wir jetzt schlafen?«

»Ja.«

Ich drehe mich auf die andere Seite und schließe die Augen. Leonhard kuschelt mich an sich und schiebt sein Bein zwischen meine. Aus welchen Gründen auch immer liegt eine Sekunde später eine Hand auf meiner Brust, und ich halte den Atem an.

Seine Finger beginnen sich leicht zu bewegen, wie ein ganz vorsichtiges Streicheln. Und ich bemerke entsetzt, dass meine Brustwarzen hart werden. Oh Gott! Wenn er das merkt!

Was ist hier eigentlich los? Warum macht er das, und warum lasse ich das zu?

Scheiße. Ich will einfach nicht, dass er damit aufhört, es fühlt sich nämlich gerade ziemlich schön an.

Leo

Was mache ich da? Wie komme ich dazu, das zu tun? Vorhin noch haben wir uns lang und breit darüber unterhalten, dass mein Vorschlag eine Frechheit und Unverschämtheit und das Allerletzte war. Und jetzt liegen wir hier, und meine Hände wollen gar nicht mehr weg von Mias Brüsten. Wie sind sie überhaupt da hingekommen? Ich war es nicht. Nein. Nein. Nein.

Ich muss sofort damit aufhören.

Scheiße. Ich will aber nicht aufhören. Es fühlt sich nämlich gerade ziemlich schön an.

Mia

Super, super, super. Das haben wir ja wunderbar hingekriegt. Es ist sieben Uhr morgens, und Leonhard und ich haben kein Auge zugetan.

Nein, wir haben gevögelt, als ob wir a) uns vor sechzig Jahren während des Zweiten Weltkriegs unsterblich ineinander verliebt und uns ewige Treue geschworen, uns dann aber dramatischerweise aus den Augen verloren und nun zufällig wiedergefunden hätten, weil wir im Seniorenstift unglücklich mit unseren Rollatoren zusammengestoßen sind oder b) nach vierzig Jahren Ehe mit den falschen Partnern festgestellt hätten, dass wir einfach füreinander bestimmt sind, weil wir uns an einem Samstagvormittag in einem Baumarkt getroffen und uns über das optimale Anbringen von Scharnieren unterhalten haben, wobei wir instinktiv spürten, dass da mehr ist als die gemeinsame Vorliebe zum Hobbybasteln.

Jedenfalls, verdammt noch mal, war der Sex mit Leonhard einfach *großartig*. Wir haben so ziemlich alles gemacht, was man machen kann, und ich schwöre bei allem, was mir heilig ist, dass ich ungefähr zehnmal gekommen bin, und das in einer Heftigkeit, die mir fast Angst gemacht hat.

Und Leonhard kann so gut küssen! Meine Güte, und wie gut! Am liebsten würde ich sofort wieder von vorne anfangen, aber ich bin so durcheinander, dass ich gar nicht weiß, wo mir eigentlich der Kopf steht.

Das hätte nicht passieren dürfen.

Andererseits: Es war *perfekt*. Das war der *beste Sex*, den ich *jemals* hatte.

Aber Leonhard ist mein Freund. Mein platonischer. Und das soll er auch bleiben.

Was sollen wir jetzt nur tun?

Verzweifelt starre ich an die Decke. Ich kann noch nicht mal aufstehen und mich rausschleichen, weil wir ja in meiner Wohnung sind.

Mein Gott, hoffentlich hat unsere Freundschaft jetzt keinen Knacks bekommen.

Leonhard räkelt sich neben mir. Das ganze Zimmer riecht nach Geilheit und Sex. Hoffentlich merkt er das nicht auch.

Er dreht sich zu mir um und schaut mich lange an.

»Es tut mir leid«, sagt er dann leise und streichelt meine Wange.

»Ich …«, fange ich an, und er legt sanft den Finger auf meine Lippen.

»Ich sagte, es tut mir leid, und ich hoffe, du bist mir nicht böse, aber …«

»Was aber?«

»Ich will dich noch mal.«

Und dann fangen wir an zu knutschen wie die Gestörten. Und dann haben wir wieder Sex, und es ist so scharf, so scharf, so scharf! Und dann komme ich wieder und wieder.

Es wird acht, es wird neun, das Telefon klingelt, dann klingelt es an der Tür, es ist uns alles egal.

Ich will einfach nur weitermachen, und zwar so lange, bis ich einfach nicht mehr *kann*.

In diesem Fall *kann* das dauern.

In diesem Fall *soll* das auch dauern.

Und ich komme schon wieder!

Leo

»Du bist ein Schwachkopf«, sagt Edda zu mir. »Aber so ein großer Schwachkopf, dass es nicht in Worte zu fassen ist.«

Sie ist sowieso schon sauer auf mich, weil Mr. Bean sie aus dem Bett geschmissen und gezwungen hat, im Café auszuhelfen. Mich hat ja niemand erreicht. Und jetzt ist es gleich zwölf. Herrje, man wird ja wohl in seinem eigenen Café mal zu spät kommen können.

»Reg dich nicht auf. Denk an deine Laktoseintoleranz«, versuche ich sie abzulenken, aber sie schnaubt nur und verdreht die Augen.

»Wenn ich nicht die frischen Sachen vom Großmarkt geholt hätte, hätten wir gar nicht aufmachen können«, hatte Mr. Bean zu mir gesagt, nachdem ich endlich aufgetaucht war.

Edda sortiert die Bestecke und funkelt mich böse an. Sie ist müde. Sie ist Studentin – was genau sie studiert, weiß keiner, weil sie sich ständig umentscheidet – und schläft morgens gern länger. Und dann noch die Intoleranz, da kann man schon mal müde sein.

Mr. Bean sagt gar nichts mehr, sondern poliert zum fünfzigsten Mal schon polierte Gläser.

»Jetzt äußre du dich doch auch mal dazu«, bitte ich ihn, und er knallt wütend das Geschirrtuch auf den Tresen.

»Nein, dazu sage ich nichts. Mach ruhig weiter alles kaputt. Erst willst du sie ficken, weil du Bestätigung brauchst, dann fickst du sie, weil sie mit nackten Titten daliegt – und ihr beide findet das auch noch gut, und jetzt wisst ihr nicht, wie ihr damit umgehen sollt, und wir sollen unseren Senf auch noch dazugeben. Was soll ich denn deiner Meinung nach dazu sagen? Das hast du aber toll gemacht, Leo, ich bin stolz auf dich, du Dosenöffner?«

»Lass bitte diese Fäkalsprache, wenn es um Mia geht«, bitte ich ihn.

»Komm du mir nicht mit Fäkalsprache. Wer hat hier noch mal was gemacht, hm? Ficken, ficken, ficken«, wiederholt Mr. Bean böse.

»Und dann auch noch über mehrere Stunden«, sagt Edda fast angewidert. Sie tut ja gerade so, als hätte ich Mia gefoltert.

»Was ist denn bitte gegen guten Sex einzuwenden?«, versuche ich eine Rechtfertigung.

»Nichts. Solange man ihn nicht mit der besten Freundin hat.« Mr. Bean seufzt. »Na ja, aber dann musst du ja heute Abend auch nicht mit zum Kurs.«

»Wahrscheinlich muss ich das nicht. Aber ich überlege es mir noch mal.«

»Das ist aber nett, dass der Herr so gnädig ist und es sich noch mal überlegt. Vielen Dank, ich weiß das sehr zu schätzen«, giftet Mr. Bean und fängt an, den Tresen zu wischen. »Und jetzt hör auf mit dem Thema, die Gäste gucken schon!«

Nun werde ich bockig. »Jetzt mach aber mal einen Punkt«, werfe ich ihm an den Kopf. »Ich hab schließlich niemanden umgebracht!«

»Nein, das hast du nicht«, faucht Mr. Bean, und die Gäste spitzen die Ohren, »und außerdem gönne ich dir alles, das weißt du auch ganz genau. Es war nur leider mit der falschen Frau.«

»Mia und ich haben uns geeinigt, dass es ein Fehler war und nie wieder vorkommen wird«, erkläre ich.

»Und dann habt ihr euch blöde angeschaut, und keiner von euch wusste mehr, was er noch sagen sollte«, vervollständigt Edda meinen Satz. »War ja klar.«

Sie hat recht. Es war sehr komisch. Beziehungsweise Mia war komisch.

»Sie hat mit dem Schweigen angefangen.«

»Ja, und warum?«, fragt Edda. »Hast du irgendwas Blödes zu ihr gesagt?«

»Äh ... nein.« Scheiße.

»Sag schon«, fordert Edda wütend.

»Ich habe nur gesagt, dass das ja wohl sehr toll war und ich mir jetzt keine Sorgen mehr machen muss wegen der Nietenaussage von Sarah«, gestehe ich, und Mr. Bean tut so, als würde er ohnmächtig.

»Oh. Mein. Gott. Ich glaube es nicht.« Edda greift sich an den Kopf. »Wir können froh sein, dass du nicht noch gesagt hast, dass du ja jetzt zu Sarah gehen und es ihr endlich beweisen wirst.«

»Äh, also ...«

»Leo? Hallo?! Das hast du nicht zu Mia gesagt. Bitte sag, dass du das nicht getan hast!«

»Äh ...«

Mia

Was bin ich Leonhard eigentlich wert? Wofür hält er mich? Wie konnte er das mit Sarah nur sagen! Und dann auch noch nach unserem grandiosen Sex! Direkt danach hat er mir freudestrahlend mitgeteilt, dass er jetzt den Beweis dafür hätte, keine Niete im Bett zu sein. Was hat er bloß mit dieser Tussi? Die ist doch strunzdoof und total unecht. Ich meine, hallo, sie hat künstliche Fingernägel mit Strasssteinchen drauf! Ich habe Leonhard damals darauf hingewiesen, aber er meinte, das sei halb so schlimm, dabei weiß ich ganz genau, dass Leonhard solche Fingernägel genauso hasst wie paillettenbesetzte T-Shirts oder Kunstledergürtel in Pastell oder blond gefärbte Haare, bei denen der dunkle Ansatz schon zu erkennen ist. Leonhard mag eher Frauen, die Model in der Zeitschrift »Country Living« sein könnten, aber keine, die für Solarien oder Ibiza-Schaumpartys in Clubs, die »Magic Dream« oder »Dance Palace« heißen, Werbung machen.

Ich stehe im Bad vorm Spiegel und schaue mich an. Ich bin müde, verquollen und körperlich am Ende. Weil ich lange nicht mehr eine solche Nacht erlebt habe.

Sie war geil.

Aber das, was danach kam, nicht mehr. Im Gegenteil.

Eigentlich müsste ich Leonhard hassen.

Tue ich aber nicht.

Leo

Warum regen sich Mr. Bean und Edda eigentlich so auf? Die beiden tun ja gerade so, als hätte ich diese sehr seltene Blutgruppe und würde mich weigern, einem Todgeweihten etwas davon zu spenden.

Es gibt auch Grenzen.

Das Wichtigste: Ich bin gut im Bett. Ich bin *ein Tier*. So oder so ähnlich hat Mia das gesagt. Also Tier hat sie nicht direkt gesagt, aber gemeint. Ganz sicher.

Ich stehe in der Küche des Cafés und bereite eine Gulaschsuppe vor. Während ich Zwiebeln schneide und anbrate, denke ich zum tausendsten Mal über diese Nacht nach. Sie war wirklich unbeschreiblich. Ich konnte mehrfach hintereinander, das muss mir auch erst mal einer nachmachen.

Mia hat im Übrigen einen Traumkörper. Das habe ich natürlich auch schon bemerkt, wenn sie angezogen war, aber ausgezogen ist das noch mal was anderes. Ich hab sie zwar auch schon mal oben ohne gesehen, aber noch nie splitterfasernackt. Das war eine Premiere.

Es passte einfach alles mit uns. Danach haben wir uns eine Tiefkühlpizza aufgebacken, weil um die frühe Uhrzeit natürlich noch keine Lieferservice auf hatte. Außerdem hatte Mia ja erst kürzlich zu mir gesagt, es sei verboten, nicht zu fragen, ob man nach dem Sex Pizza essen möchte. Auch das war irgendwie so, als sei es schon immer so gewesen. So echt. So ohne Firlefanz.

Aber dann haben wir beide dagelegen und geschwiegen. Das war nicht sooo gut. Irgendwie herrschte gedrückte Stimmung. Wir haben schon öfter beieinander übernachtet und morgens im Bett Kaffee getrunken, und ich habe Brötchen und Croissants geholt, oder wir sind frühstücken gegangen, oder was auch immer. In dem Fall eben Pizza. Jedenfalls ist es grundsätzlich schön, mit Mia aufzuwachen.

Nur diesmal irgendwie nicht. Wir haben nebeneinander im Bett gelegen wie zwei Fünfzehnjährige, die nicht wissen, was sie nach dem ersten Zungenkuss sagen sollen. Es war einfach komisch.

»Willst du Kaffee?«, hatte Mia gefragt, ich hatte genickt. Wir haben schweigend unseren Kaffee getrunken, dann habe ich versucht, sie ganz unbefangen anzulächeln, und gesagt: »Das war eine tolle Nacht.« Und dann habe ich das mit der Niete gesagt, beziehungsweise das mit der Nicht-mehr-Niete.

Mia hat mich nur ausdruckslos angesehen und ihren Kaffee getrunken. Gesagt hat sie nichts. Nur tschüs, als ich dann gegangen bin.

Tja, und dann bin ich heim, habe geduscht und bin hierhergefahren, um mich von einer lesbischen Nonne und einem Mönch mit zu großen Ohren anmachen zu lassen. Schönen Dank auch. Freunde sind ja wohl eigentlich dafür da, dass sie einem in Notsituationen zuhören und gute Ratschläge geben. Freunde sind nicht dafür da, einen verbal zu strangulieren, bloß weil es ihnen nicht in den Kram passt, was man getan hat.

Na ja, was will man erwarten? Ich denke mich in Rage und schneide mir dabei fast in den Finger. Dann atme ich tief durch, schaue aus dem Fenster, bemerke, dass es schon wieder schneit, und dann stelle ich das Radio an, weil mich die Stille in der Küche wahnsinnig macht. Mr. Bean, der sonst immer mal wieder nach hinten kommt, um ein Schwätzchen mit mir zu halten, taucht heute kein einziges Mal auf, dafür kreischt ein hysterischer Moderator, dass in der kommenden Nacht der Wasserpegel der Elbe dramatisch steigen wird. Wahrscheinlich steht morgen wieder der Fischmarkt unter Wasser. Dann kündigt der Moderator drei Hits am Stück an, und ich weiß, dass einer davon ein Lied von Adele sein wird, und behalte recht.

Ich gieße Öl in einen großen Topf, brate die Zwiebeln an, dann das Fleisch, portionsweise natürlich, und während das Fleisch brutzelt, schaue ich wieder nach draußen – und traue meinen Augen nicht. Das muss Schicksal sein.

Da läuft gerade Sarah vorbei! Mit gesenktem Kopf, und sie sieht traurig aus.

Bevor ich ihr hinterherrase, stelle ich noch den Herd ab. Wenigstens so viel Grips habe ich noch. Jetzt wird alles gut!

»Was ist denn?«, fragen Edda und Mr. Bean, als ich an ihnen vorbeirausche.

»Ich weiß nicht, wann ich wiederkomme. Kümmert ihr euch um die Suppe!«, rufe ich und sprinte nach draußen. Nicht auszudenken, dass Sarah verschwunden sein könnte.

Aber sie ist noch da, das heißt, sie läuft die Straße entlang.

»Sarah!«, rufe ich. »Sarah! Warte doch mal!«

Sie dreht sich um. Sie weint. Mein Gott! Sie soll doch nicht weinen, wenn ich vor ihr stehe! Ich freue mich natürlich, dass sie das so mitnimmt, aber ich will niemanden zum Weinen bringen. Die Menschen in meiner Umgebung sollen glücklich und zufrieden sein.

Andererseits rührt es mich, dass sie mich ganz offenbar auch vermisst hat!

»He«, sage ich leise. »Du musst doch nicht weinen. Ist doch alles gut.« Ich streichle ihren Arm.

»Ach, Leo«, schnieft Sarah. Ihre Augen sind rot, die Wimperntusche verschmiert, ihre Nase ist wund, und überhaupt wirkt sie wie ein Häufchen Elend. Und so zerbrechlich.

»Hast du abgenommen?«, frage ich, weil ich wirklich den Eindruck habe.

»Ach, Leo«, wiederholt Sarah. »Das ist das Schönste, was ich in den letzten beiden Tagen gehört habe. Ach, Leo.« Sie stürzt in meine Arme und fängt an zu schluchzen. »Mein Leben ist vorbei«, nuschelt sie. »Nie wieder wird es so sein wie vorher. Alles aus, alles vorbei.«

»Um Himmels willen, bist du krank?«, will ich entsetzt wissen.

»Ja!«, ruft Sarah. »Ich werde sterben!«

15

Mia

»Das ist wirklich total lieb von dir, Edda«, sage ich nun zum ungefähr zehnten Mal. Es ist ja auch lieb von ihr. Ich mag Mr. Beans Schwester sehr. Sie ist zwar meistens schlecht gelaunt, macht aber so nette Sachen wie Aquarellmalerei. Edda bastelt auch Grußkarten und strickt. Aber sie würde nie zugeben, dass sie das gut findet. Sie sagt dann so Sachen wie: »Wenn mein Bruder nun mal kalte Füße hat« oder »Ich finde diese Grußkarten, die es zu kaufen gibt, schlicht geschmacklos.«

Und nun will Edda, dass ich mich von meinem Schock erhole und heute Abend mit ihr zu ihrem Lesbentreff gehe, damit ich auf andere Gedanken komme. Eine Freundin von ihr, die nämlich, die kochen kann, wird Mr. Bean und Leonhard im Café vertreten, falls die zu ihrem Kurs gehen wollen.

»Ein Abend ohne Männer wird dir guttun«, ist sie sicher. »Nach allem, was Leo dir angetan hat, ist das genau das, was du jetzt brauchst. Komm, das ist immer total nett. Wir trinken Tee und reden über Gott und die Welt.«

»Aber ich bin doch gar nicht lesbisch«, versuche ich mich rauszureden.

»Ach, das macht doch nichts. Jede von uns bringt mal 'ne Hete mit.«

»Eine was?«

»Na, eine Hete. Heterosexuell. Nicht schwul oder lesbisch.«

»Ach so. Normal.« Das war ein Fehler.

»Vorsicht«, sagt Edda und wird wütend. »Ich bin nicht unnormal, nur weil ich keine Schwänze mag.«

»Das hab ich auch nicht gesagt.«

»Du hast ja voll die Vorurteile.« Jetzt regt sie sich wirklich auf. »Du kommst mit. Ich hol dich um sieben im Laden ab.«

Jetzt komme ich aus der Nummer nicht mehr raus.

»Gut«, sage ich resigniert. »Was zieht man denn da an?«, frage ich vorsichtshalber. In meiner Phantasie tragen alle Lesben gebatikte Schals, ausgewaschene schlammfarbene Latzhosen, Jesuslatschen, damit man die Hornhaut und die eingewachsenen Fußnägel gut sehen kann, und sie haben raspelkurze Haare und sind überall gepierct. Und selbstverständlich gucken alle böse aus der Wäsche. Eben wie die Lesben, die ich zusammen mit Leonhard an der Alster getroffen habe.

»Wie, was du anziehen sollst?« Edda ist irritiert. »Ganz normal halt. Brezel dich bloß nicht so auf. Da werden die *echt* aggressiv. Bis nachher.«

Das hört sich doch gut an.

Jetzt habe ich keine Zeit mehr, darüber nachzudenken, denn der Lastwagen mit der Lieferung aus Dänemark trifft ein. Die nächsten Stunden bin ich damit beschäftigt, umzudekorieren und einzuräumen. Und dann kommen auch noch zwei Kundinnen und kaufen den halben Laden leer. Ich kann mich nicht beklagen.

Wenn nur die Sache mit Leonhard nicht wäre.

Mir geht das näher, als mir lieb ist.

Leo

Ich finde es ganz hervorragend, dass Sarah in meinen Armen liegt und Rotz und Wasser heult. Gerade hat sie mir versichert, dass sie keine tödliche Krankheit hat. Aber was sie hat, kann ich mir »doch denken«.

Ich halte sie also einfach erst mal fest und überlege, was ich mir doch denken kann. Hat sie einen Welpen überfahren? Eine werdende Mutter angepöbelt? Einem Blinden gesagt, dass die Ampel grün ist, obwohl das nicht stimmt?

»Es ist alles so furchtbar. Ich bin so einsam«, klagt Sarah und schnieft.

»Das kann sich doch ändern«, sage ich und drücke sie noch fester an mich. Wahrscheinlich hat sie endlich gemerkt, dass dieser Nils eine absolute Flachpfeife ist. Ein emotionaler Kotzbrocken. Ein Geschwür, das man vernichten muss, bevor es aufplatzt und seinen widerlich stinkenden Eiter verspritzt. Ja, so ist Nils. Aber nun bin ich da. Ich schaue heroisch Richtung Himmel und fühle mich ein wenig wie Alexander der Große oder Cäsar oder so. Eine schöne Frau ist reumütig in meine Arme zurückgekehrt.

»Ich finde es gut, dass du zu mir gekommen bist«, erkläre ich Sarah dann. »Beziehungsweise dass ich dich hier draußen habe herumlaufen sehen. Du warst ja so verwirrt, dass du den Eingang zum Café gar nicht gefunden hast. Jetzt setzen wir uns erst mal in Ruhe rein und reden. Alles wird sich klären. Und ja: Ich verzeihe dir.«

Weil ich nämlich im Bett ein Hengst bin, Sarah. Und weil ich es dir beweisen werde. Oh ja, und wie!

Sarah löst sich von mir. »Was redest du denn da?«, fragt sie und putzt sich die Nase.

»Was soll sich klären?«

»Na, das mit uns«, sage ich vollgepumpt mit Endorphinen.

»Aber ich habe doch mit dir Schluss gemacht«, sagt sie und starrt mich verständnislos an. Ihre Augen sind jetzt so verquollen, dass sie kaum noch gucken kann.

»Aber du bist doch zu mir …«, fange ich an.

»Ich bin zufällig an deinem Laden vorbeigekommen, Leo.

Nicht mehr und nicht weniger. Ich laufe seit ungefähr drei Stunden planlos durch die Gegend. Weil Nils sich nämlich von mir getrennt hat, darum. Und ich werde nie wieder mit einem anderen Mann zusammen sein können.« Sie fängt schon wieder an zu flennen.

Ich sinke langsam in mir zusammen. »Ach so.« Dann nicke ich. »Aha. Na dann.«

Sarah schüttelt den Kopf. »Du bist wirklich ein hoffnungsloser Romantiker, Leo.«

»Ich wollte nur nett sein.«

»Ach Quatsch. Du willst mich zurück. Ist es nicht so?«

»Hm. Ja, vielleicht.«

»Ich dich aber nicht, Leo. Das mit uns, das passt einfach nicht. Mit Nils, weißt du, das war eine Wellenlänge. Wir haben uns blind verstanden. Der eine wusste, was der andere denkt.«

»Und warum hat er dann Schluss gemacht?«, will ich angesäuert wissen.

Wieder bricht sie in Tränen aus. »Weil er ...« Sie stockt. »Nils hat im Moment große finanzielle Probleme. Und er sagt, dass er mir nicht zumuten kann, mich da reinzuziehen.«

»Hä?«, frage ich. »Wieso denn ›dich reinziehen‹? Oder sind die Hells Angels hinter ihm her?«

»Quatsch!« Sie schnäuzt sich geräuschvoll in ein Taschentuch. »Er ist einfach so ein feiner Kerl, und er findet, dass er mir im Moment nicht das bieten kann, was ich verdiene. Deshalb kann er nicht mehr mit mir zusammen sein.«

Ich glotze sie fassungslos an, fast muss ich lachen. »Sarah«, sage ich und gebe mir Mühe, dabei so sanft und zartfühlend wie möglich zu klingen, »das ist der größte Schwachsinn, den ich je gehört habe. Das ist doch gelogen, der will einfach nur nicht mehr mit dir zusammen sein!« Na gut, das war jetzt nicht ganz so sanft und zartfühlend.

Prompt wird Sarah bockig. »Ja, beleidige mich nur. Bloß weil ich dich sitzen gelassen habe, gibt dir das noch lange nicht das Recht, mich wie … Müll, ach was, wie Scheiße zu behandeln.«

»Das habe ich doch gar nicht!«

»Ach lass mich doch in Ruhe, Leo. Lern du erst mal, wie man es im Bett bringt!« Sie dreht sich um und rennt davon. Ich glaube, sie heult schon wieder.

Ich stehe da wie der letzte Volltrottel. Eine alte Frau mit Hut kommt vorbei und sieht mich mitleidig an. »Früher wäre eine Frau nie so einfach davongerannt«, sagt sie, nickt mir freundlich zu und geht weiter. »Armer Teufel«, murmelt sie dann noch im Gehen.

Mit gesenktem Kopf trotte ich zurück ins Café.

»Ich gehe jetzt nach Hause«, sage ich zu Mr. Bean.

»Wie? Und wer schmeißt den Laden? Eddas Freundin kommt erst abends. Ich kann nicht gleichzeitig kochen und Kaffee machen«, klagt er.

»Welche Freundin? Ich denke, Edda ist da?«

»Die ist schon weg, ist mit Mia verabredet«, lässt Mr. Bean mich wissen. »Ich bin also alleine. Davon mal ganz abgesehen wollen wir beide heute Abend nach Geschäftsschluss zu dem Seelebaumel-Seminar. Oder brauchst du das jetzt nicht mehr?« Er wartet quasi darauf, dass ich versuche, mich zu drücken, damit er mich verbal töten kann, indem er mich stundenlang anschweigt, bis ich kapituliere, weil ich das nicht ertragen kann.

»Na klar komme ich mit«, sage ich und gehe in die Küche. Natürlich hat niemand die Gulaschsuppe weitergekocht. Warum auch? Ich stelle den Herd wieder an und brate weiter Fleischstücke. Und ich schaue aus dem Fenster. Wenn hier noch mal eine Frau entlangläuft, die heult, werde ich nicht rausgehen, und wenn sie aus den Augen blutet. So wahr ich Leo Sandhorst heiße.

Mia

Während ich auf Edda warte, hoffe ich, richtig angezogen zu sein. Edda hat gesagt, ich soll mich bloß nicht aufbrezeln, also bin ich extra noch mal nach Hause gefahren, um mich ganz leger anzuziehen. Ich trage eine Jeans, eine weiße Bluse, einen Cashmere-Pullover und meine dicke Daunenjacke. *Mehr* leger geht wirklich nicht. Sogar flache Stiefel habe ich an. Ich möchte unter gar keinen Umständen unangenehm auffallen und frage mich gerade, über was die da wohl den ganzen Abend reden. Wie man Männer am effektivsten umbringt? Wie man ihnen beibringt, dass sie überflüssig wie eine Grippe sind? Es klingelt, und ich öffne die Tür.

»Wie siehst du denn aus? Ich hab doch gesagt, du sollst dich nicht so zurechtmachen«, sagt Edda anstelle einer Begrüßung.

»Hätte ich in Lumpen gehen sollen?«, frage ich.

»Quatsch, aber du bist halt immer so fein.«

Sie selbst trägt wie immer irgendeine Hose und ein Sweatshirt, flache Schuhe und einen Wollschal.

»Wo findet das eigentlich statt?«, will ich wissen.

»Komm jetzt, wir sind spät dran«, sagt Edda, anstatt mir eine Antwort zu geben, und ich haste ihr hinterher.

Leo

»Willkommen, meine Brüder. Willkommen. Kommt herein, nehmt Platz, entspannt euch, seid einfach nur ihr selbst.«

Ich glaube nicht, was ich da sehe. Das ist bestimmt etwas, irgendeine Lebensform, aber kein Mensch im herkömmlichen Sinn. Der Mann, also das Wesen, das da vor uns steht, ist geschätzte 150 Jahre alt und trägt einen weißen Wallebart sowie eine Nickelbrille. Die Finger sind von Rheuma oder Gicht oder beidem völlig verschrumpelt, und das lange weiße

Gewand lässt den alten Mann aussehen wie den leibhaftigen Tod.

Und mit diesem Typen wollen wir also unsere Seelen baumeln lassen?, denke ich und könnte Mr. Bean auf der Stelle erwürgen. Das war das letzte Mal, ich schwöre, *das letzte Mal*. Zuerst dieser Zirkus im Wald und jetzt das hier. Ich wollte mich zwar fortbilden in Sachen Sex – aber so hab ich mir das nicht vorgestellt. Wenigstens sind Arbogast und Roderich nicht da, das würde dem Ganzen noch die Krone aufsetzen.

»Hohoho, da sind ja die Wilden von gestern!« Wie auf Befehl steht Arbogast vor mir und grinst. »Wie ich sehe, macht ihr brav jede Kursetappe mit. Nur so ist das Ganze von Erfolg gekrönt.«

»Na ja, mitmachen kann man das nicht unbedingt nennen, wir haben ja gestern vorzeitig abgebrochen.«

»Nachdem dein Freund uns fast umgebracht hat, ich erinnere mich. Glücklicherweise haben wir gutes Heilfleisch. Ihr seid dann zusammen mit Moritz verschwunden, oh ja, ich weiß.« Arbogast nickt leidend. »Ihr habt das Beste verpasst. Es hat noch einen Beischlaf gegeben.«

»Ach.« Mr. Bean ist enttäuscht, dass er das nicht mitbekommen hat. »Wer hat denn mit wem?«

»Oh, ein junger Spund, den Namen habe ich vergessen, irgendwas mit C, er hat seine Männlichkeit an Geirbjorg getestet, und dies wurde mit Erfolg gekrönt.«

»Was ist Geirbjorg?«, frage ich konsterniert. Geirbjorg klingt wie eine sehr seltene, möglicherweise irische Biermarke, und ich möchte nicht, dass der Mann mit dem Namen mit C Sex mit einer Flasche hatte. Dann ist hier der Ofen gleich aus, und ich werde mich umdrehen und auf der Stelle gehen. Es gibt Grenzen.

»Na, Geirbjorg ist eine der Feuerfrauen«, sagt Arbogast würdevoll. »Cs Männlichkeit wuchs, und so kam es zum Äußersten.

Nun ist er geläutert, weil Geirbjorg meinte, es sei ein wunderbarer Akt gewesen. Jetzt sind die beiden ein Paar und schmieden schon Zukunftspläne.«

»Ui, das ging aber schnell.« Finde ich wirklich. Man schmiedet doch nach dem ersten Sex nicht gleich Zukunftspläne. Wie muss ich mir denn so ein Gespräch vorstellen?

Er: »Bist du gekommen?«

Sie: »Oh ja. Es war himmlisch. Und für dich?«

Er: »Wunderbar. Phantastisch. Ich möchte nie mehr eine andere Frau!«

Sie: »Und ich keinen anderen Mann!«

Beide: »Hurra!«

Er: »Lass uns Zukunftspläne schmieden. Was hältst du von einem freistehenden Einfamilienhaus mit 220 Quadratmetern Wohnfläche, einem raffiniert geschnittenen Wintergarten und ausgebautem Dachgeschoss?«

Sie: »Hm. Hat das Haus ein Krüppelwalmdach?«

Er (lächelt milde): »Aber ja, aber ja. Ohne Krüppelwalmdach geht heutzutage doch gar nichts mehr.«

Sie: »Herrlich. Ich möchte Gartenmöbel aus Teakholz. Und Buchsbäume. Und eine Einbauküche mit einem hochstehenden Backofen, damit ich mich nicht immer bücken muss.«

Das gibt es doch gar nicht!

Arbogast nickt uns zu und geht weiter, um gemeinsam mit dem weißbärtigen Guru die restlichen Teilnehmer zu begrüßen. Einige von gestern sind heute auch da, dazu viele neue. Alle sehen extrem gestresst und sehr erwartungsvoll aus.

Wir wahrscheinlich auch.

Nun ist die Begrüßungszeremonie vorbei. Aus einer Stereoanlage, die tatsächlich noch ein Tapedeck hat, ertönen sphärische Klänge. Irgendwie passen die Töne und das ganze Ambiente nicht zu den Räumlichkeiten dieses Kulturzentrums mitten in St. Pauli. Der Boden ist mit Linoleum ausgelegt, die Wände sind erbsgrün gestrichen, und überall hängen entweder Hausordnungen oder Infotafeln, auf denen steht, wie man sich im Fall eines Brandes verhalten soll. Plastikklappstühle sind in eine Ecke geschoben, und an der Decke leuchten Neonröhren.

»Stellt euch in einen Kreis«, befiehlt Wallebart, und wir gehorchen.

»Nehmt euch nun an den Händen und genießt die Musik und die ansonsten herrschende Stille«, geht es weiter, während draußen auf dem Flur gickelnde Frauen vorbeilaufen. Die eine ruft: »Ich hab die blaue Wolle bekommen!« Durch das gekippte Fenster hört man, wie sich zwei Zuhälter streiten. »Ich knall dich ab, du Scheißkerl! Die Babsi läuft für mich und nicht für dich!« »Pass auf, gleich gibt's aufs Maul, aber nicht zu knapp! Ich heiß nicht umsonst Schlagring-Schorsch!«

»Findet eure eigene Mitte. Lauscht der Stille«, fordert Wallebart unbeirrt, während draußen Schüsse fallen. In der Gruppe macht sich leichte Unruhe breit. Auf dem Flur erzählt jemand, dass er heute einen Tischabfalleimer töpfern wird, und ich versuche, meine eigene Mitte zu finden, was aber nicht ganz gelingen will. Die einlullende Musik nervt mich, und Mr. Bean, der mit geschlossenen Augen neben mir steht und meine Hand drückt, während er seine eigene Mitte sucht, nervt mich auch. Sein konzentrierter Gesichtsausdruck kann einen nur aggressiv machen. Der Typ hat mir für einen Mann viel zu kleine und viel zu kalte Hände. Ich habe das Gefühl, einer Frauenleiche die Hand zu halten. Nicht schön.

»Nun werden wir gemeinsam im Uhrzeigersinn hüpfen, um unsere Energien freizusetzen.« Wallebart hebt wie ein Dompteur die Hände, und wir beginnen, im Kreis zu hopsen. Ich fühle mich gedemütigt.

»Das ist klasse«, sagt Mr. Bean mit rotem Kopf. »Das habe ich zum letzten Mal im Kindergarten gemacht. Da hat mir das auch schon riesig viel Spaß gemacht.«

»Vielleicht dürfen wir ja nachher noch draußen im Sandkasten Kuchen backen«, sage ich, während ich von der kalten Hand mitgezogen werde.

»Oh«, sagt Mr. Bean. »Ja, das wäre schön.«

16

Mia

»Wo fahren wir eigentlich hin?«, frage ich Edda. Wir hocken in ihrem Auto und fahren auf der A7 Richtung Süden. »Ich dachte, dieses Treffen findet in irgendeiner Stadthalle in Hamburg statt. Oder bei einer von euch zu Hause.«

»Diesmal nicht.« Edda schaltet in den fünften Gang und macht das Radio an. »Lass dich einfach überraschen.«

Ich mag Überraschungen nicht besonders, aber ich sage nichts weiter dazu, das wäre ja spießig. Im Radio laufen Oldies, und die Moderatorin verkündet, dass ein Sänger, der in den Sechzigern riesige Erfolge hatte und von dem ich noch nie gehört habe, heute seinen 80. Geburtstag feiert. Wieso hört Edda den Oldie-Sender? Sie ist doch noch jünger als ich!

»Oh, die Tremeloes«, sagt Edda verzückt und dreht die Musik lauter. »*Silence is golden.* Das mag ich total gern. Wollen wir mitsingen?«

»Ich kann nicht so gut singen.«

»Dann eben nicht.« Sie summt ein bisschen mit, dann wechselt sie unvermittelt das Thema: »Du, Mia, das mit Leo ist echt scheiße. Also von ihm war das scheiße. Ich muss das jetzt einfach noch mal sagen, auch wenn ich es schon hundert Mal gesagt habe.«

»Ach, schon gut.«

»Nein, eben nicht.« Sie haut mit der flachen Hand aufs Lenkrad. »So was sagt man nicht. Das gehört sich einfach nicht.«

Sie überholt einen Porsche Carrera, und ich schaue besorgt auf den Tacho. 160. Das ist ein bisschen zu schnell für meinen Geschmack. Vor uns auf der linken Spur befindet sich nun ein Jaguar, und Edda hupt und blendet auf.

»Das sind doch alles Vollidioten. Kann der mal zur Seite fahren, wenn er die Geschwindigkeit nicht anpasst. HALLO! Ich will vorbei!«

Im Radio läuft jetzt Jonny Hill mit diesem herzzerreißenden Lied, das von einem Jungen handelt, der im Rollstuhl sitzt und sich über sein Funkgerät mit Fernfahrern unterhält.

»Arschlöcher!« Edda beschleunigt noch mal, und der Motor heult auf. Der Tacho zeigt jetzt 180. Herrje, wie schnell kann denn diese Kiste noch fahren? Langsam bekomme ich Angst.

Jonny Hill sprechsingt: »Denn Daddy starb vor einem Jahr auf dieser Autobahn. Er war ein Fahrer so wie du, bis er dann nicht mehr kam.«

»Edda, tust du mir einen Gefallen und fährst ein klein bisschen langsamer?«

»Ich fahr doch überhaupt nicht schnell. Hab dich doch nicht so.« Gleich wird der Motor explodieren. Ich weiß es.

Endlich fährt Edda auf die rechte Spur und setzt kurz darauf vor einer Abfahrt den Blinker. Ich könnte Gott küssen.

Edda fährt noch eine ganze Weile weiter, bis sie endlich anhält.

»Wo sind wir denn hier gelandet? Das ist ja mitten in der Pampa«, frage ich verwundert.

»Komm, steig aus.« Edda springt schon aus dem Wagen. Irgendwie ist es komisch hier. Sehr komisch. Das Gebäude da vor uns gefällt mir nicht. Es sieht unheimlich aus. Ich gehe ein paar Schritte darauf zu, dann bleibe ich stehen.

»Edda, du sagst mir jetzt bitte sofort, wo wir hier sind, sonst gehe ich keinen Schritt weiter.«

»Meine Güte, was denkst du denn von mir? Dass ich dich in Gefahr bringe oder was?«

»Was ist das für ein Haus? Warum ist da Stacheldraht.«

»Jetzt komm halt. Die anderen warten schon.«

Sie läuft los, und ich folge ihr seufzend.

Vor dem Eingang gibt es noch mehr Stacheldraht und hohe Mauern, und langsam ahne ich, wo wir hier sind.

Eddas Lesbenfreundinnen quatschen wild durcheinander, eine erkenne ich wieder, es ist eine von denen, die Leonhard und ich an der Alster getroffen haben, die mit den raspelkurzen Haaren und der Latzhose, und sie scheint die Anführerin zu sein. Ich fühle mich fehl am Platz. Die Anführerin hebt die Hände, und alle Gespräche verstummen. Sie hat ein Kreuz wie ein Kampfschwimmer und stechende blaue Augen.

»Das ist Penelope«, sagt Edda leise zu mir, und ich bin ehrlich schockiert. Nichts passt weniger zu dieser Frau als dieser Name. Herrmann oder Gustaf wären kein Problem gewesen, aber doch nicht Penelope!

»Also«, sagt Penelope mit heiserer Stimme, »an dieser Stelle noch mal ein großes Dankeschön dafür, dass ihr so zahlreich erschienen seid. Das ist für die Insassinnen enorm wichtig. Wir werden heute gemeinsam mit ihnen den Abend verbringen und ihnen zeigen, dass wir frei von Vorurteilen sind. Habt ihr das begriffen?«

Einstimmiges Nicken. Ich nicke mit, weil ich Angst davor habe, dass Penelope es bemerken könnte, wenn ich nicht nicke, und mich dann blöd anmacht. *Insassinnen*.

»Ich habe uns schon angemeldet. Habt ihr die Geschenke dabei?«

Einstimmiges Nicken. Diesmal nicke ich nicht, weil ich ja nichts dabeihabe, aber Edda wispert, sie habe mir was mitgebracht.

Ich verstehe gar nichts mehr. Ich verstehe nur, dass das hier offenbar ein Frauenknast ist.

Was sollen wir in einem Frauengefängnis? Wieso hat Edda mir das nicht vorher gesagt? Nie im Leben wäre ich mitgekommen.

Aber jetzt trotte ich den anderen hinterher wie zum Schafott. Glücklicherweise hatte ich heute Abend sowieso nichts Besseres vor.

Vielleicht sind die Häftlinge ja nett und erzählen von ihren Banküberfällen und Totschlägen. Könnte ganz amüsant werden. Aber bei meinem Glück zerrt mich bestimmt eine von ihnen unter die Dusche, wo ich die Seife fallen lassen muss und dann von ihr …

Na ja, man wird sehen.

Leo

Es gibt im Leben ja unterschiedliche Situationen. Manche sind von Glück und Heiterkeit geprägt, und diese schönen, kostbaren Momente gehen leider viel zu schnell vorbei, obwohl man möchte, dass sie für immer währen. Man fühlt sich beschwingt und leicht und hat ein Lächeln auf den Lippen, Endorphine tanzen, und das Herz wird warm. Alles ist einfach wunderbar.

Es gibt aber auch Situationen, in denen das genaue Gegenteil eintritt. In diesen Situationen wirft man Gläser mit Tomatensaft um, deren Inhalt sich auf die weißen Blusen unbekannter Frauen verteilt, man steht an der Supermarktkasse und will mit Karte zahlen, aber das Gerät erklärt einem, dass das derzeit leider nicht möglich ist, während die Warteschlange im Kollektiv entnervt aufstöhnt und/oder mitleidig/schadenfroh lächelt/grinst. In diesen Momenten schießt einem das Blut in den Kopf, man wird fahrig und unkonzentriert und gibt gutturale Laute von sich, die an das Grunzen von Schweinen erinnern, die merken, dass das da vorn ein Schlachthof ist. Diese Situationen gehen leider nicht so schnell vorbei wie die glückseligen, nein, sie bleiben und fühlen sich wohl. Sie lehnen sich zurück, schlagen die Beine übereinander und machen es sich so richtig gemütlich. Vielleicht nicken sie auch kurz ein. Solch eine Situation hat mich gerade voll im Griff.

Die elf Seminarteilnehmer stehen im Kreis, und vor jedem steht ein Tisch, auf dem sich wiederum ein Spiegel befindet. Das Einzige, das wir tragen, sind weiße T-Shirts, die Roderich, der natürlich auch anwesend ist, uns in die Hand gedrückt hat. Auf den Shirts steht: Mein Schwanz ist der beste!

»Eure Penisse sind eure *Seele*«, erklärt Wallebart nun. »Und unser heutiger Abend steht ja unter dem Motto: die Seele baumeln lassen. Also, Männer, lasst sie frei baumeln, die Seele.«

Er macht vor, wie das geht, indem er die Hüften kreisen lässt. Wallebart hat sich ebenfalls untenrum freigemacht, und sein Penis ist vor lauter grauen Schamhaaren kaum zu erkennen. Noch nie zuvor habe ich so viele Haare auf einmal gesehen, noch nicht mal auf Köpfen. Noch nicht mal an Affen. Es ist faszinierend.

Die meisten anderen haben auch Schamhaare, aber längst nicht so viele wie Wallebart. Ein paar Männer sind rasiert, einige so halb. Ich gehöre zur letzten Gruppe. Zu viele Haare mag ich genauso wenig wie gar keine. Ich bin für das gesunde Mittelmaß. Und es hat sich noch keine Frau beschwert.

Das mit Sarah sitzt mir noch in den Knochen. Bestimmt ist Nils mittlerweile reumütig zu ihr zurückgekehrt, und die beiden üben Kamasutra für Fortgeschrittene. Mich packt der Ehrgeiz. Angenommen, dieser ganze Kram hier bringt doch was, da wäre ich doch schön blöd, das nicht auszunutzen.

Also lasse ich meine Hüften ebenfalls kreisen und schaue meinem Penis zu, der hin- und herwedelt.

Alle lassen ihre Penisse baumeln.

Wallebart ruft: »Und jetzt ruft es in die Welt, lasst es raus, auf drei: Mein Schwanz ist der beste! Eins, zwei, drei!«

»Mein Schwanz ist der beste!«, schreien elf Männer im Chor, die mit nacktem Unterleib vor Spiegeln stehen und mit den Hüften kreisen. »Mein Schwanz ist der beste!«

In diesem Moment geht die Tür auf, und eine Horde Frauen betritt den Raum. Sie haben Stoffbahnen in der Hand. Offenbar findet hier gleich ein Nähkurs statt.

Die Frauen stehen da und stieren uns mit offenen Mündern an.

Dann fangen sie hysterisch an zu lachen.

»Wir haben uns in der Tür geirrt«, gickelt die eine, und die anderen starren uns weiter ungeniert an.

»Glücklicherweise«, sagt eine andere und kreischt dann fast vor Lachen.

Noch nie in meinem Leben habe ich mich so gedemütigt gefühlt.

Noch nicht mal an meinem Geburtstag, als Sarah diese gewissen Worte über meine fehlenden Liebhaberqualitäten sagte.

Eine der Frauen kommt näher, bleibt vor Mr. Bean stehen, schaut ihm auf den Unterleib und haucht: »Oooooh!«

Jetzt fühle ich mich noch beschissener, weil sie nicht vor mir stehen geblieben ist.

Das Leben ist momentan sehr ungerecht zu mir, finde ich.

Mia

Mit Edda werde ich noch ein Hühnchen rupfen, wenn wir hier wieder raus sind. Aber ein sehr großes Hühnchen. Jetzt hocken wir in einem Aufenthaltsraum zusammen mit ungefähr hundert Lesben und verteilen Geschenke. Alle haben etwas mitgebracht, und die Insassinnen freuen sich total über Plastiksalatbesteck ohne scharfe Kanten, Pixi-Bücher für die Kinder, die hier mit ihren Müttern wohnen, Sudoku-Rätselhefte, Haarfärbemittel, Salmiakpastillen und natürlich Zigaretten. Mein Mitbringsel, also das, das Edda für mich besorgt hat, ist natürlich das dämlichste von allen: ein Einweg-Nussknacker, also völlig sinnfrei. Die beschenkte Lesbe sieht auch nicht so aus, als könne sie unglaublich viel damit anfangen, wahrscheinlich, weil sie eine Nussallergie hat. Oder weil sie es doof findet, dass man damit nur eine einzige Nuss knacken kann, so steht es nämlich auf der Verpackung.

»Toll, danke. Ich bin übrigens die Biggi und sitze wegen bewaffnetem Raubüberfall«, sagt sie und gibt mir lahm die Hand.

Was soll ich denn dazu sagen? Dass mich das freut?

»Echt?«, sage ich schließlich. »Was ... was hast du denn überfallen?«

»Ach, ein paar Läden«, erzählt die Biggi und packt den doofen Nussknacker aus. »Wenn man eine Pistole zieht, geht es einfacher, dann geben die Leute einem sofort das ganze Bargeld.«

»Echt?«, sage ich wieder, und ich glaube ihr sogar.

»Mhm.« Jetzt hält sie den Nussknacker wie einen Revolver vor sich, richtet ihn auf mich und sagt: »Hände hoch und her mit dem Geld, aber dalli!« Dann kichert sie hysterisch.

»Hahaha«, mache ich pflichtschuldig und beschließe, Edda mindestens einen Zahn ohne Betäubung zu ziehen. Das schaffe ich, wenn Biggi mir den Knacker leiht.

Edda hat mich also zu einer SoLeNo, einer Solidaritätsversammlung der lesbischen Frauen Norddeutschlands mitgeschleppt. Biggi erklärt es mir. Randgruppen bekommen Besuch, und dadurch wird ihnen versichert, dass sie trotz allem noch zur Gesellschaft gehören. Es wird gemeinsam gekocht, gelesen, gemalt, gesungen und so weiter und so fort. Es gibt natürlich auch was zu trinken. Kein Alkohol, aber Wasser und Apfelsaft, Kaffee und Tee.

»Für mich bitte keinen Milchkaffee. Ich habe doch diese schlimme Allergie«, sagt Edda leidend, und alle haben wahnsinniges Mitleid mit ihr. »Du Arme!« – »Wie kannst du nur damit leben?« – »Entsetzlich. Da sitze ich lieber noch ein Jahr länger, als dass ich eine solche Allergie in Kauf nehmen würde.«

Heute Abend wird im Frauengefängnis gebastelt. Weil bald Weihnachten ist, fertigt man Strohsterne und Kastanienmännchen, man filzt kleine Nikoläuse und die Drei Heiligen aus dem Morgenland, und man bestickt Deckchen mit Engelchen und Rentieren. Ich versuche, mit Watte und einer Klopapierrolle einen Schneemann zu basteln. Da ich aber noch nie besonders gut in handwerklichen Dingen war, ist das Unterfangen schwierig. Dann meldet sich Gott sei Dank meine Blase. Ich überlasse das Basteln den anderen und mache mich auf die Suche nach der Besuchertoilette.

Leo

Mr. Bean hockt neben mir und starrt sein Bierglas an.

»Wie peinlich«, wiederholt er immer wieder. »Wie peinlich.«

»Noch zwei?«, fragt die Bedienung, und ich nicke. Wir sind Hals über Kopf aus dem Kulturzentrum geflüchtet, auf den Kiez gerannt und dort in die erstbeste Lokalität gegangen, um bloß nicht gefunden zu werden.

Mr. Bean schaut sich um. »Das ist ja ein Puff«, sagt er dann. »Wieso sind wir denn jetzt in einem Puff?« Resigniert nimmt er einen Schluck Bier. »Ist ja auch egal.«

Wir sitzen auf Hockern, die mit rotem Samt bezogen sind, die diffuse Beleuchtung lässt die Bedienung zehn Jahre jünger wirken, und neben uns sitzen gelangweilte Nutten und taxieren uns mit Blicken.

»Ich dachte, das sei eine normale Bar«, sage ich. »Man kann hier bestimmt auch nur was trinken. Wie im Restaurant halt.«

»Klar«, sagt die Bardame. »Soll ich euch vielleicht noch ein paar Brote schmieren oder das Tagesgericht bringen? Heute gibt's Rouladen.«

»Also, *ich* habe Hunger«, nickt Mr. Bean. »Und du?«

»Das war ein Scherz.« Die Bardame knallt uns zwei Gläser hin. »Nur vom Bierverkauf können wir hier nicht leben. Die Mädels müssen schließlich auch was verdienen.«

»Lassen Sie uns wenigstens unser Bier leer trinken«, bitte ich die Frau. »Dann gehen wir.«

»In anderen Puffs kann man auch *nur was trinken.*« Mr. Bean lässt nicht locker. »Das weiß ich sicher.«

»Es gibt für alles ein erstes Mal«, sagt die Frau böse.

»Seit wann gehst du denn in den Puff?«, frage ich neugierig. »Das hast du mir noch gar nicht erzählt.«

»Ist schon eine Weile her«, sagt Mr. Bean. »Jedenfalls konnte man da auch nur was trinken.« Die Tatsache, dass das hier nicht möglich ist, scheint ihm zuzusetzen. »Ich glaube, das war 1999 oder so. Und so teuer wie hier war es auch nicht. Das hier ist Wucher im Gegensatz zu damals.«

»Alles wird nun mal teurer«, sagt die Frau süffisant. »1999 hat Blasen auch nur dreißig Mark gekostet.«

»Wirklich?«, fragt Mr. Bean ehrlich entsetzt. »Dann hab ich ja immer zu viel gezahlt.«

Die Nutten kichern.

Wir gehen.

Mia

Wie hat der Mann von Erzherzogin Sophie, der Franz Karl, in den Sissi-Filmen immer gesagt, wenn er etwas besonders gut oder besonders schlecht fand? »Na bravo.«

Das würde jetzt passen. Ich habe die Toilette natürlich nicht gleich gefunden. Aus welchen Gründen auch immer durfte ich ohne Wachpersonal loslatschen, angeblich war es ganz einfach: geradeaus, kleine Treppe runter, rechts, links, wieder links, rechts, noch mal rechts, größere Treppe runter, unbeleuchteten Gang entlang, Treppchen runter, links, rechts, rechts. Und dann noch fünfzig Meter geradeaus, da ist das Besucherklo.

Ich befinde mich aber nicht im Besucherklo, sondern in einer Gefängniszelle, von der ich dachte, sie sei die Toilette, weil die Tür aufgestanden hat und ich vom Gang aus nur das Klo sehen konnte. Natürlich habe ich die Tür hinter mir zugezogen, schließlich will ich nicht, dass mir jemand zuschaut, wenn ich auf der Schüssel sitze.

Und jetzt komme ich hier nicht mehr raus. Meine Tasche habe ich dummerweise bei Biggi gelassen, was möglicherweise nicht die beste Idee aller Zeiten gewesen ist. Jedenfalls heißt das im Klartext, dass ich noch nicht mal telefonieren kann. Also gehe ich zu der Tür und rufe ungefähr hundertmal »Hallo!« und »Hilfe!«, aber nichts passiert, und blöderweise ist in dieser verdammten Zelle nur ein winziges Fenster, das natürlich auch noch geschlossen ist. Panik macht sich in mir breit. Was ist, wenn ich hier elend ersticke?

»Haaaallooooooooooooo!«, schreie ich wieder, ohne Erfolg. Wer weiß, was das hier ist? Bestimmt eine ausrangierte Zelle, die nur noch in Notfällen benutzt wird. Alle zwei Jahre, wenn jemand in Dunkelhaft muss oder so.

Na gut, ich kann es nicht ändern. Dann warte ich eben. Irgendwann werden sie schon merken, dass ich fehle und mich suchen. Und natürlich finden.

Ich gehe zu der Pritsche an der Längsseite der Zelle und lege mich auf die Matratze. Gut riecht das nicht. Das Licht, das ich beim Hereinkommen angeknipst habe, lasse ich brennen, aber ich will kurz die Augen zumachen und mich ein bisschen ausruhen. Die letzten Tage waren zu viel für mich. Und die Nacht mit Leonhard sitzt mir auch noch in den Knochen.

Leonhard.

Der Mistkerl.

Leo

»Eigentlich ist es ja nicht schlimm«, sagt Mr. Bean, während wir über den Kiez schlendern. Für einen normalen Abend unter der Woche ist recht viel los. Alles ist bunt erleuchtet, aus Kneipen dringt laute Musik, Koberer versuchen, Männer in

Striplokale zu locken, und ein paar Nutten in Moonboots wollen uns zu einem Quickie überreden, was wir aber dankend ablehnen. Das fehlt mir gerade noch, dass mir auch von einer Professionellen gesagt wird, was für eine Niete ich bin. Mr. Bean möchte unbedingt was essen, also gehen wir zu der legendären Hotdog-Bude und schaufeln uns jeder zwei Hotdogs mit allem rein.

»Du hast mir auf meine Frage noch gar nicht geantwortet«, sagt Mr. Bean, nachdem er fertig ist und sich den Mund abgewischt hat.

»Wann hast du mir denn eine gestellt?«

»Vorhin. Ich habe gesagt, dass eigentlich alles halb so schlimm ist.«

»Das ist doch keine Frage.«

»Ist doch egal. Also, findest du es schlimm?«

»Das ist jetzt eine Frage.«

»Jetzt sag schon.«

»Na ja.« Ich überlege kurz. »Ich persönlich würde vor zehn Kursteilnehmern im Kulturzentrum St. Pauli, einem Wallebart, Arbogast, Roderich und fünfzehn Frauen, die Kleidchen für Handpuppen nähen wollen, keine Erektion bekommen.«

»Arbogast hat aber gesagt, dass das ein gutes Zeichen ist, dass ich meine Männlichkeit akzeptiere«, versucht Mr. Bean sich rauszureden. »Er sagt, dass ich positiv auf die Frauen gewirkt hätte und dass sich alle anwesenden Männer von mir eine Scheibe abschneiden können. Und Roderich hat gesagt, dass im Prinzip alle eine Erektion hätten kriegen sollen, das ist ja das Ziel gewesen. Die Erektion zuzulassen, seinem Schwanz das Kommando geben. Das spüren Frauen instinktiv. Da ist auch noch der alte Fortpflanzungstrieb mit drin in uns, meinte Roderich. Also eigentlich kann ich froh sein, dass die Kursteilnehmerinnen hereingeplatzt sind.«

Ich bin nicht froh, sage das aber nicht, weil ich keine Lust auf weitere ausschweifende Erklärungen habe.

»Warum hast du dich eigentlich bei den Seminaren angemeldet, wenn du glaubst, dass das alles nichts bringt?«, fragt Mr. Bean schlecht gelaunt.

»Das behaupte ich doch gar nicht«, verteidige ich mich.

»Indirekt schon. Du machst dich die ganze Zeit lustig. Mir kommt es so vor, als ob du dich eigentlich für den absoluten Kracher hältst und nur leider keine Gelegenheit bekommst, das unter Beweis zu stellen. *Das* glaube ich, mein lieber Leo.«

Vielleicht hat er damit sogar recht. Ich könnte natürlich auch mal zu einem ganz normalen Sexseminar gehen, so was wie Tantra zum Beispiel, aber ich glaube, dass das noch weniger bringt als dieser Dosenöffner-Kram. Andererseits: Wer sagt denn, dass ich nicht doch was gelernt habe? Mit Mia war es ja super, warum sollte es nicht auch bei anderen super sein?

Plötzlich habe ich eine Idee.

Und die werde ich gleich in die Tat umsetzen. Dass ich darauf nicht gleich gekommen bin!

»Ich gehe nach Hause«, sage ich zu Mr. Bean.

»Von mir aus. Dann gehe ich eben auch nach Hause.«

Ich gehe – aber natürlich nicht nach Hause.

Mia

Seit einer Stunde bin ich jetzt hier drin, und nichts ist passiert. Ein halbes Stündchen habe ich geschlafen, und jetzt liege ich wach, warte und starre vor mich hin. Wenigstens habe ich eine Uhr.

Die können mich doch hier nicht einfach schmoren lassen. Ein paar Mal stehe ich noch auf und schreie um Hilfe, aber es passiert immer noch nichts. Hunger habe ich auch. Ich möchte nicht in einer ausrangierten Gefängniszelle sterben. Was sollen denn die Leute denken?

Ich stehe auf und drehe den Wasserhahn auf. Gott sei Dank kommt auch welches. Während ich mir die Hände wasche und mein Gesicht mit Wasser bespritze, denke ich darüber nach, dass es ja doch ziemlich scheiße ist, was mir in den letzten Tagen so passiert ist. Eigentlich war alles scheiße.

Nein, nicht alles, ich muss mich korrigieren.

Der Sex mit Leonhard war großartig.

Wenn ich an Leonhard denke, geht es mir besser, trotz allem, was er danach zu mir gesagt hat.

Ich mag ihn einfach sehr.

Er ist ein guter Freund, mein bester.

Aber nicht mehr.

Leider.

…

Huch. Leider?

Ich lege mich auf die schmale Pritsche und beginne über Leonhard und mich nachzudenken.

Warum ich das ausgerechnet jetzt tue, weiß ich auch nicht. Wahrscheinlich ist es die ungewohnte Ruhe, die mich dazu bringt.

Leo

Vor Sarahs Wohnhaus in der Oderfelder Straße in Harvestehude bleibe ich stehen und versuche, langsam und gleichmäßig in den Bauch zu atmen. Das soll beruhigen und gelassen machen. Da ich nämlich die Befürchtung habe, gleich eine Panikattacke zu bekommen, ist es wichtig, ruhig und gleichmäßig zu atmen, dann hat die Attacke angeblich keine Chance. In der U-Bahn habe ich mal ein Gespräch zwischen zwei Frauen belauscht, die dieses Thema am Wickel hatten.

Gut. Noch einmal durchatmen.

Sarah ist zu Hause, in ihrer Küche brennt Licht. Oder sie ist weggegangen und hat das Licht angelassen.

Ich tue es jetzt einfach. Ich ziehe das durch. Ich bin ein mutiger Mann. Wer es überlebt hat, im Kulturzentrum vor einer Gruppe Nähkursteilnehmerinnen sein Ding zu schwingen, während er nur ein T-Shirt mit der Aufschrift »Mein Schwanz ist der beste!« trägt, dem ist nichts mehr peinlich.

Meine Güte, bin ich feige? Ich klingle immer noch nicht und fühle mich wie ein ausgemergelter Kriegsgefangener, der nach acht Jahren Lager aus Russland zurückgekehrt ist und hofft, dass seine Frau ihn nicht zwischenzeitlich für tot erklärt und seinen Bruder geheiratet hat.

Nein. Da muss ich jetzt durch.

Jetzt.

Und dann drücke ich auf den Klingelknopf. Fast hätte ich einmal lang, zweimal kurz gedrückt, das war noch bis vor Kurzem Sarahs und mein Erkennungszeichen, aber ich will nicht, dass sie weiß, dass ich es bin, und eventuell nicht öffnet. Diese Schmach wäre undenkbar. Also klingel ich nur einmal kurz.

Zwei Sekunden später geht der Türsummer, ich gehe langsam die Treppe hinauf und bereite mich schon auf einen Rausschmiss vor. Mir fällt ein, dass ich Sarah irgendwas hätte mitbringen können, Blumen vielleicht oder ein Stück Obst.

Quatsch. Doch kein Obst. Sarah liegt ja nicht im Krankenhaus. Ich bin total durcheinander.

Da steht sie, leicht gebräunt und hübsch wie immer.

»Hallo, Sarah.« Ich bleibe vor ihrer Wohnungstür stehen und warte. Aus ihrer Wohnung kommt der vertraute Geruch nach Lampenöl mit Orangenduft. Sarah benutzt immer diese Duftrichtung.

»Leo.« Sie schaut mich an.

»Du siehst gut aus, schön braun.« Warum sage ich das?

»Ich weiß. Ich gehe ja regelmäßig ins Solarium. Was möchtest du denn, Leo?«

»Ich würde gern mit dir reden.«

Sie zögert. »Warum?«, fragt sie dann leise.

»Ich glaube, es gibt ein paar Missverständnisse aufzuklären.«

»Inwiefern?« Sie verschränkt die Arme.

»Kann ich nicht mal kurz reinkommen?«

»Ich dachte, es sei Nils.« Sie macht keine Anstalten, mich reinzulassen. Ich stehe da mit hängenden Schultern wie ein erfolgloser Staubsaugervertreter.

»Seid ihr denn wieder zusammen?«, frage ich fast panisch.

»Nein, noch nicht. Aber es sieht gut aus.«

»Ach.«

»Ja.«

»Kann ich denn kurz reinkommen? Im Treppenhaus diskutiert es sich schlecht.«

»Es gibt nichts zu diskutieren, Leo.« Sie zieht die Augenbrauen hoch. »Aber von mir aus komm halt rein.« Sie tritt ein Stück zur Seite, aber nur so weit, dass ich mich an ihr vorbeiquetschen muss.

Ich gehe ins Wohnzimmer und sehe mich um. Da stehen gerahmte Fotos von Nils, mal mit Sarah im Arm, mal ohne. Nils auf dem Surfbrett, das ist älter, da sieht er jünger aus, Nils und Sarah Zuckerwatte essend auf dem Hamburger Dom, das muss kürzlich aufgenommen worden sein, Nils und Sarah in Anzug und Abendkleid auf irgendeinem Fest ... In der kurzen Zeit, in der die beiden zusammen sind, haben sie ja schon ganz schön viel unternommen. Das ging ja alles ruck zuck!

Von mir hatte Sarah nie auch nur ein einziges Bild aufgestellt, obwohl ich ihr welche gegeben hatte.

»Schöne Fotos«, sage ich dümmlich.

Sie setzt sich.

»Die Sache ist die«, beginne ich und mache eine Pause, um mich zu räuspern, »also, die Sache ist die, dass ich mich geändert habe.«

»Ach? Wie darf man das verstehen?« Nun setze ich mich auch, obwohl sie mich gar nicht dazu aufgefordert hat.

»Ich bin jetzt keine Niete mehr im Bett«, platze ich heraus. »Das wollte ich dir sagen. Und das will ich dir gern beweisen.«

Sarah steht auf, geht zum Fenster und gibt schniefende Geräusche von sich. Herrje, sie soll doch nicht weinen!

»He«, ich gehe zu ihr und lege ihr sanft die Hand auf die Schulter, »jetzt wird alles wieder gut. Versprochen.«

Sarah dreht sich zu mir um.

Sie weint nicht.

Sarah lacht.

Mia

Wenn ich nicht wüsste, dass das hier eine Gefängniszelle ist, könnte ich mich vorübergehend mit der harten Pritsche und dem Klo ohne Deckel arrangieren. Auch mit den Wänden, die mit Fäkalsprüchen vollgekritzelt sind. *Inge is ne doofe Fodse. – Legal, illegal, scheißegal. – Hockst du noch odä sitz du schon?* Superkreativ! Und dann, wie im Film, hat jemand Striche an die Wand gemalt, den fünften jeweils quer. Oh Hilfe. Wenn ich richtig rechne, muss dieser arme Mensch hunderteinundzwanzig Tage hier drin verbracht haben. Mir reichen ja schon ein paar Stunden.

Wie man sich wohl fühlt, wenn man unschuldig zu lebenslanger Haft verurteilt wurde? Was ist denn das für eine bescheuerte Frage? Der Sauerstoff wird scheinbar wirklich langsam knapp. Natürlich fühlt man sich da total super und kann es kaum erwarten, in eine Einzelzelle gesperrt zu werden.

Ich schließe die Augen und muss schon wieder an Leonhard denken. Ach, diese Nacht. Sie war so schön. Und so ... scharf, so geil, so hemmungslos. Sie war einfach alles. In Leonhards Nähe konnte ich mich gehen lassen wie noch bei keinem anderen Mann vorher. Vielleicht weil wir uns so vertraut sind. Beste Freunde eben. Ich hoffe so sehr, dass diese Nacht unsere Freundschaft nicht kaputt macht. Halt. Er war gemein zu mir. Er hat böse Sachen gesagt.

Wenn ich das Wort nicht so grauenhaft therapeutisch finden würde, würde ich jetzt sagen: Er hat mich benutzt.

Aber: Ich mag ihn trotzdem noch.

Ja. Ja. Ja.

Seine Augen. Sein Mund. Seine immer etwas kratzigen Wangen.

Mein Herz klopft schneller als sonst, als ich daran denke, wie genial diese Nacht mit ihm war.

Sie war so ... stimmig. Es hat alles gepasst. Nicht *eine* peinliche Situation. Das hatte ich vorher noch nie. Nie, nie, nie. Natürlich hatte ich guten Sex, aber der mit Leonhard war ... anders irgendwie.

Ganz anders. So vertraut.

Verdammt.

Mein Herz schlägt noch schneller, wenn ich an seinen Geruch denke.

Jetzt rast mein Herz. Ach du Scheiße. Ich glaub, ich weiß warum.

Ich bin verknallt in Leonhard.

Ja. Total, unglaublich, wahnsinnig verknallt.

Und das muss unverzüglich geändert werden.

Jetzt dreht sich ein Schlüssel im Schloss.

Schade eigentlich. Ich hätte gern noch weiter über Leonhard nachgedacht.

Leo

»Du lachst«, sage ich überflüssigerweise.

»Ja natürlich«, gluckst Sarah. »Was soll ich denn bitte sonst machen?«

»Mich ernst nehmen zum Beispiel«, sage ich verwirrt und auch ein bisschen beleidigt.

»Oh Leo.« Sie wischt sich die Tränen aus den Augen. »Wie kann man dich denn *ernst nehmen*?«

»Wie meinst du das? Das, was ich gesagt habe, war sehr wohl ernst gemeint. Ich bin jetzt wirklich keine Niete mehr. Bitte glaub mir.«

»Leo, geh jetzt bitte. Da ist die Tür.«

»Das glaub ich nicht.« Mr. Bean ist mal wieder außer sich. »Wie weit willst du eigentlich noch sinken, Leo? Ich finde, es reicht langsam!«

»Gib mir mal ein Bier.«

»Alkohol ist keine Lösung.«

»Du sollst mir ein Bier geben.«

»Ich glaube, ein Tee wäre jetzt besser. Ich kann dir einen Kamillentee …«

»Willst du, dass ich ausraste?«

Seufzend geht Mr. Bean in die Küche und knallt mir kurze Zeit später eine Bierflasche vor die Nase. Auf dem Tisch liegt ein Feuerzeug, und ich nestle damit am Kronkorken herum, um ihn abzubekommen, aber es gelingt mir nicht. So tief bin ich schon gesunken. Ich bin überhaupt kein Mann mehr. Noch nicht mal eine Bierflasche kann ich wie ein richtiger Kerl öffnen.

»Was willst du als Nächstes tun?«, fragt mich Mr. Bean, schnappt sich mein Bier und hat die Flasche innerhalb von einer Sekunde mit dem Feuerzeug geöffnet. »Willst du noch mal bei ihr klingeln, dein Ding rausholen und sagen: ›Ich bin der Beste. Lass mich dir zeigen, was ich alles kann‹.« Er grinst.

»Natürlich nicht«, sage ich. »Lass uns einfach nicht mehr darüber reden.«

»Übrigens hat jemand angerufen«, wechselt Mr. Bean tatsächlich abrupt das Thema.

»Das ist ja eine tolle Geschichte. Wow! Jemand hat dich angerufen. Unfassbar eigentlich.«

»Es war ja nicht *irgendein* Anruf«, sagt Mr. Bean und wird tatsächlich ein klein bisschen rot. Dann lehnt er sich zurück und macht eine Kunstpause.

»Ja, was für ein Anruf war es denn nun?«, frage ich ungeduldig und nehme einen großen Schluck Bier. Es ist kalt und schmeckt herrlich. Am liebsten würde ich jetzt in Bier baden, das Badewasser leersaufen und die Demütigung vergessen. Diese Schmach, oh diese Schmach!

»Anne hat mich angerufen«, erläutert Mr. Bean stolz.

»Anne? Wer ist das?«

»Die eine Frau.«

Jetzt reicht es. Ich kann das nicht leiden, wenn man seinem Gegenüber jedes Wort aus der Nase ziehen muss. Also schweige ich, weil ich weiß, dass er ohnehin gleich weiterreden wird.

»Anne ist die Frau, die beim Kurs plötzlich vor mir gestanden und ›Oh‹ gemacht hat«, erklärt mir Mr. Bean.

»Und da hat sie dich jetzt schon angerufen? Woher hat sie denn überhaupt deine Nummer?«

»Mir war eine Visitenkarte aus der Hosentasche gefallen. Glücklicherweise.« Mr. Bean strahlt. »Ich glaube, das ist ein Wink des Schicksals.«

»Aha. Und jetzt?«

»Kann ich morgen freinehmen? Ich möchte mit Anne an die Nordsee fahren.«

»Bei der Kälte?«

»Ach, Kälte ist uns egal.« Mr. Bean sieht aus, als hätte er gerade erfahren, dass er im Lotto gewonnen hat.

»Also ich verstehe gar nichts mehr. Der Kurs war doch erst vor ein paar Stunden. Warum habe ich das Gefühl, dass du verknallt bist?«

»Keine Ahnung, aber ich hege starke Gefühle für Anne.« Nun wird er theatralisch. »Ein wenig fühle ich mich, als sei ich in einem Drama von Shakespeare gelandet. Du weißt, wer das ist?«

»Ich bin ja nicht blöd. Jetzt erzähl mir bitte mal alles der Reihe nach.«

Mr. Bean setzt sich auf und strafft die Schultern. »Sie hat mich angerufen, nachdem sie die Karte gefunden hat. Erst hat sie gefragt, ob ich der Mann sei, vor dem sie gestanden hat, ich habe bejaht, und dann haben die Dinge ihren Lauf genommen.« Pause.

»Du redest jetzt sofort weiter, sonst gehe ich.«

»Nein, nicht gehen. Sie heißt Anne. Sie ist 31 Jahre alt, seit einem halben Jahr geschieden, hat zwei Kinder, Philipp und Laura, die beiden sind sechs und neun Jahre alt. Laura ist letzten Sommer eingeschult worden, ihre Schultüte war rosa, weil ja Mädchen immer alles in Rosa wollen, und es waren auch rosa Bonbons drin und rosa ...«

Ich stehe auf.

»Setz dich hin, ich mach es kurz.«

Ich setze mich und hoffe, dass das stimmt.

»Philipp geht in die dritte Klasse und ist sehr gut in der Schule. Und Anne ist eine wirklich bezaubernde Frau. Findest du nicht auch?«

»Ich kann mich ehrlich gesagt nicht daran erinnern, wie sie aussieht.«

Und es ist mir ehrlich gesagt auch völlig egal. Sarah hat über mich gelacht. Sie hat mich quasi ausgelacht.

»Sie ist kleiner als ich, hat blonde Locken und besucht alle möglichen Kurse im Kulturzentrum. Sie wohnt da in der Nähe. Sie hat schon gebatikt und sogar einen Ring selbst geschmiedet. Sie mag Handarbeit. Und sie mag die Nordsee. Wir wollen morgen ganz früh losfahren, damit wir was vom Tag haben. Wir fahren nach St. Peter Ording. Dort werden wir über den langen Steg ans Wasser laufen, wir werden spazieren gehen und uns viel über uns erzählen. Dann werden wir in einem Café Tee mit Kandis trinken, uns Waffeln mit Sahne und heißen Kirschen bestellen und weiterreden. Ich habe noch nie ein so gutes Gefühl bei einer Frau gehabt.« Er sieht mich vielsagend an. »So ein gutes Gefühl«, wiederholt er.

»Also ich weiß nicht. Du kennst diese Frau doch gar nicht. Wollt ihr nicht erst mal hier in Hamburg essen gehen? Was ist, wenn sie nur einen One-Night-Stand will – oder dein Geld?«

»Wenn man so denkt, kommt man nie ans Ziel«, sagt Mr. Bean. »Du weißt doch: Zweifel sind Verräter, sie rauben uns, was wir gewinnen können, wenn wir nur einen Versuch wagen. Shakespeare.«

»Seit wann interessierst du dich eigentlich für Shakespeare?«

»Anne mag Shakespeare. Ich werde mich auf dieses Abenteuer einlassen. Ein edler Geist kennt keine Furcht.«

»Du laberst vielleicht eine Scheiße.«

»Und dir, Leo, möchte ich sagen, dass es vielleicht gar nicht so schlecht ist, was du gerade alles erlebst. Denn ein tiefer Fall führt oft zu höherem Glück. Auch Shakespeare.«

Ich würde so gern kontern, aber das Einzige, das ich von Shakespeare kenne, ich dieses abgenudelte »Sein oder Nichtsein, das ist hier die Frage«, und das sage ich auf keinen Fall.

»Du benimmst dich wie ein verliebter fünfzehnjähriger verpickelter Trottel«, sage ich stattdessen.

»Kriege ich nun morgen frei oder nicht?«

»Von mir aus.« Dann schmeiße ich den Laden halt alleine.

»Ich kann Edda vorbeischicken.«

»Wo ist sie überhaupt? Ist sie nicht zu Hause?«

»Nein, sie ist doch mit Mia verabredet. Sie wollte sie mitnehmen zu ihrem komischen Knast-Treffen. So eine Art Wiedereingliederung von straffällig gewordenen Lesben. Das ist halt ihre soziale Ader. Und sie wollte, dass Mia ein bisschen Ablenkung hat.«

»Ach so. Danach wird Edda ja wohl nach Hause kommen, und ich kann sie morgen früh selbst fragen.«

»Wieso morgen früh?«

»Weil ich bei dir übernachte. Ich kann jetzt weder allein sein noch mir das Geschwätz meines Vaters anhören, der mir mit Sicherheit die Ohren volllabern wird. Also, noch Fragen?«

»Nein. Doch. Wo ist dein Vater überhaupt?«

»Keine Ahnung. Wahrscheinlich hat er meine alte elektrische Eisenbahn gefunden und spielt damit. Oder er sitzt bei Henriette Krohn und erzählt ihr, was für ein toller Hecht er ist.«

Mia

»Ganz ehrlich, Edda, das war nicht in Ordnung.«

»Ganz ehrlich, Mia, niemand hat ahnen können, dass du zu doof bist, um das Klo zu finden.«

»Das meine ich gar nicht. Aber du kannst mich doch nicht einfach mit ins Gefängnis schleppen, ohne mich zu fragen.«

»Wärst du denn mitgekommen, wenn du's gewusst hättest?«

»Natürlich nicht.«

»Siehst du. Und ich wollte, dass du mal auf andere Gedanken kommst.«

»Toll, im Knast.«

»Das zeigt uns mal, wie gut wir es eigentlich haben. Den Frauen da geht es nicht besonders. Die dürfen beispielsweise nur einmal am Tag an die frische Luft, und das Essen und die sanitären Anlagen sind auch nicht gerade das Gelbe vom Ei.«

»Das glaube ich jetzt einfach nicht, Edda. Hast du etwa Mitleid mit denen?«

Edda schaut mich fassungslos an. »Ja natürlich. Die sitzen ja im Gefängnis. Wie kann man denn da kein Mitleid haben?«

Ich werde böse. »Weil sie vielleicht ungesetzliche Dinge getan haben? Raubüberfall zum Beispiel. Mord zum Beispiel. Totschlag im Affekt zum Beispiel.«

»Wegen Mordes sitzen nur drei ein«, rechtfertigt Edda die Insassinnen.

»Ich hatte das Vergnügen mit dieser Biggi«, erkläre ich. »Sie sitzt wegen bewaffneten Raubüberfalls.«

Da fällt mir etwas ein. »Ach du Scheiße. Sie hat noch meine Tasche.«

»Eben nicht«, sagt Edda. »Die liegt auf dem Rücksitz.«

Ich greife nach hinten, hole die Tasche und stelle sie auf meinen Schoß. Dann mache ich sie auf und durchforste den Inhalt.

»Aha. Mein Lipgloss fehlt, mein Rouge ebenfalls, die Kaugummis sind auch nicht da, und in meinem Portemonnaie ist kein Bargeld mehr, obwohl da zweihundert Euro drin waren.«

»Ja und?« Edda biegt auf die Autobahn ab und rast auf der Beschleunigungsspur entlang. »Man muss auch gönnen können.«

Ich sage nichts mehr, weil es sowieso sinnlos ist. Das Gloss war eh fast leer, das Rouge so halb, und das mit dem Bargeld ist nicht so wild. Viel schlimmer wäre es gewesen, wenn Biggi meine ganzen Karten geklaut hätte. Es gibt nichts Blöderes, als alles neu beantragen zu müssen.

»Soll ich dich nach Hause fahren?«, fragt Edda, die gerade dabei ist, uns in den sicheren Tod zu rasen. Ich begreife einfach nicht, wie diese kleine Kiste so schnell sein kann.

Wenn ich daran denke, jetzt gleich alleine zu Hause rumzuhocken, wird mir schlecht. Weil ich nämlich weiß, dass ich die ganze Zeit nur an Leonhard denken muss, dann anfange, Rotwein zu trinken, und ihn spätestens nach dem zweiten Glas anrufen werde. Das will ich auf gar keinen Fall.

»Du kannst auch bei uns pennen«, sagt Edda und beschleunigt. Wir fahren jetzt 220 $^{km}/_{h}$. »Wir haben noch ein paar Frikadellen von Leos Geburtstag in der Tiefkühltruhe. Hab ich mitgenommen. Kann ich uns in der Mikrowelle warm machen.«

Mein Magen knurrt auf Kommando. »Gut«, sage ich.

Leo

»Was genau bedeutet eigentlich ›gut im Bett‹?«, sinniere ich vor mich hin, während Mr. Bean das Kissen bezieht. »Muss man als Mann eine Frau acht Mal zum Orgasmus bringen? Muss die Frau ekstatisch schreien oder ›Du Hengst, du Hengst!‹ rufen?«

»Letzteres wäre ziemlich lächerlich«, meint Mr. Bean. »Aber das mit den Orgasmen wäre bestimmt nicht schlecht. Da würdest du einen bleibenden Eindruck hinterlassen.«

»Es hat sich auch so noch keine beschwert«, sage ich beleidigt. »Gekommen sind sie bis jetzt alle. Also, fast. Also, glaube ich.«

»Ha! Woher willst du das wissen?« Er schüttelt das Kissen auf und guckt mich dabei vielsagend an.

»Willst du jetzt mit dieser abgehalfterten Harry-und-Sally-Nummer anfangen? Die hat ja sooo einen langen Bart.«

»Aber es ist was Wahres dran«, meint er klugscheißerisch.

»Woher will man es wissen? Also, so richtig? Sag doch mal!«

»Keine Ahnung. Das merkt man doch.«

»Sie merkt es bei *dir*, Leo. Aber du nicht bei *ihr*. Bei *dir* gibt es ja handfeste Beweise ...«

»Ja, das weiß ich auch. Ich bin ja nicht bescheuert.«

»Aha.« Er schüttelt die Decke auf.

»Gut. Angenommen, sie spielt mir etwas vor. Warum tut sie das?«

»Weil sie keine Lust mehr hat, weil sie müde ist, weil sie dich nicht enttäuschen will, weil sie nicht möchte, dass du dich mies fühlst. Da gibt es hundert Gründe. Ich denke mal, die meisten Frauen tun es, weil sie wollen, dass du fertig wirst. Aber sie möchten es nicht sagen, weil du dich dann unter Druck gesetzt fühlst oder beleidigt bist. Oder sie tun halt so, als ob sie kommen, weil der Mann im günstigsten Fall erst will, dass sie vor ihm einen Höhepunkt kriegen, und dann erst ist er dran. Weil ja erst die Frau befriedigt sein muss.«

»Es ist ja auch schön, wenn sie befriedigt ist.«

»Um es auf den Punkt zu bringen, ich kann dir nicht mit Sicherheit sagen, wann jemand gut im Bett ist. Tatsache ist nur, dass Sarah nicht findet, dass du dazugehörst. Für sie bist du halt eine Niete.«

»Musst du dieses Wort sagen?«

»Tröste dich«, sagt Mr. Bean. »Zur Not hast du immer noch die Gummipuppe. Die sagt gar nichts. Das ist doch auch was. Und jetzt komm ins Bett.«

Ich trotte hinter ihm her.

19

Mia

»Danke.« Ich nehme Edda den heißen Teller ab, den sie gerade aus der Mikrowelle geholt hat. Die Frikadellen dampfen, und ich gieße großzügig Ketchup darüber. Edda hat noch Knoblauchbaguette aufgebacken, und nun sitzen wir uns gegenüber und essen schweigend.

»Willst du mit Leo noch mal drüber reden?«, unterbricht Edda die Stille.

Ich zucke mit den Schultern. »Ich wüsste nicht, was das bringen soll. Man kann ja gar nicht vernünftig mit ihm reden. Es geht ja immer nur um Sarah.«

»Wenn du mich fragst, liebt er sie gar nicht. Er hat sie nie geliebt. Wenn du mich fragst, ist Sarah sowieso eine blöde Nuss. Alles an ihr ist künstlich, sie geht zu oft ins Solarium und ist irgendwie falsch und total von sich überzeugt. So selbstverliebt«, sinniert Edda laut und ahnt gar nicht, wie gut mir das tut.

»Ja, ich mochte sie auch nicht. Als Leonhard sie mir vorgestellt hat, dachte ich gleich, dass das nichts wird mit den beiden. Aber du weißt ja, wie das ist. Wenn man verknallt ist, will man nicht hören, dass die Freunde den Schwarm beknackt finden. Und ich hab mich natürlich gehütet, was zu sagen. Dann wäre ich irgendwann die Blöde gewesen.«

Edda nickt. »So ist es ja immer.«

Ich stehe auf und strecke mich. »Ich geh mal ins Bad.«

»Wenn du's findest.« Edda grinst.

»Haha, sehr witzig. Kann ich deine Abschminkcreme benutzen?«

»Klar.«

So sehr Kampflesbe ist Edda dann doch nicht. Sie tuscht ihre Wimpern, benutzt getönte Tagescreme und Rouge.

Während ich Make-up-Entferner auf ein Wattepad träufle, überlege ich, wie Leonhard und ich es schaffen können, wieder ein halbwegs gutes Verhältnis zueinander aufzubauen. Natürlich könnte ich einfach zu ihm gehen, sagen, dass wir alles vergessen und weitermachen wie bisher, aber das geht ja irgendwie auch nicht. Ich bin immer noch verletzt. Ich bin immer noch hin und weg von dieser Nacht – und verflixt noch mal: Ich bin immer noch verliebt.

Nein, ich liebe.

Ich fische meine Tageslinsen aus den Augen und bin froh, dass ich immer ein paar Ersatzlinsen in meiner Handtasche habe. Es sei denn, Biggi hat mir auch die Linsen geklaut, was ich aber nicht glaube.

Ich werde Leonhard das mit der Liebe einfach gestehen und abwarten, was passiert. Mehr als mir sagen, dass er nicht dasselbe empfindet, kann er ja nicht. Aber wenn Edda recht hat damit, dass er Sarah nicht wirklich liebt, dann besteht zumindest die Möglichkeit, dass er mich auch liebt, oder zumindest verliebt ist. Vielleicht muss er es nur erkennen.

Was auch immer, ich will Klarheit und die Wahrheit hören. Damit kann ich am besten umgehen.

Ich schminke mich ab, dann gehe ich leise in die Küche zurück, um Mr. Bean nicht zu wecken.

»Ich werde es ihr beweisen«, höre ich da plötzlich eine Stimme und bleibe stehen.

»Wie denn?«

»Das weiß ich noch nicht. Ich werde schon eine Lösung finden. So geht es jedenfalls nicht weiter. Sie muss kapieren, dass wir zusammengehören. Nur das zählt. Verdammt, ich liebe sie doch. Aber wie kann ich ihr das nur erklären?«

Mein Herz schlägt Purzelbäume! Das ist Leonards Stimme! Während ich im Bad war, muss er in die Küche gekommen sein und spricht nun mit Edda. Über mich! Ich schließe die Augen vor Glück.

Na endlich! Alles fügt sich. So soll es sein.

»Du spinnst doch, Leo«, höre ich Edda sagen. »Die Alte ist so was von bekloppt.«

Wie bitte? Aha. Edda hat zwei Gesichter. Vorhin noch wollte sie mir mit unserem kleinen Ausflug was Gutes tun, jetzt bin ich die »bekloppte Alte«!

»Ist sie nicht. Sie ist eine tolle Frau. Sie kann es nur manchmal nicht zeigen.«

»Ich will dir mal sagen, wer eine tolle Frau ist«, sagt Edda, und langsam ahne ich, was los ist. »Mia ist eine tolle Frau. Diese schwachsinnige Sarah solltest du so schnell wie möglich vergessen und dich auf die wichtigen Dinge konzentrieren. Nämlich auf die tollste Frau der Welt. Auf Mia.«

Um Gottes willen. Er hat mit seinen Lobeshymnen *Sarah* gemeint. Mir wird schlecht.

»Natürlich ist Mia toll. Deswegen ist sie ja auch meine beste Freundin. Aber es war ein Fehler, mit ihr zu schlafen. Ein sehr großer. Es passt einfach nicht. Nein, ich gehöre zu Sarah.«

»Du bist so ein Dickschädel«, sagt Edda böse. »Du willst nur deinen Willen durchsetzen.«

»Mia ist wirklich toll, aber nicht fürs Bett«, sagt Leonhard, und jetzt ist es wirklich genug. Ich gehe in die Küche, hole aus und knalle ihm eine, dass er fast hinfliegt. Aber das ist mir egal. Dann renne ich in Eddas Schlafzimmer, schlage die Tür zu, schließe ab und krieche unter die Decke.

Auf Eddas und Leonhards Klopfen reagiere ich nicht. Sollen sie doch alle bleiben, wo der Pfeffer wächst.

Leo

»Am besten, du gehst jetzt«, sagt Edda und sieht so aus, als würde sie mich am liebsten auf der Stelle entmannen.

»Ich wusste doch gar nicht, dass sie da ist. Ich wollte mir nur ein Glas Wasser holen, aber du hast ja gleich angefangen, mich vollzulabern, ich ...«, versuche ich mich zu verteidigen.

»Nein, sag jetzt nichts mehr. Glaub mir, es ist besser so. Geh einfach.« Sie schleicht in Mr. Beans Zimmer und kommt mit meinen Klamotten zurück. »Sonst gibt es heute Nacht noch Mord und Totschlag.«

»Und wenn ich nicht möchte?«, sage ich trotzig.

Edda runzelt die Stirn. »Es geht nicht immer alles nach deinem Kopf, Leo. Du gehst jetzt. Das ist immer noch meine Wohnung.«

»Aber auch die deines Bruders.«

»Und der schläft. Jetzt zieh dich an und hör auf zu diskutieren«, sagt sie in einem Ton, der keine Widerworte zulässt.

Ich tue, was sie sagt, starte aber gleichzeitig noch einen letzten Versuch, sie zu beschwichtigen. »Mal ganz im Ernst, Edda, ich finde, Mia stellt sich an. Das mit uns ist nun mal passiert, man kann es nicht mehr rückgängig machen. Was ist denn schon dabei?«

»Ey, du hast echt den Schuss nicht gehört«, sagt Edda. »Und jetzt mach, dass du rauskommst.«

Sie schiebt mich Richtung Wohnungstür, öffnet sie, schubst mich in den Hausflur und schlägt mir die Tür vor der Nase zu.

Was hab ich denn jetzt schon wieder falsch gemacht?

Langsam gehe ich zum nächsten Taxistand. Bitte, bitte, Herr im Himmel, mach, dass Papa schon schläft. Ich ertrage es jetzt nicht auch noch, von meinem Vater vollgetextet zu werden.

Ich finde ein Taxi, lasse mich auf die Rückbank fallen und bin plötzlich unglaublich müde. Dann denke ich darüber nach, was wohl morgen Abend auf dem Kursplan steht. Ich muss ein Kracher werden. Ich werde diese verdammten sechs Tage durchhalten, egal wie peinlich es ist. Wahrscheinlich wirkt das alles erst, wenn man alle sechs Kurse erfolgreich absolviert hat. So wird es sein. Und dann wird Sarah sich umschauen! Aber wie!

Nicht nur sie. Ich werde die Ausstrahlung eines glutäugigen Südländers bekommen, der nur zwinkern muss, um eine Frau rumzukriegen. Ich werde zu einem heißen Typen, der weiß, was Frauen wollen. Der es ihnen so richtig gibt. Der es ihnen besorgt, dass sie nicht mehr wissen, wo hinten und vorn, wo oben und unten ist. Jawohl.

Siegessicher recke ich die Faust in die Luft. Dann döse ich weg.

Mia

»Ich weiß nicht, was genau er hat, aber dass er einen totalen Vollknall hat, das steht fest.« Mr. Bean schüttelt ununterbrochen den Kopf. Nachdem Edda eine Viertelstunde geklopft und mir glaubhaft versichert hatte, dass Leonhard gegangen ist, habe ich die Tür wieder aufgemacht und bin zurück in die Küche getrottet, um noch ein Glas Wein zu trinken, und dann kam auch schon Mr. Bean im Pyjama angeschlurft. Und nun sitzen wir hier zu dritt und regen uns auf. Das heißt, ich rege mich schon gar nicht mehr auf, mittlerweile hat eine unheimliche Ruhe Besitz von mir ergriffen. Ich fühle mich leer und ausgehöhlt wie eine, eine ... ach, weiß ich jetzt auch nicht.

»Soll ich ihn zusammenschlagen?«, fragt Mr. Bean.

»Nein.«

»Soll ich jemanden vom Kiez beauftragen, ihm die Nase zu brechen? Ist kein Problem, ich kenne jemanden, der jemanden kennt, der ...«

»Nein.«

»Soll ich ihm die Eier abschneiden? Das ist kein Problem, ich kenne jemanden, der jemanden kennt, der ...«

»Ja.«

Ach, wohin soll das noch alles führen? Noch nicht mal mehr weinen kann ich.

Was ist denn bloß seit ein paar Tagen los mit mir? Das hat alles mit Leonhards Geburtstag und der bescheuerten Sarah angefangen, die auch noch diese dämliche Gummipuppe, diese Vanessa, mitgebracht hat.

Ja. Vanessa ist die richtige Frau für Leonhard. Ich nicht. Wobei: Die will ja auch keiner haben. Eigentlich könnte ich mich zu ihr gesellen.

Leo

Ich knipse das Licht nicht an, sondern ziehe meine Schuhe aus und schleiche auf Socken ins Schlafzimmer. Von meinem Vater ist nichts zu hören, noch nicht mal ein Schnarchen. Sehr gut. Wahrscheinlich hat die frische Luft ihm zugesetzt, er war mit Henriette Krohn noch essen und ist dann nach einem Scrabble-Spiel mit ihr todmüde ins Bett gefallen. Ich bin froh, dass ich dieses Gästezimmer habe, nicht auszudenken, wenn ich mit meinem Vater das Bett teilen müsste. Überhaupt will ich, dass er endlich wieder nach Hause fährt. Ich werde Mama noch mal anrufen und versuchen, zwischen den beiden Streithähnen zu vermitteln. So geht das ja auf Dauer nicht weiter. Mama soll Papa die Eisenbahn gönnen und einfach ihr eigenes Ding machen. Sie kann ja mit dem Hildchen verreisen, das wollte sie schließlich schon immer. Die beiden können eine Kreuzfahrt buchen und auf Safari oder ins Wellnesshotel gehen, und Papa spielt den Lokführer in seiner Eisenbahnwelt.

Dann sind sie nicht dauernd zusammen, haben genügend Abstand, und wenn sie sich wiedersehen, ist die Freude groß. So einfach ist das. Ich werde das gleich morgen regeln.

Aber jetzt muss ich erst mal schlafen. Ich ziehe die Überdecke von meinem Bett, nachdem ich mich im Dunkeln ausgezogen habe, dann krieche ich hinein, denke noch, dass ich doch eigentlich gar keine Überdecke habe, aber da bin ich auch schon eingeschlafen.

Immer wenn ich vergesse, den Wecker zu stellen, wache ich noch vor der Weckzeit auf, weil ich Panik habe zu verschlafen. Das ist leider auch an Wochenenden so, deswegen stelle ich grundsätzlich meinen Wecker, sonst bin ich am Sonntagmorgen schon um halb sieben wach und weiß nichts mit mir anzufangen, außer Kika oder Phoenix zu schauen, Kanäle, in denen sprechende Brote und Schwämme vorkommen oder brandschatzende Wikinger, oder zum tausendsten Mal eine Dokumentation darüber, wie die Titanic nun *wirklich* untergegangen ist.

Heute aber brauche ich aus anderen Gründen keinen Wecker.

In meiner Wohnung herrscht ein solcher Lärm, dass ich befürchte, einen Hörsturz zu bekommen. Ein Blick auf die Uhr zeigt mir, dass es Punkt sieben ist. Normalerweise stehe ich um viertel nach auf. Benommen taumle ich nach draußen, um mit meinem Vater zusammenzustoßen, der schon fit ist wie ein Turnschuh und aufgeregt hin- und herwuselt.

»Ach, Plupsi, guten Morgen«, sagt er. »Ich habe Kaffee für alle gemacht und schon Brötchen geschmiert.«

»Was heißt ›für alle‹?«, frage ich gähnend.

»Morgäääääääääääähn!«, zwitschert Henriette Krohn, die aus irgendeinem Grund ebenfalls da ist und eine weiße gestärkte Schürze trägt. »Ich bin dann mal wieder in der Küche.« Geschäftig eilt sie davon.

»Also noch mal, was heißt ›für alle‹?«, frage ich erneut und hoffe, dass Mr. Bean Edda gefragt hat, ob sie mir heute aushilft. Er selbst muss ja nach St. Peter Ording fahren, mit einer Frau, die er zwei Sekunden gesehen hat. Bitte. Soll er die Dame mal schön den ganzen Tag einladen, und dann, am Abend, dreht sie sich um und geht. Dann weiß Mr. Bean endlich mal, wie es sich anfühlt, nicht gewollt zu sein. Hoffentlich ist Edda nicht mehr böse auf mich.

»Das, was es heißt. Die Handwerker sind da.« Mein Vater kollabiert fast vor Freude.

Ich verstehe rein gar nichts. »Die Handwerker sind doch krank. Und andere Handwerker konnte ich doch so kurzfristig gar nicht bekommen«, lüge ich, ohne rot zu werden.

»Dafür hast du ja deinen Vater«, sagt Papa stolz. »Gestern Abend habe ich noch mit Henriette zusammengesessen, und wir beide waren der Meinung, dass es nicht angehen kann, dass deine Wohnung an Weihnachten nicht renoviert ist. Das ist doch nicht schön so an den Feiertagen. Deswegen habe ich Bobo, Hinrich und Uwe angerufen, und die sind gleich losgefahren. Du kennst die drei doch, weißt du noch, damals, als du auf dem Schuldach gestanden hast und nicht mehr runtergekommen bist, da hat der Hinrich ...«

»Ja, Papa, ich erinnere mich.« Das ist jetzt ein böser Traum, oder? Hier sind nicht wirklich die drei dämlichsten Handwerker aus meiner Heimatstadt angereist, um meine Wohnung kaputtzurenovieren. Das darf unter gar keinen Umständen passieren.

Und es gibt überhaupt nichts zu renovieren. Ich wohne hier seit einem Jahr, und die Wohnung war frisch saniert, als ich eingezogen bin. Was wollen die drei also?

Da stehen sie auch schon. Blöd grinsend wie seit Jahrzehnten. Die werden auch noch im Sarg grinsen.

»Moin, Leo.« Bobo tippt an seine Kappe, auf der sich der Werbeschriftzug des örtlichen Fischhändlers befindet. Hinrich und Uwe nicken nur. Reden war noch nie ihre Stärke. Alle drei sind so dünn, dass man Angst hat, der kleinste Windhauch könnte sie umpusten; sie können weder schwer heben, noch können sie sich etwas merken, sprich, sie haben kein wirkliches Kurzzeitgedächtnis. Ein Langzeitgedächtnis glaube ich auch nicht. Wenn man es ganz genau nimmt, haben sie überhaupt kein Gedächtnis.

»Ich habe einen genauen Plan erarbeitet«, erklärt mir mein Vater eifrig.

»Ich auch«, jubiliert Henriette aus der Küche. »Heute gibt's eine schöne Linsensuppe mit Würstchen. Die stärkt die Lebensgeister.«

»Suppe. Gut«, sagt Hinrich und nickt bedächtig.

»Jo. Suppe.« Uwe.

»Jo.« Bobo.

Ich bin jetzt schon auf hundertachtzig.

»Papa. Ich habe dich nicht darum gebeten, Handwerker zu bestellen, und die hier schon gar nicht. Ihr könnt wieder gehen«, sage ich zu Uwe, der nur doof glotzt.

»Unfug. Jetzt sind sie hier, jetzt wird gearbeitet. Nicht wahr, Männer? Die Ärmel hochgekrempelt und los!« Papa klatscht in die Hände.

»Los. Gut.« Uwe.

»Jo. Los.« Bobo.

»Jo.« Hinrich.

Ich möchte schreiend auf die drei losgehen und sie vermöbeln, weil so viel Dummheit einfach nicht zu ertragen ist.

»Lass mich nur machen«, sagt Papa. »Geh du duschen, solange es noch geht, hahaha, dann kannst du in den Laden fahren. Mach dir keine Sorgen. Henriette und ich regeln das schon.«

»Ich hebe auch einen Teller Suppe auf«, zwitschert Henriette aus der Küche. »Bestimmt bist du hungrig, wenn du von der Arbeit kommst.«

Ich möchte das nicht.

Erst mal gehe ich in die Küche, weil ohne Kaffee gar nichts geht. Henriette steht am Herd mitten im Chaos, denn Papa hat den gesamten Inhalt aus allen Schränken rausgeräumt, und nun stehen Cornflakes-Packungen, Einmachgläser mit Gewürzgurken, Teller und Töpfe querbeet durcheinander.

»Das decke ich noch ab«, sagt Papa fröhlich und macht sich auf einem Block Notizen. Jetzt verstehe ich auch, was das heute Nacht für eine Überdecke auf meinem Bett war, das hatte Papa offenbar auch schon mal für diese unnötigen Renovierungsarbeiten abgedeckt.

Ich nehme meinen Kaffee, schlurfe an den drei schweigenden Volltrotteln vorbei und gehe ins Bad, stelle mich unter die Dusche und freue mich leider umsonst auf das warme Wasser, während ich mich einseife. Das warme Wasser wurde nämlich schon abgestellt. Und jetzt tröpfelt auch das kalte nur noch spärlich aus der Leitung.

Mein Vater und seine Handlanger werden nun sterben.

Es muss sein.

Mia

Wäre ich lesbisch, hätte ich gerade gute Chancen. Edda himmelt mich nämlich an. Aber ich stehe nun mal nicht auf Frauen. Daran kann ich leider nichts ändern. Wir sitzen zu dritt am Frühstückstisch, Mr. Bean erzählt aufgeregt von seiner neuen Flamme, und Edda will sogar mein Ei für mich schälen, was ich aber nicht zulasse.

»Ich nehme einen Picknickkorb mit«, überlegt Mr. Bean.

»Das ist schwachsinnig. Draußen sind minus drei Grad«, erkläre ich ihm, und Edda verdreht die Augen.

»Aber wir wollen doch romantisch auf einer Decke …«

»Ihr holt euch den Tod«, sagt Edda. »Nimm lieber noch ein paar Schals und Handschuhe mit. Das ist wirklich sinnvoller.«

»Ach, übrigens. Kannst du heute zu Leo ins Café? Er hat niemanden, weil ich ja freihabe.«

»Nein«, sagt Edda mit fester Stimme. »Ich habe keine Zeit. Und Leo kann bleiben, wo der Pfeffer wächst.«

»Ach komm schon, nur noch dieses eine Mal«, bettelt Mr. Bean. »Leo hat das alles doch bestimmt nicht so gemeint.«

»Du hast wohl auch einen Knall. Dieses Arschloch jetzt auch noch zu verteidigen.« Edda löffelt ihr Ei. »Also wirklich.«

Mr. Bean steht auf. »Macht doch alle, was ihr wollt. Ich mache mir heute jedenfalls einen netten Tag mit Anne. Schöner Name, oder?«

»Total. So außergewöhnlich.« Ich möchte, dass Mr. Bean jetzt geht. Glücklicherweise steht er endlich auf.

»Anne kommt gleich und holt mich mit dem Auto ab.« Er kramt in der Abstellkammer herum und packt alles Mögliche zusammen. Dabei pfeift er irgendein furchtbares Volkslied.

Ich bestreiche mir noch einen Toast mit Butter und versuche, Mr. Bean zu ignorieren.

Auch Edda isst noch eine Scheibe. »Vergiss Leo einfach. Ich bin mir sicher, dass du eine Frau fürs Bett bist«, tröstet sie mich lieb.

»Danke«, sage ich und greife zum Johannisbeergelee. »Wenigstens du würdest mich nehmen.«

»Das habe ich so nicht gesagt.« Edda schüttelt den Kopf. »Ich meinte das so allgemein. Aber du bist überhaupt nicht mein Typ.«

Und eben hat sie mich noch angehimmelt.

Vielleicht war das aber auch einfach nur Mitleid.

Ich fasse einen Entschluss. Ich werde den Laden heute zulassen. Ich bitte Frau Schulz von oben, das »Wegen eines Trauerfalls geschlossen«-Schild an der Tür anzubringen. Ein Trauerfall ist das hier ja allemal.

Möglicherweise gehe ich ein wenig an der Elbe spazieren. Oder ich springe vom Michel. Wozu ich halt gerade so Lust habe.

Leo

»So ein bisschen Duschgel ist doch nicht schlimm.« Papa kommt mit einem Waschlappen angedackelt. »Wenn das einzieht, wirst du wenigstens mal richtig sauber. Ach, Plupsi, was war das schön, weißt du noch, wie ich dich damals gebadet habe, als du noch klein warst? Wir haben immer dieses Lied gesungen. ›Plantschi ist prima, Plantschi ist 'ne Wucht, mit Plantschi macht das Baden Spaß!‹«

»Papa, hör jetzt sofort auf.« Mir ist das vor Uwe, Hinrich und Bobo so was von peinlich. Aber die werkeln gerade im Flur herum und bekommen nichts mit.

Papa rubbelt weiter über meinen Oberkörper. Um die Hüften habe ich mir ein Handtuch geschlungen. Ich werde nicht zulassen, dass Papa mich überall abrubbelt.

»Das Wasser in der Küche läuft ja noch. Das kriegen wir schon hin. Es wäre einfach zu viel Aufwand, das Wasser im Bad jetzt extra noch mal anzustellen. Uwe hat Ewigkeiten gebraucht, bis er überhaupt den Haupthahn gefunden hat.«

Das glaube ich Papa aufs Wort.

Endlich ist er fertig.

»Was wird eigentlich alles gemacht?«, frage ich kraftlos. Von mir aus kann hier auch renoviert werden. Ich habe ja nichts mehr zu verlieren. Vielleicht hebt eine neue Wandfarbe meine Stimmung. Möglich wäre es.

»Alles, einfach alles wird gemacht. Ich habe das genau aufgeschrieben. Nachher kommt der Hausverwalter, Henriette hat mir die Nummer gegeben.«

»Gut.« Ich gehe mich anziehen. Das Duschgel juckt. Das ist doch ein gutes Zeichen. Ich fühle noch etwas.

Während ich kurze Zeit später sehr müde zum Café eiere, denke ich darüber nach, was ich Sarah noch sagen könnte.

Und ich muss unbedingt in diesem Flyer nachschauen, welcher Kurs heute Abend stattfindet. Zum Glück habe ich den in der Tasche.

21

Mia

Ich laufe am Hafen entlang und beschließe, Mark anzurufen und ihn zu fragen, ob er Zeit hat. Ich mag nicht allein sein. Wenn man Single und traurig ist, fallen einem die vielen glücklichen Pärchen, die auf den Wegen entlangschlendern, noch mehr auf als sonst. Ich sehe an die hundert Paare, die engumschlungen oder händchenhaltend herumspazieren, knutschen und sich anstrahlen. Bei manchen kann ich die Gespräche belauschen, die meisten drehen sich um die gemeinsame Zukunft: »Ich hätte gerne die Kochtopf-Profi-Selection von Fissler.« »In jedem Fall brauchen wir einen schnurlosen Stabmixer und einen Trockner. Denk mal an die vielen Kinder, die wir kriegen wollen!« »Vanille- und pistazienfarben gestrichene Wände im Schlafzimmer fände ich wunderschön. Und dann diese antike Truhe von meiner Oma ...«

»Du hast Glück«, sagt Mark, als ich ihn an der Strippe habe. »Ich hab mir heute freigenommen und den ganzen Tag nichts vor.«

»Prima. Ich stehe an den Landungsbrücken an der Elbe.«

»Bin in einer halben Stunde da.«

»So«, sage ich erwartungsvoll, nachdem wir uns am Hafen getroffen haben und ein Stück an der Elbe entlangspaziert sind. »Jetzt will ich aber wirklich alles wissen. Wieso machst du diesen Job? Wie geht es dir, wie geht es deiner Frau? Habt ihr Kinder?«

»Huch«, Mark hebt lachend die Hände, »das ist ja wirklich alles auf einmal.«

»Okay, dann fangen wir mit diesem Job an. Seit wann bist du Mr. Orgasmic?«

»Na ja, was soll ich da schon groß erzählen? Als freiberuflicher Grafiker lief es eben nicht sonderlich gut, da hatte ich eines Abends die Schnapsidee, solche Seminare anzubieten. Zu meiner Überraschung haben sich sofort, nachdem ich einen ersten Testaushang gemacht habe, jede Menge Leute gemeldet.«

»Es scheint also einen Markt dafür zu geben.«

Er zuckt mit den Schultern und lächelt mich schief an. »Jedenfalls einen größeren als für Grafiker.«

»Aber ist das nicht genau genommen ...« Ich verstumme, so unverschämt will ich eigentlich gar nicht sein.

»Genau genommen was?«

»Ach, vergiss es.«

»Nein, jetzt sag schon.«

»Na, also, ob das nicht genau genommen Betrug ist?«

»Nö.« Er lacht. »Die Leute, die zu mir kommen, fühlen sich hinterher besser. Und darum geht es doch nur, oder?«

Ich denke nach, dann nicke ich. »Ja, schon. Aber du bist ja eigentlich gar kein Sex-Experte.«

Er zieht eine Augenbraue in die Höhe. »Wer sagt das?«

Jetzt muss ich lachen. »Okay, vergiss es. Jedenfalls bin ich froh, dass wir uns durch dieses Seminar nach so langer Zeit wiedergesehen haben, das ist die Hauptsache!«

»Ich find's auch schön.« Mark bleibt kurz stehen, legt beide Arme um mich und drückt mich an sich.

»Erzähl weiter«, sage ich, während wir Richtung Feuerschiff

spazieren und mir eine Möwe auf die Jacke kackt, was ich aber momentan gar nicht schlimm finde.

»Ich bin geschieden«, sagt er.

»Das tut mir leid.«

»Muss es nicht. Katharina hat mich verlassen, weil sie angeblich ihren Seelenverwandten gefunden hat. Der hieß Michael und war dann auch dummerweise gleichzeitig ihr Scheidungsanwalt. Sie haben sich in einer Konditorei kennengelernt; beide wollten das letzte Stück Apfelkuchen, so kamen sie ins Gespräch. Das war der Anfang vom Ende. Kinder haben wir zum Glück keine, obwohl ich gern welche hätte. Aber was nicht ist, kann ja noch werden. Und du? Was ist bei dir so alles passiert?«

Ich erzähle von meinem Studium, von Hamburg und meinem Laden, von meinen Freundinnen, von meinem Sport und von meinen Exfreunden. Am meisten erzähle ich von Benedikt, und glücklicherweise regt Mark sich wahnsinnig über ihn auf.

Die nächsten Stunden verbringen wir mit »Weißt du noch?«-Geschichten, während wir auf einer Bank sitzen, und da wird es auch schon dunkel.

»Was hältst du von einem gemütlichen Abendessen?«, fragt Mark. »Es ist nämlich ganz schön kalt, und ich hätte große Lust auf einen guten Rotwein.«

»Prima. Am besten, wir gehen ins Portugiesenviertel, da müssen wir nicht weit laufen.«

Ich hake ihn unter, kurze Zeit später sitzen wir im Warmen, und Mark bestellt einen guten Wein und eine Fischplatte für zwei Personen. Ich bin sehr hungrig, wie ich gerade merke.

Der Wein kommt, wir stoßen an, und mir wird langsam wieder warm. Ich habe mich schon lange nicht mehr so wohl gefühlt.

»Ich habe mich schon lange nicht mehr so wohl gefühlt«, sagt Mark und lächelt mich an. »Es ist wie früher, Mia. Wir haben mit dem Wiedersehen viel zu lange gewartet. Das darf nicht noch mal passieren. Es ist verdammt schön, mit dir zusammen zu sein. Als wäre gar keine Zeit vergangen.«

»Das geht mir genauso«, sage ich und fühle mich noch wohler.

Leo

Edda kommt nicht, und so muss ich das Café alleine schmeißen. Natürlich ist es heute proppenvoll, wie immer, wenn ich es nicht gebrauchen kann. Ich rase von der Küche zum Tresen und wieder zurück, und nach zwei Stunden bin ich schon fix und fertig. Aber da muss man halt auch durch. Irgendwie schaffe ich es ja letztendlich doch immer.

Viel mehr nervt mich meine Mutter, die dauernd anruft.

»Hat Papa jetzt eingesehen, dass ich recht habe? Habt ihr mal geredet? Hast du ihm gesagt, dass das mit der Eisenbahn so nicht geht? Bereut er alles? Will er, dass ich ihn zurücknehme?«

Wenn ich ihr jetzt sage, dass Papa momentan Besseres zu tun hat, als über seine Ehe nachzudenken, weil er nämlich mit meiner lieben und durchaus noch attraktiven Nachbarin meine Wohnungsrenovierung überwacht, reist Mama womöglich auch noch an, und das halten meine Nerven dann wirklich nicht aus. Also sage ich nur: »Ich hatte noch keine Zeit, mit Papa zu reden, aber heute Abend, spätestens morgen, werde ich das tun.«

Dann ruft Mr. Bean an. »Leo, du glaubst nicht, wie schön das ist, mit Anne am Strand entlangzulaufen. Es hat so was Ursprüngliches. Sie mag übrigens Krabbenbrötchen genauso gern wie ich. Das muss ein Zeichen sein.«

»Das freut mich. Hast du eigentlich den Getränkelieferanten bestellt?«

»Nein, wann denn?«

»Herrje, das ist dein Job!«

»Es ist doch noch total viel von deiner Geburtstagsfeier übrig. Hinten im Lager.«

Das stimmt.

»Und wenn du keine Zeit zum Kochen hast«, spricht er weiter, »beide Tiefkühltruhen sind bis oben hin voll mit dem Geburtstagsessen. Das kannst du in der Mikrowelle oder im Dampfgarer auftauen. Ich muss jetzt auflegen. Anne winkt schon ganz ungeduldig. Wir wollen hierbleiben, bis es dunkel wird, weil wir dann vielleicht den Mond sehen. Das wird …«

Ich lege einfach auf. Mein Blick fällt auf den Flyer. *Tag 3: Beherrsche deine Lust!*

Das hört sich jetzt nicht ganz so schlimm an. Wahrscheinlich wird man sich zusammensetzen und darüber austauschen, dass man eine Frau nicht immer ins Bett bekommen kann, wenn man gerade Lust hat, und dann soll man onanieren oder ein Bier trinken gehen. Ich überlege kurz, dann beschließe ich hinzugehen. Irgendwas muss ja dran sein an diesen Kursen, auch wenn ich sie bislang nicht sonderlich erbauend fand. Vielleicht lag es aber auch an Mr. Beans Anwesenheit.

»Tag«, sagt da jemand, der gerade durch die Tür gekommen ist. »Tag«, sage ich, den Blick immer noch auf den Flyer in meiner Hand gerichtet.

»Kann ich bitte ein Bier haben?«, fragt der Gast, und nun schaue ich hoch und traue meinen Augen nicht. Es ist Nils, *der* Nils. Sarahs Freund. Oder Exfreund oder was auch immer. Jedenfalls ist Nils einer der Menschen, die Schuld haben, dass ich eine Niete im Bett bin.

»Oh«, sage ich verwirrt. »Klar.« Oder sollte ich ihn rausschmeißen?

Nils setzt sich ungeschickt auf einen Barhocker. Er sieht ungepflegt aus und so, als hätte er lange nicht geschlafen.

»Ich hab lange über Sarah und mich nachgedacht«, erzählt er mir, nachdem ich ihm ein Pils hingestellt habe.

»Aha«, antworte ich, weil ich nicht weiß, was ich sonst sagen soll.

»Die Sache ist die«, sagt Nils und schweigt dann einfach.

»Was ist denn die Sache?«, will ich, nun sehr neugierig, wissen und beginne überflüssigerweise den Zapfhahn zu säubern.

»Das mit Sarah war ein großer Irrtum.« Nils trinkt sein Bier in einem Zug leer, stellt mir das Glas vor die Nase und sagt: »Noch eins.«

»Warum?« Ich zapfe ihm schnell noch ein Bier und platze fast vor Neugier. Von mir aus kann er auch noch viel mehr trinken. Betrunkene sind ja oft sehr redselig, und ich möchte alles über den Irrtum erfahren.

»Ich dachte, ich würde sie lieben«, sagt Nils und leert das zweite Glas in einem Zug, und ich zapfe schon wieder.

»Aber du liebst sie nicht«, sage ich lauernd, tue aber so, als sei ich sehr, sehr gelangweilt. Mit zitternder Hand schiebe ich Nils das Glas hin.

»Nein. Ich hab lange nachgedacht. Am Anfang war es toll, aber dann hab ich immer mehr gemerkt, dass irgendetwas bei uns nicht stimmig ist. Ich wusste erst nicht, was. Klar, wir haben rumgeknutscht und Sex gehabt, und das war auch gut, aber irgendwie auch nicht. Es fühlte sich … falsch an. Und dann hab ich mir eine Auszeit genommen und nachgedacht.«

Er schaut mich an. »Mit Sarah und mir, das wird nichts. Du kannst sie zurückhaben.«

Mia

Mittlerweile sind wir bei mir zu Hause angekommen, sitzen uns wie früher auf dem Boden im Schneidersitz gegenüber, zwischen uns eine Flasche Wein und zwei Gläser. Eigentlich ist es so wie mit Leonhard und irgendwie doch ganz anders.

Mein Mund ist vom vielen Reden schon ganz trocken, aber eine so lange Zeit aufzuarbeiten ist ja auch nicht ohne.

»Warum haben wir uns so komplett aus den Augen verloren?«, sinniert Mark vor sich hin. »Wenn ich jetzt mit dir hier sitze, muss ich daran denken, dass wir das ganz oft hätten haben können.«

»Ob deine Frau das so gut gefunden hätte?«, zweifle ich und gieße mir noch einen Schluck Wein ein.

»Meine Frau?« Mark lacht. »Der wäre es, glaube ich, egal gewesen. Sie hat keine Gelegenheit ausgelassen, um mich zu betrügen. Immer wenn ich geschäftlich unterwegs war. Natürlich hat sie jedes Mal so getan, als würde sie es ganz furchtbar finden, dass ich so oft fort sein musste, aber in Wirklichkeit hat sie sich gefreut. Und jetzt ist sie, nach der Sache mit Michael, ja mit diesem verdammten Roland zusammen.«

»Der wiederum dein stärkster Konkurrent ist und dich dann schließlich auch ganz aus deinem Job als Grafiker gedrängt hat, du hast es erzählt.«

Um ehrlich zu sein, hat Mark es mehrfach erzählt. Aber als gute Freundin hört man sich ja auch alles mehrfach an und sagt auch mehrfach »Oh Gott!«, »Wie furchtbar!« und »Das hast du wirklich nicht verdient!«.

»Aber ich bin froh, dass es jetzt vorbei ist. Wobei – die Scheidung hat mich eine Stange Geld gekostet. Wir hatten einen Ehevertrag, und ich habe mich darauf eingelassen, ihr im Fall einer Trennung viel Geld zu bezahlen. Schön blöd.«

»Allerdings.« Ich lehne mich ans Sofa und merke, dass ich langsam müde werde. »Sag mal, wo wohnst du überhaupt?«

»Im Hotel Hafen Hamburg«, sagt Mark und gähnt. »Ich sollte jetzt gehen. Wollen wir morgen zusammen frühstücken? Komm doch ins Hotel. Du bist natürlich eingeladen.«

»Ich hab eine noch viel bessere Idee. Du lässt Hotel Hotel sein, schläfst bei mir und morgen frühstücken wir in irgendeinem netten Café, oder ich hole Brötchen, und wir machen es uns hier gemütlich.«

»Klingt nach einem guten Plan.«

Ich will gerade sagen, dass ich ihm das ausklappbare Sofa fertig mache, da strahlt er mich an. »Aber wir schlafen in einem Bett, ja? Wie früher. Und schauen zusammen fern.«

»Liebesschnulze?«

»Liebesschnulze.«

»Mein Pyjama ist allerdings im Hotel.«

»Egal.«

»Ich habe mich seit Ewigkeiten nicht so wohl gefühlt wie jetzt gerade.« Mark streckt sich.

»Ich mich auch nicht. Doch, letztens mal kurz, aber das ging schnell wieder vorbei.« Dummerweise schießen mir die Tränen in die Augen.

»Mia«, sagt Mark, »dich bedrückt doch was. Raus damit. Ich bin ein guter Zuhörer, und trösten kann ich auch.«

Ich nicke. »Ja, ich weiß.« Dann erzähle ich ihm alles, alles, alles von Leonhard. Dass ich verknallt bin und dass er mich ausgenutzt hat und dass ich verzweifelt bin und dass Sarah doof ist und dass Leonhard überhaupt nichts kapiert. Und dann lasse ich mich von Mark trösten, und es tut so gut.

Leo

Ein Lottogewinn hätte mich nicht glücklicher machen können. Sarah ist frei, frei, frei! Endlich komme ich zum Zug. Und jetzt ist sie bestimmt bereit, mir noch eine Chance zu geben.

Aber erst muss ich diesen Nils loswerden, dann kann ich in Ruhe nachdenken und meine nächsten Schritte planen.

»Ich glaube, ich bin nicht beziehungsfähig«, sagt Nils und lallt schon ein wenig, weil er ein Bier nach dem anderen hinunterstürzt. »Und wir wollten doch heiraten. Aber ich kann einfach nicht. Irgendwas stimmt nicht, passt nicht. Wenn ich nur wüsste, was. Oh, oh, ich kann nicht mit einer Frau zusammen sein. Irgendwas ist immer. Ich bin eben kein Mann für eine längere Beziehung.«

»Ach doch, das glaube ich schon. Aber Sarah ist eben keine Frau für dich. Sie war schon immer sehr sprunghaft, und ich glaube, auch nicht treu.«

Ich will ihm Sarah natürlich madig machen.

Nils schaut mich mit glasigen Augen an. »Meinst du wirklich?«

Ich nicke bedeutungsvoll. »Ich weiß selbst gar nicht, ob ich sie noch will.«

Oh doch, OH DOCH! Aber das werde ich Nils ganz bestimmt nicht auf die Nase binden.

»Sarah wird sofort zickig, wenn was nicht nach ihrem Kopf geht«, lallt Nils weiter, und ich nicke und sage: »Schlechter Charakterzug. Überhaupt ist ihr Charakter nicht der beste.«

»Ja. Sie hat dir ja diese Puppe geschenkt. Ich hab noch gesagt, sie soll das sein lassen, aber sie wollte unbedingt. Weil du ja eine Niete im Bett bist.«

Die anderen Gäste gucken interessiert zu uns rüber. Hier ist ja auch immer was los.

»Das ist ein Buchtitel!«, rufe ich ihnen zu und grinse. Enttäuscht wenden sie sich ab.

»Können wir jetzt mal bestellen?«, fragt ein Mann ungeduldig, und ich nicke. »Moment.«

»Ich hab gesagt, dass es doch nicht sein muss, dass sie dich vor allen bloßstellt, aber sie meinte, das sei ihr egal, Hauptsache, sie selbst hätte ihren Spaß.«

»Ach. Warte mal kurz.« Schnell stelle ich ihm noch ein Bier hin, dann gehe ich zu den anderen Gästen, um die Bestellungen aufzunehmen.

Flink wie ein durchgedrehtes Wiesel fülle ich Gläser und Teller und bin binnen kürzester Zeit wieder bei Nils, der in sein halbleeres Glas stiert, als gäbe es keine Hoffnung mehr für ihn.

»Ja, sie ist ein schlechter Mensch.« Ich hoffe, dass das wirkt. Auf gar keinen Fall nämlich darf ich ihn auch nur ansatzweise dazu ermuntern, es noch mal mit ihr zu versuchen.

»Von Frauen hab ich erst mal die Nase voll«, sagt Nils leidend. »Sarah hat auch so viel geredet. Ich hasse es, wenn Frauen ununterbrochen quatschen.«

Da habe ich eine Idee. Ich gehe in die Vorratskammer und komme mit etwas zurück, das ich Nils in die Hand drücke.

»Schenk ich dir.«

»Oh«, sagt Nils und schielt die Gummipuppe an.

Vanessa sagt nichts.

Mia

»Ist das gemütlich?«

»Und wie!« Mark stopft die Daunendecke noch fester um

sich, und ich starte den DVD-Player. Wir liegen im Bett, denn natürlich habe ich einen Fernseher in meinem Schlafzimmer, weil ich nichts schöner finde, als an einem Sonntagmorgen im Bett zu frühstücken und dabei fernzusehen.

Und wie oft haben Mark und ich früher gemeinsam in unseren Betten gelegen und stundenlang in die Glotze geschaut.

Es ist, als wäre die Zeit stehen geblieben.

»Schlaflos in Seattle« fängt an, und wir knabbern Chips und Erdnussflips, obwohl wir vom Essen eigentlich noch satt sind. Ich liebe es, wenn ich auf einen Kartoffelchip beiße und es knackt so schön.

Wir schweigen, schauen den Film und genießen es, zusammen zu sein. Die Situation erinnert mich ein wenig an die mit Leonhard, als *es* passierte. Ach nein, irgendwie ist sie doch anders. Mit Mark habe ich eben ein rein platonisches Verhältnis. Schon immer gehabt. Sex war für uns nie ein Thema. Im Gegenteil. Wir waren stolz darauf, dass wir nie miteinander geschlafen haben. Das machte unsere Beziehung zu etwas unglaublich Besonderem.

Jetzt ist das natürlich noch genauso. Es hat sich nichts geändert.

Während der kleine Jonah bei der Radio-Talkshow anruft und eine neue Frau für seinen Vater sucht, überlege ich, ob es denn auch was Besonderes wäre, wenn Mark und ich wenigstens ein einziges Mal Sex hätten.

Nur *ein Mal*.

Ich habe ihm natürlich von Leonhard erzählt, und er war genauso verständnisvoll, wie ich es bei seinen Erzählungen war.

Ich rutsche näher an Mark heran.

»Frierst du?«, fragt er und zieht meine Decke höher.

»Nein.«

»Bist du müde? Sollen wir ausmachen?«

»Nein.«

»Was ist denn dann?«

Ich setze mich auf. »Sag mal ganz ehrlich. Findest du mich eigentlich attraktiv?«

Er schaut mich an, als hätte ich ihn gefragt, ob er sich ein Leben ohne Arme und Beine vorstellen könnte.

»Wie kommst du denn darauf?«, fragt er konsterniert.

»Nur so. Ich will es halt wissen.«

»Ist es wegen diesem Leonhard? Weil er dich so doof behandelt hat?«

»Quatsch. Jetzt sag doch einfach!«

Mark drückt die Pause-Taste auf der Fernbedienung. »Natürlich bist du eine attraktive Frau, Mia. Das weißt du selbst. Wenn ich es mir jetzt mal so überlege, bist du die attraktivste Frau, die ich kenne. Ich verstehe auch nicht, wieso dieser Leonhard dich hat gehen lassen, also warum er dich so behandelt hat.«

»Wahrscheinlich, weil alle Männer gleich sind.«

»Ist Leonhard so wie Benedikt?«

»Nein, der ist ganz anders. Ganz, total, komplett anders.«

»Du bist in ihn verliebt.«

»Ach …«

»Komm schon, Mia.«

»Ja, okay, ich bin ihn Leonhard verliebt.«

»Und warum sagst du es ihm nicht?«

»Weil er mich nicht will. Und ich will mich nicht zum Affen machen.«

»Aber so bist du doch unglücklich.«

»Quatsch«, sage ich. »Mir geht es momentan nicht so besonders, aber unglücklich ist was anderes.«

»Ach, Mia. Du bist echt 'ne Marke.«

»Warum?«

»Na ja. Du verhältst dich wie ein trotziges kleines Kind.«

»Würdest du gern mit mir schlafen?«, frage ich ihn überfallartig.

»Mia!« Jetzt sitzt Mark kerzengerade im Bett.

»Ja oder nein?« Meine Stimme zittert ein bisschen, und ich muss aufpassen, dass Mark es nicht bemerkt.

»Nein.«

»Du lügst.«

»Ja. Ich meine nein.«

»Küss mich.«

»Mia, bitte!«

»Ja?«

»Hör auf damit. Du machst alles kaputt. Wir hatten doch mal gesagt, dass wir stolz ...«

»Das ist alles sehr lange her. Daran müssen wir doch jetzt nicht mehr denken.«

»Ach, Mia ... Mia, Mia.«

Leo

Ich bin pünktlich um 20 Uhr im Kulturzentrum und sitze mit den anderen Männern auf einem dieser Plastikklappstühle, die Hämorrhoiden verursachen, weil sie so hart sind, und warte auf Roderich und Arbogast.

Neben mir hockt Moritz, der Typ vom ersten Abend.

»Hallo«, nuschelt er. »Ich versuch es doch noch mal.«

»Gute Entscheidung.« Ich nicke ihm ermutigend zu. »Wer nicht wagt, der nicht gewinnt.«

»Na ja«, sagt Moritz. »Um ehrlich zu sein, meine Mutter geht mir auf die Nerven. Und ihre Maultaschensuppe auch. Sie will, dass ich jeden Abend zu Hause bin, weil ihr langweilig ist. Ich kann doch nicht dauernd Karten spielen und Volksmusiksendungen im Fernsehen anschauen.«

»Natürlich nicht«, sage ich und tätschle ihm das Knie. »Du bist erwachsen und kannst machen, was du willst.«

»Sag das mal Mutti.« Moritz seufzt.

Plötzlich muss ich an Mia denken. Was sie wohl macht? Wie es ihr geht? Sie ist schon wieder komplett auf Tauchstation gegangen. Ich hab ja ein paar Mal versucht, sie anzurufen, aber ohne Erfolg natürlich. Ich verstehe nicht, dass sie nicht begreift, dass das mit uns ein einmaliger Ausrutscher war. Wir sind gute Freunde, mehr nicht. Fehler passieren, man muss aber damit umgehen können.

Es wird sich schon wieder einrenken.

Aber zuerst muss ich mich auf die Operation Sarah konzentrieren. Als die Tür aufgeht, straffe ich meinen Oberkörper. Ich bin bereit. Aber so was von!

Mia

Ich glaube, ich werde nie wieder aufhören können zu heulen. Was für eine Schmach! Noch nicht mal das bekomme ich hin!

Mark, der ununterbrochen meine Schulter streichelt und »Psch, psch, psch« macht, ist auch keine wirkliche Hilfe.

»Ich bin hässlich«, schluchze ich in die geblümten Kissen und schlage mit beiden Fäusten auf die Matratze ein.

»So ein Unsinn«, versucht Mark mich zu beruhigen.

»Doch.« Ich ziehe die Nase hoch. »Ich bin nur gut für eine Nacht, bei gewissen Männern zumindest. Und bei dir noch nicht mal das. Ich wirke so abstoßend und unsexy, dass du noch nicht mal einen ... einen ... einen hochkriegst.«

»Mia«, sagt Mark. »Das stimmt doch so gar nicht. Ich habe keinen hochgekriegt, weil das mit dir einfach nicht geht. Hier, nimm ein Taschentuch.«

Ich reiße ihm das Taschentuch aus der Hand und putze mir

die Nase so laut wie ein Elefant, dabei fällt mir auch noch eine Kontaktlinse aus dem linken Auge.

»Na also. Da haben wir es doch. Es geht nicht mit mir. Wie lange hattest du keinen Sex mehr?«

»Äh, so zwei Monate.«

»Aha. Das sind sechzig Tage. Jeder normale Mann muss doch nach zwei Monaten so scharf sein, dass er automatisch einen hochkriegt, wenn eine Frau neben ihm im Bett liegt.«

»Aber doch nicht du. Kapierst du das denn nicht?«

»Nein.« Ich nehme ein zweites Taschentuch, und nun fällt mir auch die andere Linse aus dem Auge. Diese doofen Linsen.

»Ich liebe dich wirklich auf eine gewisse Art, und ich bereue es, dass wir so lange keinen Kontakt hatten. Es ist aber so, als wäre überhaupt keine Zeit vergangen. Unter anderen Umständen wären wir vielleicht sogar zusammengekommen. Aber es war eben anders. Du bist meine beste Freundin, und das wird auch immer so bleiben. Aber ich kann mir einfach nicht vorstellen, dass da mehr ist. Du bist einfach wie eine kleine Schwester für mich.«

»Das hast du ja sehr schön gesagt«, stoße ich böse hervor. »Vielen Dank auch. So ähnlich hat Leonhard das auch erklärt.«

»Der ist doch gerade völlig durch den Wind«, versucht Mark Leonhard zu verteidigen.

»Er ist ein Geschwür«, echauffiere ich mich. »Nein. Er ist die Krankheit, die durch ein Virus entsteht. Er ist so was wie die Pest. Er *tötet*.«

»Jetzt hör schon auf. Eben hast du noch gesagt, dass du ihn liebst.«

»Das war einmal. Das ist vorbei.«

Mark schüttelt den Kopf. »Quatsch, so schnell geht das nicht vorbei. Und jetzt sei mal ganz ehrlich: Du wolltest doch nur mit mir schlafen, um es ihm heimzuzahlen und um dir zu beweisen, dass du begehrenswert bist.«

»Und wenn schon.« Trotzig drehe ich mich auf die andere Seite.

»Es ist total richtig, dass wir es nicht getan haben«, sagt Mark. »Mich liebst du ja schließlich nicht.«

»Natürlich tue ich das.«

»Du weißt ganz genau, was ich meine. Davon abgesehen wette ich, dass der Sex nicht gut gewesen wäre.«

»Wieso nicht? Weil wir gute Freunde sind?«

»Nein, weil du einen anderen liebst. Und mit dem war der Sex phantastisch, oder?«

»Ich hatte auch schon guten Sex mit Männern, in die ich nicht verliebt war.«

»Aber mit Leonhard war es am besten?«

»Ja.«

»Hast du vor Leonhard schon mal einen Mann so geliebt?«

»Wahrscheinlich nicht. Bei ihm kommt halt alles zusammen. Es ist in wirklich jeder Hinsicht perfekt.« Ich schniefe. »Ich meine natürlich, es *war* perfekt. Er hat mich ja nur für seine Zwecke benutzt. Er will ja lieber diese Schwachmatenkuh Sarah zurück.«

»Eifersüchtig?«

»Quatsch, nein ... ja.«

»Klingelt es jetzt bei dir?« Mark sieht mich mit hochgezogenen Augenbrauen an. Dann sagt er: »Und jetzt hör mir mal zu. Eigentlich ist alles ganz einfach.«

23

Leo

»Das will ich nicht«, wispert Moritz verzweifelt. »Ich verstehe auch gar nicht, was das soll. Ich will doch einfach nur darauf vorbereitet werden, guten Sex mit einer Frau zu haben, die ich dann mal irgendwann finde.«

»Ruhig jetzt. Hör erst mal zu.« Ich bin auch nicht begeistert von dem, was da vorne jetzt schon wieder passiert. Eigentlich hatte ich fest vor, die kompletten sechs Kurstage zu absolvieren, komme, was wolle, aber vielleicht war das nicht die beste Idee.

Nachdem vor ein paar Minuten zwei sehr attraktive Frauen den Raum betreten und eine große Leinwand sowie einen Beamer aufgebaut hatten, sollten wir nach vorn kommen und uns nebeneinander in Reih und Glied aufstellen. Dann kamen Arbogast und Roderich herein, bauten einen DVD-Player auf und dunkelten den Raum ab. Ein Film fing an, und ich traute meinen Augen nicht. Ein Hardcore-Porno. Aber so was von Hardcore.

»Konzentriert euch nun auf den Film. Aber lasst es nicht zu, dass ihr eine Erektion bekommt«, sagte Roderich ernst. »Das nennt man Körperbeherrschung. So vermeidet man auch eine vorzeitige Ejakulation.«

»Was soll das bringen?«, fragt Moritz. »Ich kann doch gegen eine Erektion nichts tun.«

Das stimmt. Gegen eine Erektion kann man eigentlich nichts tun, außer man benutzt kaltes Wasser, aber das ist ja leider gerade nicht zur Stelle. Zum tausendsten Mal frage ich mich, was das hier eigentlich soll. Auf der Leinwand sind drei kopulierende Paare auf einer Matratzenlandschaft zu sehen. Die Frauen lassen sich gelangweilt in allen möglichen Stellungen vögeln, machen »Aaah!«, »Oooh!«, »Uuuh!«, und die Männer bemühen sich nach Leibeskräften, es ihnen so richtig zu besorgen.

Ich habe solche Angst, eine Erektion zu bekommen, dass ich keine bekomme, was alles noch viel schlimmer macht. Was ist, wenn ich jetzt lebenslang Erektionsstörungen habe?

Moritz' Ding steht dafür wie eine Eins.

»Was sehe ich da!«, ruft Roderich auch prompt. »Beherrsche deinen Schwanz! Tag drei ist der schwierigste. Die restlichen drei Tage wird dann alles besser. Aber glaubt mir, Männer: Nur wer alle sechs Tage durchsteht, wird wirklich der Hammer im Bett sein!«

Moritz sagt: »Ich glaube, ich werde doch auf ›Schwiegertochter gesucht‹ umsatteln. Das ist einfacher.«

»Quatsch. Du bist gar nicht verrückt genug«, will ich ihn von seinem Entschluss abbringen. »Oder willst du mir erzählen, dass du in deiner Freizeit Mett-Igel herstellst oder Kratzbilder?«

Moritz glotzt mich an. »Ja«, sagt er dann. »Mutti mag Mett-Igel. Besonders die mit den Oliven als Augen. Das hab ich mal im Fernsehen gesehen. Ich glaube, das war ...«

»*Schwiegertochter gesucht*«, vervollständige ich seinen grauenhaften Satz.

Moritz' Erektion verschwindet langsam wieder, weil er nicht mehr bei der Sache ist. Bestimmt denkt er über seine noch zu findende Traumfrau nach, auf die er dann umsatteln wird.

»Es ist alles so traurig«, sagt Moritz irgendwann und schaut mal wieder auf die Leinwand. Roderich und Arbogast sind derzeit mit anderen Erektionsbekämpfungen beschäftigt und beachten uns nicht. »Oh, da hinten hängt ja ein schönes Bild«, sagt er. »Schau mal, hinter dem Mann mit dem Schnauzbart, der Nackte, der nur noch Tennissocken trägt. Ich glaube, das auf dem Bild ist ein Panda. Das sind so hübsche Tiere. Ich habe ja eine Schwäche für Tiere, die unförmig oder dick sind. Und vom Aussterben bedroht. Auf meinem Bett hab ich auch ein Panda-Kuscheltier. Ein Weibchen. Es heißt Ulla.«

Ich sage nichts mehr. Sicher ist es besser, wenn Moritz den von ihm selbst vorgeschlagenen Weg nun doch geht.

Mia

Mark hat recht. Eigentlich ist alles ganz einfach. Jetzt muss Leonhard es nur noch kapieren.

»Ich werde zu ihm gehen«, sage ich und sehe Mark entschlossen an.

»Natürlich wirst du das, Mia. Wahrscheinlich seid ihr beide wie füreinander gemacht und habt es die ganzen Jahre nicht gemerkt.«

»Wie dumm wir waren.« Ich mache eine kurze Pause und denke nach. »Warte mal. Woher will ich denn wissen, dass er mich auch liebt?«

»Das gilt es herauszufinden«, sagt Mark. »Aber glaub mir, ich habe recht. Es liegt doch alles auf der Hand. Ihr wart die besten Freunde, habt euch blind verstanden, ohne in die Kiste zu springen. Jetzt ist es dazu gekommen, und ihr seid beide durcheinander. Und ihr fandet es beide toll. Sonst hätte Leonhard nicht gleich noch mal mit dir schlafen wollen an dem Abend. Ihr habt nicht miteinander gesprochen, das ist das Problem. Und deshalb gab es lauter Missverständnisse.«

»Halt«, sage ich. »Leonhard hat gesagt, ich sei keine Frau fürs Bett.«

»Ja«, sagt Mark. »Weil er dich als Freundin nicht verlieren will. Dass beides möglich ist, darauf seid ihr ja leider nicht gekommen.«

»Wie gut, dass du da bist.« Ich stehe auf, um noch eine Flasche Wein zu holen.

»Wann willst du zu ihm gehen?«, fragt Mark, nachdem ich mich wieder aufs Sofa habe fallen lassen. Ich habe meine Brille geholt und sehe jetzt wenigstens wieder etwas.

»Gleich morgen Mittag. Da ist der Laden für zwei Stunden zu.«

»Gut. Soll ich mitkommen?«

»Du spinnst wohl. Das kriege ich gerade noch alleine hin.«

»So wie alles bisher. Schon klar.« Dann nimmt Mark sein Glas und prostet mir zu. »Auf euch!«

»Auf dich«, sage ich. »Das werde ich dir nie vergessen.«

»Gut«, sagt Mark. »Und jetzt wird geschlafen. Du musst morgen fit sein.«

Ich lege mich neben ihn und kuschle mich in seinem Arm zusammen. Es ist gut so, wie es ist. Mark ist ein wirklicher Freund, mehr aber nicht. Und das genügt mir vollkommen. Weil ich nämlich jetzt weiß, was ich will. Wen ich will. Und ich werde nicht länger um den heißen Brei herumreden.

Leo

Plötzlich fühle ich mich grandios, so gut wie noch nie in meinem Leben. Ich habe nämlich keine Erektion. Das heißt, ich habe meinen Schwanz im Griff, obwohl auf der großen Leinwand eine üppige Blondine mit Megabrüsten mit zwei Männern einen flotten Dreier hinlegt und man wirklich alles bis ins Detail sehen kann. Den anderen Männern geht es leider nicht so wie mir. Sie versuchen verzweifelt, Herr über ihre missliche Lage zu werden, vergebens.

Ich aber, ich habe es geschafft! Jetzt ist Halbzeit. Drei Tage habe ich schon gepackt. Die anderen drei Tage werde ich auch noch rumkriegen. Und dann gehe ich zu Sarah!

Bis dahin werde ich mich verbarrikadieren, mit niemandem sprechen und in Ruhe gelassen werden. Ich will mich voll und ganz auf meine Aufgabe konzentrieren.

»Wollen wir zusammen irgendwo ein Glas Wasser trinken gehen?«, fragt mich Moritz.

»Nein.« Während sich nun noch mehr Pornodarsteller auf der Leinwand tummeln, stehe ich heroisch ohne Erektion da. »Ich habe eine Mission zu erfüllen.«

Mia

»Wo kann er denn sein? Er ist jetzt schon drei Tage verschwunden.«

Mr. Bean ist genauso ratlos wie ich. »Ich war ja gestern nicht da. Ich habe nur diese kryptische SMS von ihm bekommen. Hier, schau.« Er hält mir sein Handy hin. »Melde mich für einige Zeit ab, bin nicht erreichbar. Schmeißt den Laden alleine oder macht ihn zu. Mir egal. GlG Leo«

»So kenne ich ihn ja gar nicht«, sage ich verdutzt.

»Edda und ich haben uns auch schon überlegt, dass es gut möglich sein könnte, dass Leo entführt worden ist«, teilt Mr. Bean mir aufgeregt mit.

»Ja«, sagt Edda mit rotem Gesicht. »Das könnte eine versteckte Botschaft mit einer Forderung nach Lösegeld sein. So nach dem Motto: Wenn ihr nicht zahlt, wird er sterben.«

»Wie kommt ihr denn darauf?« Ich begreife die Gedankengänge der beiden nicht.

»Schmeißt den Laden alleine heißt eventuell, dass wir zahlen müssen, und zumachen heißt ermorden.«

»Das ist doch absoluter Quatsch«, rege ich mich auf. Ich möchte die beiden schütteln. Sie stehen vor mir wie zwei aufgeregte Sechsjährige, die ihre erste Fahrt in der Geisterbahn vor sich haben. »Wieso sollten denn Entführer so was schreiben und dann ausgerechnet noch von seinem Handy aus? Das stiftet doch nur Verwirrung. Wenn ich ein Kidnapper wäre, würde ich mir einen Stimmenverzerrer besorgen und dann von einem Prepaid-Handy aus anrufen und genau sagen, was ich will. Habt ihr schon mal versucht, Leonhard zu erreichen?«

Nun ist Mr. Bean angesäuert. »Natürlich. Was denkst du denn? Obwohl ich wirklich Besseres zu tun habe. Jetzt habe ich das Café an der Backe. Dabei wollte ich mir doch noch ein paar Tage freinehmen, wegen Anne.«

»Wer ist das denn?«, frage ich.

Mr. Bean schaut mich entgeistert an. »Na, die Frau, mit der ich in St. Peter Ording war. Das habe ich doch erzählt. Wie kann man Anne vergessen?«

»Ich kenne sie ja nicht.«

»Sie ist dämlich«, sagt Edda. »Sie hat meinen Bruder abgeholt und geschnattert wie eine Gans. Sie hat Strähnchen, Mia, kannst du dir das vorstellen? Die kommt mir nicht in die Wohnung. Dann auch noch mit zwei antiautoritär erzogenen Kindern. Das mache ich nicht mit. Bestimmt trinken die Kinder den ganzen Tag nur Milch. Ich mit meiner Laktoseintoleranz. Nein danke! Da kannst du dir eine neue Wohnung suchen, Bruderherz!«

»Mal du lieber deine Aquarelle und reiß die Klappe nicht so weit auf«, herrscht Mr. Bean seine Schwester an. »Das ist meine Sache. Und wenn ich will, dass Anne hier einzieht, auch mit Kindern, dann wird das gemacht. Der Mietvertrag läuft immerhin auf meinen Namen.«

Edda ist stinksauer. »Ja, schmier mir das bloß immer wieder aufs Butterbrot. Wer macht denn hier alles? Du ja wohl nicht! Hast du schon mal den Müll runtergebracht oder die Spülmaschine ausgeräumt? Hast du schon mal gewaschen und gebügelt und gesaugt und gewischt und Fenster geputzt?«

»Nein. Dafür bezahle ich die Miete.«

»Na und? Das, was ich für dich tue, ist mit Geld nicht zu bezahlen.«

»Ich gehe jetzt«, sage ich müde, aber die beiden hören mir gar nicht zu.

»Die Miete ist nicht gerade niedrig«, blafft Mr. Bean seine Schwester an.

»Wie eine Mutter sorge ich für dich«, keift Edda zurück. »Wer hat sich denn wochenlang anhören müssen, dass deine Verdauung zu wünschen übrig lässt? Wer ist denn in die Apotheke gerannt und hat Flohsamenschalen besorgt, damit das wieder läuft? Wer hat denn …«

»Tschüs.« Ich lasse die beiden einfach in der Küche zurück. Sie bemerken noch nicht mal, dass ich gehe.

Ich rufe Mark an. Vielleicht hat er eine Idee, wo ich Leonhard suchen soll. Hat er natürlich nicht, er kennt sich ja in Hamburg nicht mal richtig aus. Aber dafür hat er abends Zeit für mich. Darüber bin ich sehr froh.

Und langsam beginne ich wirklich, mir Sorgen zu machen.

Leo

Ich habe es geschafft! Die letzten drei Tage waren wider Erwarten anders als die ersten. Da war ein waschechter weißhaariger, geschätzt hundert Jahre alter Guru – jedenfalls hat er sich als solcher bezeichnet –, der uns genau erklärt hat, wie man sich in eine Frau hineinversetzt. Wie man Liebe, Eros und Spiritualität verbindet. Der Guru hat viel über seine eigene Erfahrung referiert und darüber, wie man seine eigene Mitte findet, nämlich indem man körperlich und emotional entspannt. Er sagte so Sachen wie: Du lernst, dich als sexuelles Wesen in deinem männlichen Körper zu akzeptieren und wohl zu fühlen. Dich in deiner Sinnlichkeit und Erotik zu bejahen und damit auch bewusst in Kontakt zu treten. Und du hast auch die

Möglichkeit, Abschied von alten Bindungen zu nehmen und alte Verletzungen und Verluste in kraftvollen Übungen und Ritualen zu heilen, um dich wieder neu für die Liebe öffnen zu können.

Es war sehr interessant. Nun habe ich ein richtiges Zertifikat, das mich als *geprüften Dosenöffner* bezeichnet. Sorge hat mir nur die Rechnung bereitet. Daran habe ich vorher natürlich gar nicht gedacht. Aber Arbogast und Roderich müssen schließlich auch Geld verdienen, und der Guru musste ebenfalls bezahlt werden. Trotzdem finde ich, dass 1500 Euro pro Person eine Stange Geld sind. Mr. Beans Teilnahmegebühr habe ich für ihn ausgelegt. Ich werde mir das Geld später wieder holen.

Moritz ist nicht noch mal aufgetaucht. Ich habe das alleine durchgestanden. Am vierten Abend wurde in Rollenspielen geprobt, was man einer Frau beim Sex nie sagen (»Hast du schon mal über eine Tittenvergrößerung nachgedacht?«) und bei welchen Fragen man unbedingt lügen sollte (»Liebst du mich?« »Ja, natürlich. Ich habe noch keine andere Frau so sehr geliebt wie dich.«). Roderich war recht zufrieden mit mir. Abend Nummer fünf begann mit einer Abhandlung von Arbogast über sexuelle Vorlieben, und ich lernte, dass es Menschen gibt, die gerne gemeinsam »der Flatulenz frönen«, ich weiß nun, dass es Frotteurismus gibt (Frotteure erregt es, ihre Körper in der Öffentlichkeit an denen von Unbekannten zu reiben), und es gibt Menschen, die möchten gern wie ein Pferd behandelt werden. Und, und, und.

Am sechsten Abend, also am Abschlussabend, haben wir alles noch mal besprochen, dann wurden uns die Zertifikate ausgehändigt, wir mussten bezahlen, und alle haben sich gegenseitig noch mal auf die Schulter geklopft.

Dann kamen die Ehefrauen von Arbogast und Roderich, um ihre Männer abzuholen, und ich war wirklich baff. Die beiden

Damen sahen aus, als seien sie gerade einem Modekatalog entsprungen. Und Arbogast und Roderich kann man jetzt nicht wirklich attraktiv nennen. Das hat allen anwesenden Männern Hoffnung gegeben. Am interessantesten fand ich den Abend mit dem Guru. Darüber habe ich wirklich noch lange nachgedacht. Das war nicht dumm, was der weise alte Mann gesagt hat.

Zwischenzeitlich habe ich bei eBay 40- und 60-Watt-Birnen zu einem sagenhaften Schnäppchenpreis ersteigert und noch mal mit Nils telefoniert. Er diskutiert viel mit Vanessa. Ich frage mich zwar, wie das geht, hüte mich aber, ihn danach zu fragen. Das ist nicht mehr mein Problem.

Ich weiß, dass ich es diesmal bei Sarah schaffen werde. Mein Selbstbewusstsein ist so groß wie nie zuvor. Auch wegen des Gurus.

Ich habe wirklich nur noch Sarah im Kopf. Sonst nichts. Mr. Bean soll sich ums Café kümmern, eine entsprechende SMS habe ich ihm geschickt. So. Und nun einen Schritt nach dem anderen.

Die letzten Abende habe ich wie ein angehender Stalker vor Sarahs Haus gestanden. Es brannte immer Licht. Das lässt mich für heute Abend hoffen. Es ist noch nicht allzu spät, und ich renne nach dem Dosenöffner-Seminar schnell nach Hause, um zu duschen.

Leo

»Da bist du ja, Plupsi!«, ruft mein Vater froh. »Dass du dich mal wieder blicken lässt.«

Weil ich überhaupt nicht wissen möchte, was mit meiner Wohnung passiert, habe ich mich in den letzten Tagen in ein Hotel einquartiert.

Aber heute muss ich hierherkommen, weil ich Sarahs Lieblingshemd anziehen möchte, bevor ich zu ihr gehe. Das dunkelgrüne. Dazu werde ich meine Wildlederjacke tragen und mein bestes After Shave auflegen.

Papa kommt mir freudestrahlend entgegen. »Schön, dass du mal wieder vorbeischaust. Du, Plupsi, Folgendes: Henriette und ich haben überlegt, dass das mit dem Dielenboden doch immer recht kalt an den Füßen wird. Du hast ja keine Fußbodenheizung. Also waren wir gestern unterwegs und haben Auslegeware besorgt.«

»Schön.« Hoffentlich ist das grüne Hemd gebügelt. Und sauber!

»Uwe hat den Teppichboden ganz fix verlegt. Jetzt sparst du auch Heizkosten. Wir haben Nadelvlies gewählt. In einem ganz schicken Braunton. Kannst du dich noch an das Finanzamt in Leer erinnern? Wo wir immer so lange warten mussten? Da war exakt der gleiche Bodenbelag. Das weckt Erinnerungen.«

»Ja, ja, Papa. Du, sei mir nicht böse, aber ich muss gleich wieder los.«

»Eine Kelle Suppe, mein Junge?« Henriette steht wie aus dem Boden gestampft da.

»Nein danke. Ich bin ein bisschen in Eile.«

Uwe, Hinrich und Bobo kommen mit Bierflaschen aus der Küche. »Jo«, sagen sie im Chor. Sie sehen geschafft aus. Überhaupt sieht meine Küche, also das, was ich von ihr sehen kann, anders aus als noch vor ein paar Tagen. Nun, vielleicht wurde da ein bisschen umgeräumt. Darum werde ich mich später kümmern, wenn die Sache mit Sarah und mir endlich geklärt ist. Ich rase in mein Schlafzimmer, in dem alles mit Plastikfolie bedeckt ist, zerre mein grünes Hemd aus dem Schrank und freue mich darüber, dass es a) sauber und b) sogar gebügelt ist. Dann gehe ich ins Bad und hoffe, dass das verdammte Wasser läuft, was es auch tut.

Zwanzig Minuten später bin ich bereit.

Bereit für ein neues, glücklicheres Leben.

Jetzt muss ich nur noch ins Hotel, um rasch mein Portemonnaie zu holen, das ich dummerweise im Hotelzimmer vergessen habe. Kann ja sein, dass Sarah zur Feier des Tages ausgehen möchte, und da will ich ihr ungern auf der Tasche liegen oder mir was leihen müssen. Wie sieht das denn aus? »Ich bin wieder weg, euch einen schönen Abend!«, rufe ich in die Runde und sause nach unten.

Mia

»Das glaube ich jetzt nicht.« Ich lasse mein Handy sinken und schaue Mark an.

»Was denn?«, fragt er neugierig.

»Mr. Bean hat mir erzählt, dass Leonhard nach deinem Seminar noch so ein anderes Sexseminar gemacht hat, das ›Die Dosenöffner‹ heißt.«

»Oh«, sagt Mark.

»Ja. Das Gleiche habe ich auch gesagt. Die ersten beiden Male war Mr. Bean noch dabei, dann aber nicht mehr, weil er eine Frau kennengelernt hat. Leonhard ist alleine weiter da hingegangen.«

»Mia, ich glaub, ich muss was erklären. Leonhard hatte mich angerufen, weil du doch abgesprungen bist, und er wissen wollte, ob er auch alleine weiter an meinem Seminar teilnehmen kann. Aber das war ja nur für Paare, also hab ich ihn an ein Männerseminar weiterverwiesen. Na ja, da ist er dann wohl mit seinem Kumpel hin.«

»Also wirklich, warum macht er diesen Mist nur?«

»Schätze, er war verzweifelt.«

»Aber wo ist er jetzt nur hin? Mr. Bean weiß auch nicht, wo er steckt. Er hat bei diesen Dosenöffnern angerufen und erfahren, dass Leonhard das Zertifikat bekommen hat, mehr weiß er auch nicht.«

»Oh Gott. Nicht, dass er sich was angetan hat«, sagt Mark besorgt. Wir sitzen im Foyer des Hotels Hafen Hamburg und überlegen, was wir als Nächstes tun sollen.

»Unfug. Mr. Bean hatte auch schon so eine komische Enführungstheorie, aber der ist mit Sicherheit unterwegs zu Sarah. Lass uns erst mal zu Leonhard nach Hause fahren.«

»Gute Idee.« Mark steht auf. »Mia, das wird schon. Das kriegen wir jetzt auch noch hin. Komm mal her, du siehst so traurig aus.« Er breitet die Arme aus, und ich lasse mich hineinsinken. Mark streichelt mir übers Haar, dann rückt er ein Stück von mir ab, hebt mein Kinn und gibt mir einen sanften Kuss.

Leo

Ich stehe am Empfang des Hotels Hafen Hamburg und stelle fest, dass ich mir um Mia keine Sorgen mehr machen muss.

Sie steht da mit diesem Mark und lässt sich gerade innig von ihm küssen.

Was ist das für ein merkwürdiger Typ? Ja, okay, er ist ein alter Freund.Gut und schön, aber ich mag diesen Mann nicht, und es geht mir auf den Keks, dass Mia ihn so anhimmelt. Aber bitte. Wenn dieser Typ ihr mehr bedeutet als ich, dann ist ihr auch nicht mehr zu helfen.

Plötzlich wird mir ein bisschen schlecht, und Magensäure schießt meine Speiseröhre hoch. Das kommt mit Sicherheit davon, dass ich den ganzen Tag vor lauter Aufregung kaum etwas gegessen habe.

Das Dosenöffner-Zertifikat habe ich in eine Klarsichthülle gesteckt. Und da kommt auch schon die nette Mitarbeiterin des Hotels und nimmt meinen Schlüssel entgegen.

Jetzt kann es losgehen.

Das ist ja nun doof. Wie oft soll ich denn hier noch klingeln? Schläft Sarah vielleicht schon? Das kann ich mir zwar nicht vorstellen, weil sie eine absolute Nachteule ist, aber möglich ist alles. Vielleicht haben die letzten Tage ihr doch zugesetzt. Falls dem so sein sollte, werde ich selbstredend für sie sorgen. Mit Kraftbrühe und meiner starken Ausstrahlung, die ihr sagen wird: Mit mir kann dir nichts passieren.

Ich stelle mich gerade hin und drücke den Rücken durch, Schultern zurück, Brust raus. Ja, ich bin ein Held. Ich habe ein Dosenöffner-Zertifikat. Mr. Bean hat keins. Der hat ja jetzt Anne. Aber er wird schon noch merken, dass man ohne Zertifikat nicht weit kommt.

Ich schaue nach oben. Kein Licht. Hm. Vielleicht ist sie wirklich schon eingeschlafen. Geistesgegenwärtig sammle ich ein paar Steinchen und versuche, das Fenster im ersten Stock zu treffen. Im Zielen war ich noch nie gut, und so landen die Steine im Erdgeschoss, und es dauert nur ein paar Sekunden, bis das Fenster aufgerissen wird.

Ein Mann um die sechzig schaut böse zu mir herunter. »Wir leben im Zeitalter der Klingeln«, sagt er unwirsch.

»Tut mir leid«, antworte ich höflich. »Aber können Sie mir vielleicht sagen, ob Frau Baumann zu Hause ist?«

»Nein.«

»Aha ... Heißt das, Sie wissen es nicht? Oder wollen Sie es mir nicht sagen?«

»Sie ist nicht da. Sie ist fort.« Das ist mir klar, dass sie fort ist, wenn sie nicht da ist.

»Aha. Und können Sie mir auch sagen, wo sie hin ist?«

»Müsste ich meine Frau fragen.«

»Aha. Ja, können Sie sie eventuell fragen?«

Er murmelt etwas wie »Frechheit, Unverschämtheit« und geht vom Fenster weg. Eine halbe Minute später steht seine Frau da, zerzaust und müde. Möglicherweise ist sie vor dem Fernseher eingeschlafen und hat nun keine besonders gute Laune.

»Frau Baumann ist nicht da.«

»Das weiß ich mittlerweile, vielen Dank. Ich müsste nur wissen, wo sie ist. Ihr Mann sagt, Sie könnten mir weiterhelfen.«

»Sagt er das?«

Ich werde noch wahnsinnig. Wenn das so weitergeht, muss ich dieser Frau die restlichen Steine, die ich in der Hand halte, an den Kopf werfen. Die Konsequenzen sind mir egal.

»Ja.« Ruhig, ganz ruhig.

»Sie ist heute Mittag fort. Sie hat mir ihren Haustürschlüssel gegeben. Sie wollte eine Weile allein sein. Das war wohl alles ein bisschen viel für sie.«

Ach, Sarah hat ihren Nachbarn von uns erzählt!

»Ja, das war es! Aber jetzt wird alles wieder gut. Wenn ich sie nur finde.«

»Viel Glück«, sagt die Frau. »Sagen Sie ihr, es wird schon werden. Und man kann über alles reden.«

Also hat Sarah der Nachbarin von unserem Dilemma erzählt. Das werte ich als gutes Zeichen, dann liegt ihr was an uns!

Ich nicke und hebe zum Gruß die Hand.

Jetzt gilt es, Sarah zu finden.

Mein Telefon klingelt. Wenn das jetzt Sarah ist, dann ist das ein Wink des Schicksals.

»Plupsi! Hier ist Mama!«

»Mama! Was ist los? Du klingst irgendwie komisch.«

Meine Mutter putzt sich die Nase so laut wie ein Elefant, der unter Schnupfen leidet. »Es ist wegen Papa.«

»Ist was passiert?« Nicht dass mein Vater sich was gebrochen hat bei dieser verdammten Renovierung, die so überflüssig ist wie ein Geschwür.

»Sicher ist was passiert. Sonst würde ich ja nicht anrufen.« Danke schön. Das ist ja ein Riesenkompliment für mich. »Es geht um diese Nachbarin.«

»Henriette?«

»Du duzt deine alte Nachbarin? Was sind denn das für Zustände? Jedenfalls habe ich versucht, Papa bei dir zu Hause anzurufen, aber er kommt ja mit diesen ganzen Knöpfen an den neumodischen Telefonen nicht zurecht. Jedenfalls hat er abgehoben, dann aber wohl nichts verstanden, und dann hat er den Hörer weggelegt, allerdings ohne wieder aufzulegen. Kannst du mir folgen?«

»Ja.« Das ist ja nun keine Abhandlung über Atomphysik.

»Ich war noch über eine halbe Stunde dran und habe zugehört«, schluchzt meine Mutter und pustet schon wieder in ein Taschentuch. »So habe ich deinen Vater noch nie erlebt.«

»Ach.«

»Dauernd hat er zu dieser Henriette gesagt, dass sie ja sooo toll ist und eine so leckere Erbsensuppe gekocht hat. Als ob ich das nicht könnte!«

»Mh.«

»Jetzt sag es doch.«

»Was denn?«

»Dass meine Suppe leckerer ist als die von deiner Nachbarin.« Mutti schnieft.

»Woher soll ich das wissen? Ich hab sie ja noch nicht probiert.«

»So was weiß man doch.«

»Gut. Deine ist besser.«

»Wirklich?«

»Ja.«

»Ich kaufe ja auch immer auf dem Markt ein. Alles ganz frisch. Diese Frau Krohn geht bestimmt zum Discounter. Hat sie schon Probleme mit dem Gehen?«

»Ja«, sage ich, obwohl das nicht stimmt. Aber ich will das Gespräch mit meiner Mutter ohne Streit beenden.

»Die beiden klangen so harmonisch miteinander«, klagt sie weiter. »Als ob sie sich in- und auswendig kennen würden. Da war keine einzige Meinungsverschiedenheit.«

»Na ja, in einer halben Stunde muss man sich ja nicht zwangsläufig streiten. Wenn man vierzig Jahre verheiratet ist, kommt das öfter mal vor.«

»Jedenfalls habe ich nachgedacht«, sagt Mama. »Und ich bin zu einem Entschluss gekommen. Dein Vater fehlt mir. Ich werde Kompromisse mit ihm schließen. Er darf seine Eisenbahn und den ganzen anderen Kram behalten. Auch die Kartons mit den Ausgleichsmuffen. Das Haus ist so still und leer ohne ihn. Niemand meckert, niemand sucht was. Furchtbar. Und vierzig Jahre wirft man ja nicht so einfach weg. Ach, Plupsi, bitte rede du mit Papa!«

»Mama«, sage ich, »kann es vielleicht sein, dass du diesen Entschluss erst gefasst hast, nachdem du Papa und Henriette belauscht hast?«

»Nein, natürlich nicht.«

»Mama ...«

»Na gut. Ja. Das ist doch aber nicht weiter schlimm. Er soll zurückkommen. Er fehlt mir.«

»Ich werde es ihm sagen. Und jetzt muss ich Schluss machen.«

»Sag Papa, dass ich eine Überraschung für ihn habe«, erklärt sie. »Ich habe ein paar Streckenarbeiter besorgt und einen kleinen Bahnhofskiosk. Da wird er sich freuen.«

»Bestimmt. Mama, ich muss jetzt wirklich auflegen.« Und das tue ich dann auch einfach.

Wo ist Sarah?

Mein Handy klingelt schon wieder.

»Hallo. Hier ist Sarah.«

Das gibt es nicht. Das ist das Zeichen, *das* Zeichen.

»Leo, können wir uns treffen? Ich muss dir etwas Wichtiges sagen.«

25

Mia

»Was zum Teufel ist das?«, frage ich fassungslos. »Das kann ja wohl nicht wahr sein.« Ich starre auf das Zertifikat wie auf eine Atombombe. Als wir an der Rezeption vorbeigegangen sind, habe ich zufällig auf den Tresen geschaut und auf diesem Wisch Leonhards Namen gelesen, sonst wäre er mir gar nicht weiter aufgefallen.«

»Wie blöde kann man bitte sein?«, sage ich zu mir selbst.

»Hm«, brummt Mark.

»Meine Güte, er macht sich zum absoluten Volldeppen wegen dieser Sarah«, sage ich entsetzt.

»Na ja, was macht man nicht alles aus Liebe. Und er ist eben sehr gekränkt worden.« Mark kennt die Geschichte mit der Niete und der Gummipuppe mittlerweile auch. »Wobei ... So etwas muss man eigentlich merken«, regt Mark sich jetzt auch auf.

»Er macht wahrscheinlich gerade den größten Fehler seines Lebens«, sage ich bitter. »Ich wette, er ist auf dem Weg zu Sarah. Wahrscheinlich wollte er das Zertifikat mitnehmen und ihr zeigen. Und sich damit noch lächerlicher machen, als er es ohnehin schon getan hat. Wenn ich das nur irgendwie verhindern könnte. Wenn ich nur ...«

»Hast du seine Handynummer?«, unterbricht mich Mark ungeduldig.

»Blöde Frage. Natürlich. Meinst du, ich soll ihn anrufen?«

»Nein. Dann schaltet er das Handy wahrscheinlich aus, weil

er ungestört sein will mit dieser Sarah. Gib mir mal seine Nummer. Ich hab eine Idee.«

Er holt einen Zettel und einen Stift aus seiner Aktentasche und schreibt sich Leonhards Nummer auf.

»Ha«, sage ich. »Wenn du ihn orten willst – das geht nicht so einfach. Da muss man eine entsprechende Funktion auf dem iPhone aktivieren.«

»Nicht, wenn man einen guten Freund hat, der für einen der größten deutschen Mobilfunkanbieter arbeitet«, erklärt Mark und grinst. »Warte ab.«

Leo

Wie ein Geistesgestörter brettere ich Richtung Autobahn.

Ich bin sehr, sehr glücklich.

Jetzt wird alles gut.

Mein iPhone klingelt schon wieder. Langsam nervt es. Natürlich nicht, wenn es Sarah ist. Aber es ist mein Vater.

»Leo, hör jetzt gut zu.« Ohoh, wenn er mich bei meinem Vornamen nennt, heißt das nichts Gutes.

»Ja ...«

»Ich sitze hier mit Henriette, und wir sind zu einem Entschluss gekommen.« Hurra! Die Handwerker werden zurück in die Heimat geschickt. Vielleicht klappt das dann auch nicht mehr mit dem Teppichboden?

»Aha. Zu welchem denn?« Hoffentlich sieht mich keine Zivilstreife, ich habe keine Lust, heute noch wegen Telefonieren am Steuer einen Strafzettel zu bekommen.

»Ich habe dir nicht die ganze Wahrheit gesagt«, fängt mein Vater an.

»Mama hat mir alles erzählt. Das mit der Eisenbahn und deinen ganzen Macken.«

»Ach, hat sie das?«

»Ja.«

»Und hat sie dir auch von *ihren* ganzen Macken erzählt?«

»Nein. Welche Macken hat sie denn?«

»Einen Putzfimmel zum Beispiel. Sie reißt mir den Frühstücksteller weg, kaum dass ich mein Brötchen zu Ende gegessen hab, weil sie den Anblick von dreckigem Geschirr nicht ertragen kann. Dann hat sie seit Neuestem diesen Tick mit den Stöcken.«

»Nordic Walking nennt man das. Du hast davon erzählt.«

»Von mir aus. Jedenfalls soll ich jetzt auch Sport treiben, weil ich ja angeblich zur Fettleibigkeit neige. Dabei stimmt das gar nicht. Und sie behauptet, ich würde sie bremsen und hätte eine negative Ausstrahlung auf sie. So. Dann ihr Kontrollzwang. Bei allem fragt sie nach, schnüffelt herum und ist nur am Keifen. Das hält der stärkste Mann nicht aus. Wenn ich wenigstens noch berufstätig wäre. Aber so muss ich mir das den ganzen Tag lang anhören.«

»Und nun?«

»Durch Frau Krohn, mein lieber Sohn, habe ich die letzten Tage gelernt, dass es auch anders gehen kann. Wir verstehen uns so gut, so gut habe ich mich mit deiner Mutter die letzten dreißig Jahre nicht verstanden.«

»Papa, am Anfang ist doch immer alles viel schöner und einfacher.«

»Nein. Deine Mutter muss endlich mal merken, dass sie so mit mir nicht umspringen kann. Soll sie doch Nordic Walken, bis sie umfällt.«

»Mama hat gesagt, sie will dich zurück.«

»Ach. Das ist ja interessant. Und woher kommt dieser plötzliche Sinneswandel?«

»So halt.«

»Unfug. Bei deiner Mutter gibt es kein ›So halt‹.«

Auch wieder wahr. Papa hat in vielem recht.

»Ich werde vorerst hierbleiben«, informiert mich mein Vater.

Ich sehe Sternchen. »Bei mir?« Ich kreische diese Frage fast.

»Nein, bei Henriette. Sie hat ein Gästezimmer. Dort werde ich Abstand gewinnen und zu mir selbst finden. Henriette sagt auch, ich soll jetzt bloß keine Übersprunghandlung begehen. Aber, Leo, woher kommt denn nun der plötzliche Wandel bei deiner Mutter? Irgendwas muss doch passiert sein.«

»Sie ist eifersüchtig«, gebe ich zu. »Du hast letztens mit ihr telefoniert und dann den Hörer nicht richtig aufgelegt. Sie hat mitbekommen, wie du mit Henriette gesprochen hast. Und dass das wohl alles sehr harmonisch ist mit euch.«

»Wusste ich es doch. Sie sieht ihre Felle davonschwimmen. So war sie schon immer. Wenn sie merkt, dass sie nicht mehr den Daumen draufhat, gibt sie klein bei. Da habe ich aber keine Lust mehr drauf. So. Jetzt habe ich es dir gesagt. Manchmal merkt man erst sehr, sehr spät, was gut für einen ist. Ich hoffe sehr, dass dir das nicht passiert und du es rechtzeitig erkennst. Da gibt es nämlich etwas, das du erkennen solltest.«

Jetzt wird Papa theatralisch. »Was denn?«

»Das wirst du schon noch herausfinden. Aber warte nicht zu lange.«

»Falls es um eine Frau geht, Papa, musst du dir keine Sorgen machen. Ich bin auf dem Weg zu ihr, um alles zu klären.«

»Gott sei Dank«, sagt Papa. »Ich dachte schon, du würdest es nie kapieren. Aber dann ist ja jetzt alles gut. Ich werde nun mit Henriette Lammfilets braten und dabei einen guten Merlot trinken. Mach es gut, mein Junge.«

Endlich kann ich in Ruhe weiterfahren. Mein Vater kennt mich doch besser, als ich dachte. Aber dass er eine solche Intuition hat und sogar das mit Sarah spürt? Wahnsinn!

Nach einer gefühlten Ewigkeit erreiche ich endlich die Ausfahrt und komme nach einer weiteren Ewigkeit endlich in einen Ort.

Sarah wartet in einem kleinen Hotel in der Nähe vom Strand auf mich.

Mia

Endlich hat Mark seinen Freund erreicht.

»Leonhard befindet sich in Timmendorfer Strand. Hotel ›Sternschnuppe‹.«

»Oh«, knirsche ich, »wie romantisch!«

»Sei nicht so sarkastisch und komm jetzt.«

Wir verlassen die Lobby und laufen zu seinem Mietwagen. Dann hält er mich am Ärmel fest. »Warte mal.«

»Was ist denn? Komm, wir müssen los.«

»Kannst du mein Handy bitte einstecken? Meine Jackentasche ist so groß. Ich hab Angst, dass es rausfällt.«

»Wie soll ich es Leonhard bloß sagen?«, frage ich und lasse sein Handy in meine Handtasche fallen.

»Das wird sich zeigen. Das kann man nicht im Voraus planen. Aber am besten sagst du ihm einfach die Wahrheit. Was soll man da noch groß drum herumreden? Das bringt doch alles nichts.«

»Bist du dir sicher, dass es die richtige Entscheidung ist?«

»Darauf kommt es nicht an. Bist *du* dir sicher?«

Ich denke kurz nach. »Ja«, sage ich dann, weil ich mir wirklich sicher bin. Und auf einmal kommt mir alles ganz, ganz einfach vor. Der Mietwagen ist ein Zweisitzer und viel zu eng. Ich bringe kaum meine Beine unter. Deswegen lege ich meine doch sehr große Tasche in den Kofferraum.

Dann fahren wir endlich los.

Leo

Ich finde die Straße, in der sich das Hotel Sternschnuppe befindet, auf Anhieb. Es ist ein schönes altes Gebäude, hellblau angestrichen, ich schätze, es wurde so um 1900 gebaut. Im Empfangsraum sieht es auch danach aus. Antike Truhen und Schränke, schöne alte Teppiche mit orientalischen Mustern und Brokattapeten. Auf dem Mahagonitresen befindet sich eine Glocke, auf die ich schlage, und kurz darauf kommt eine hutzelige, alte Frau aus dem Raum hinter dem Empfangsbereich und fragt nach meinen Wünschen.

Ich sage ihr, dass ich verabredet bin, und sie erklärt mir den Weg zu Zimmer Nummer 14, in dem Sarah auf mich wartet.

Als ich vor der Tür stehe, klopft mein Herz wie wild, um ehrlich zu sein, es rast wie der Rennwagen von Sebastian Vettel.

Ich klopfe an.

Eine Sekunde später hängt Sarah an meinem Hals. »Oh Leo! Leo! Ich bin ja so froh, dass du da bist! Danke, dass du gekommen bist. Ach, es ist alles so furchtbar, Leo! Ich habe so einen furchtbaren Fehler gemacht!« Sie heult, und mein Hals wird nass. Ich tätschle ihr den Rücken, drücke sie fest an mich und sage: »Alles wird wieder gut. Es wird alles, alles wieder gut. Wir schaffen das, glaub mir.«

Sie hebt ihren Kopf und schaut mich an. Ach, wie hilflos sie aussieht! Die Augen verquollen, die Wimperntusche verschmiert. Sie sieht so süß aus, dass ich sie am liebsten vernaschen würde.

»Ich weiß gar nicht, was ich tun soll«, schluchzt Sarah.

»Komm, wir setzen uns erst mal hin.«

»Nein, lass uns an den Strand gehen. Ich brauche frische Luft.«

»Aber es ist doch schon dunkel.«

»Na und? Ich habe ja nicht vor zu schwimmen.«

»Na gut.«

Sie nimmt ihre Jacke, und dann verlassen wir das Hotel. Zum Strand sind es nur ein paar Meter. Ich halte Sarah fest im Arm, und dann stehen wir an der Ostsee und schauen auf das glitzernde Wasser. Es ist Vollmond, und alles sieht so friedlich aus. Leise schwappen die Wellen ans Ufer. Es ist kalt, aber was macht das schon? Es ist perfekt. Ich bin so glücklich. Endlich hat sie es eingesehen.

»Das mit Nils, das war nichts«, sagt Sarah.

»Ich weiß.« Ich nicke und ziehe sie noch fester an mich.

»Erst dachte ich, alles sei gut, aber dann … Er hat sich ja von mir getrennt, aber ich wollte ihn unbedingt zurück. Er hatte ja so große Geldsorgen, die haben ihn richtig fertiggemacht, aber ich habe ihm immer wieder gesagt, dass das doch nichts mit uns beiden zu tun hat!« Sie zieht die Nase hoch, und ich suche in meiner Jacke nach einem Taschentuch. Ich möchte ganz Kavalier sein. Schade, dass wir nicht im 19. Jahrhundert leben, dann könnte ich Sarah Stühle zurechtrücken und würde mich natürlich auch erheben und kurz nicken, wenn sie aufsteht.

»Und dann kam alles zusammen«, sagt Sarah traurig. »Heute hatte ich ein Gespräch mit meinem Chef.«

»Aha. Und?« Sarah arbeitet als Sachbearbeiterin bei einer Versicherungsgesellschaft.

»Es ist so schrecklich«, schnieft sie.

»Jetzt sag doch mal, was los ist.«

»Ich hab Geld unterschlagen. Und er hat es rausgekriegt.«

»WAS?«

»Ja. Ich wollte Nils helfen, damit wir wieder zusammen sein können.«

»Das ist nicht dein Ernst«, sage ich entsetzt.

»Doch. Jetzt hat mein Chef das rausgekriegt und will mich anzeigen.« Sie bricht in Tränen aus.

»Warte mal. Nils war noch mal bei mir im Café, und er war total zerknirscht.«

»Ja, das ist seine Masche. Er gibt den Verzweifelten, den Unschuldigen, dem man einfach helfen *muss*. Aber nachdem ich ihm das Geld gegeben habe, hat er sich einfach nicht mehr bei mir gemeldet. Stattdessen habe ich einen Anruf von einer seiner Exfreundinnen bekommen, die uns mal zusammen gesehen und dann meinen Namen und meine Rufnummer herausgefunden hat. Sie hat mir erzählt, dass er sie auch ausgenommen hat wie eine Weihnachtsgans und dann einfach verschwunden ist.«

»Unfassbar. Und jetzt?«, frage ich dämlich.

»Leo, bitte!« Sarah fasst mir an die Schultern. »Hilf mir! Kannst du mir Geld geben?«

»Äh.« Ich bin völlig überfordert.

»Wenn ich das Geld zurückzahle, sieht mein Chef von einer Anzeige ab. Den Job bin ich natürlich trotzdem los, aber dann habe ich wenigstens eine Perspektive.«

»Ich verstehe gar nichts mehr. Wie konntest du denn nur so blöd sein?«

»Ich weiß ja auch nicht«, sagt Sarah müde. »Ich hab Nils halt geliebt.«

»Ich dachte, du liebst mich«, mache ich mich zum Affen. »Ich dachte, du wolltest mir hier und heute sagen, dass du wieder mit mir zusammen sein willst.« Ich starre verzweifelt den Mond an, als könnte der mir helfen.

»Wie kommst du denn darauf?«, fragt Sarah verwirrt. »Das haben wir doch schon geklärt. Ich hab dir doch gesagt, dass das mit uns nichts wird. Ich brauche Geld. Und ich weiß ja, dass du ein Sparbuch hast und mit dem Café ganz gut verdienst.«

Moment. Sarah ist in Not – vielleicht schweißt uns das ja zusammen? Manchmal muss man eben Opfer bringen.

»Wie viel brauchst du denn?«

»Vierzigtausend Euro.«

»WAS???«

»Ja.«

»Entschuldige bitte mal. Wie konntest du denn so viel Geld in so kurzer Zeit abzwacken?«

»Das geht schon. Da gibt es Mittel und Wege.«

»Aber das ist doch total kriminell.«

»Ich weiß.« Sarah fängt schon wieder an zu heulen. »Ich weiß doch, Leo, ich weiß. Bitte hilf mir. Ich glaube, sonst bring ich mich um.«

»So schnell bringt man sich nicht um«, erkläre ich ihr. »Du liebst mich also gar nicht? Du willst nur mein Geld?«

Sarah zögert. »Na ja«, sagt sie dann. »Wir können es ja noch mal versuchen. Wenn du willst.«

»Lass uns doch erst mal zum Hotel zurückgehen. Mir ist eiskalt.«

»Na gut.«

Ein paar Minuten später sind wir in Sarahs warmem Zimmer.

26

Mia

»Ich war ewig nicht mehr am Meer. Dabei ist es so schön«, sage ich zu Mark, nachdem wir geparkt haben.

»Deswegen sind wir aber nicht hier.« Mark stellt den Motor ab. »Da ist das Hotel, es brennt Licht, also muss jemand da sein. Bist du bereit?«

»Ja.«

Ich will aussteigen, aber die Tür lässt sich nicht öffnen.

»Kannst du mir mal aufmachen? Ich glaube, die Kindersicherung ist aktiviert.«

»Warte.« Mark versucht, die Tür zu öffnen, scheitert aber genauso wie ich. »Was ist denn das?«, fragt er. »Diese verdammten Mietwagen nerven mich. Jeder funktioniert anders.«

»Hast du eventuell irgendwas falsch eingestellt oder den Wagen von innen verriegelt?«

»Nein.« Mark drückt ungefähr fünfzig Mal auf den Entriegelungsknopf unter dem Seitenfenster, aber nichts passiert.

»Versuch mal, das Fenster runterzulassen.«

Mark will den Wagen wieder starten, aber es tut sich nichts.

»Jetzt können wir noch nicht mal mehr zu einer Tankstelle oder Werkstatt fahren«, sage ich verzweifelt.

»Mach jetzt bitte keine Panik, Mia. Das Auto brennt ja nicht.«

»Noch nicht«, jammere ich. »Aber was machen wir, wenn es anfängt zu brennen?«

»Warum sollte das denn passieren? Wir rufen jetzt den ADAC, die werden uns hier schon rausholen.«

»Okay.« Ich bin erleichtert und greife nach meiner Tasche. Sie ist nicht da. Natürlich. Jetzt fällt es mir wieder ein. Ich habe sie ja in den Kofferraum gelegt. Und Marks Handy ist da auch drin. Das darf doch nicht wahr sein!

»Meine Tasche ist im Kofferraum. Zusammen mit unseren Handys.«

»Mist.«

Es ist schon spät und kein Mensch mehr auf der Straße. Warum auch? Wer geht im Winter bei Dunkelheit in Timmendorf noch spazieren? Nur Suizidgefährdete.

»Und nun?« Mir wird langsam kalt.

»Weiß ich auch nicht.« Mark schlägt wütend mit der flachen Hand aufs Lenkrad. »So ein Mist. Das muss irgendwas mit der Elektrik zu tun haben. Ich kenne mich mit Autos überhaupt nicht aus.«

Erschöpft lehne ich mich zurück. Das kann ja heiter werden. Ich habe mir schon immer gewünscht, eine Nacht bei Minusgraden im Auto zu verbringen. Wir werden entweder verbrennen, erfrieren oder an einer CO_2-Vergiftung sterben.

Leo

Sarah fängt an, mich zu küssen, und ich bin vollkommen baff und mache erst mal gar nichts. Aber dann küsse ich sie zurück, eine Sekunde später liegen wir auf dem Bett. Ich muss an die Sprüche dieses Gurus denken und versuche, mich in Sarah hineinzuversetzen. Ich bin abwechselnd zärtlich und fordernd und achte darauf, wie sie reagiert. Und es scheint zu klappen.

»Hey, du hast ja echt was gelernt.« Sarah nickt anerkennend und fängt an, mein Hemd aufzuknöpfen.

Und ich – ich setze mich plötzlich auf. Denn mit einem Schlag wird mir klar, dass ich gerade dabei bin, absoluten Bockmist zu bauen.

»Nein«, sage ich. »Ich bin ein Vollidiot. Wie konnte ich das tun?«

»Was?« Sie hält einen Hemdknopf in der Hand, der bei meinem abrupten Aufsetzen abgerissen ist, und schaut irritiert zuerst den Knopf und dann mich an.

»Mich so zum Horst machen! Eben gerade auch. Du machst das doch nur, weil du was von mir willst.«

»Quatsch. Ich finde wirklich, dass du anders bist. Zärtlicher«, sagt Sarah.

»Trotzdem. Es tut mir leid.« Ich sehe sie an und komme mir vor, als sei ich vierzehn und hätte den ersten Zungenkuss verbaselt.

Da ist nichts mehr. Keine Erregung, kein Herzklopfen, kein Gefühl von »Ich will sie haben!«. Da ist auf einmal einfach nur noch Mitleid.

»Wie? Was tut dir denn leid?«, fragt sie leise.

»Ich will dich nicht mehr, Sarah«, sage ich und bin ganz überrascht, wie klar mir das auf einmal ist. »Ich habe mich total in diese Situation verrannt. Und ich habe mich so derart lächerlich gemacht. Das Schlimme ist, dass ich es nicht einmal gemerkt habe.« Ich schüttele den Kopf. »Wie doof ich war, wie saudoof.«

»Äh«, stottert Sarah, aber ich unterbreche sie.

»Noch schlimmer finde ich allerdings, dass du so unglaublich fies zu mir warst. Sag mal«, ich muss mich räuspern, »warum hast du das getan?«

»Was? Das mit der Puppe?«

»Alles. Wieso? Warum musstest du mich so demütigen?«

»Weil du mir auf den Keks gegangen bist mit deinen ständigen Anrufen. Weil ich ein Zeichen setzen wollte.«

»Du hast mich vor meiner gesamten Geburtstagsgesellschaft

bloßgestellt und hast in Kauf genommen, dass sich halb Hamburg das Maul über mich zerreißt. Das ist doch völlig charakterlos.«

»So war es doch gar nicht gemeint.«

»Ach nein? Wie war es denn gemeint? Ich könnte das ja alles verstehen, wenn ich dich geschlagen hätte oder betrogen oder was weiß ich. Aber so? Nein.« Ich stehe auf und trete ans Fenster.

Etwas sehr Merkwürdiges passiert gerade mit mir. Es ist, als ob sich das ganze Chaos, das in meinem Kopf herrscht, ordnet. All die Puzzleteile setzen sich plötzlich zusammen, und zwar so, dass ein vollständiges Bild entsteht.

Es ist alles so klar.

So unfassbar klar.

»Ich muss gerade an den Sex mit dir denken«, sage ich. »Dass ich eine Niete im Bett bin, halte ich zwar für übertrieben, aber ansonsten hattest du absolut recht. Das hat einfach nicht gepasst mit uns.«

Aber ich weiß jetzt, was passt. Wer passt. Wie blind, blind, blind ich war.

»Aber Leo«, sagt Sarah mit weinerlicher Stimme, »was heißt denn das? Dass du es nicht mehr mit mir versuchen willst?«

»Du willst das doch auch nicht, Sarah. Du hast doch gar keinen Respekt vor mir. Sei mal ganz ehrlich: Eigentlich willst du nur, dass ich dir aus der Klemme helfe.«

Sie antwortet schon wieder nicht, putzt sich aber dafür erneut lautstark die Nase.

Ich drehe mich zu ihr um. »Aber weißt du was? Das werde ich nicht tun. Nicht nach allem, was passiert ist. Du weißt ganz genau, dass ich total gutmütig bin, aber irgendwann ist auch mal Schluss. Du bist zu weit gegangen.«

»Das kannst du nicht machen, Leo.« Sarah steht ebenfalls auf. »Ich hab doch schon alle gefragt. Niemand will mir helfen.«

»Ach wirklich? Das wundert mich aber. Kann es vielleicht sein, dass du es auch gar nicht verdient hast, dass man dir hilft?«

»Ach, Leo.«

»Nein.« Das Puzzle wird immer vollständiger. »Mach's gut, Sarah. Alles Gute. Du wirst schon einen Weg finden.«

»Leo, ich kann noch nicht mal das Hotel hier bezahlen. Ich hab das gebucht, weil ich eine romantische Umgebung wollte. Für uns.«

Das wird ja immer besser.

»Um mich rumzukriegen?«

Keine Antwort.

»Bist du *arm*, Sarah. Und was war ich *blöd*. Ich kann's nur immer wiederholen. Blöd, blöd, saublöd.«

Mir fällt das Zertifikat von den Dosenöffnern ein, das ich Sarah unter die Nase halten wollte. Wo ist das eigentlich? Ich habe es wohl auf dem Rezeptionstresen im Hotel liegen gelassen. Gott sei Dank. Wenigstens diese Peinlichkeit bleibt mir erspart.

»Kannst du mir wenigstens was leihen?«, fragt sie kleinlaut.

»Nein.« Ich gehe zur Tür und öffne sie.

»Du bist sehr wohl eine Niete im Bett, Leo«, kreischt sie auf einmal, »aber eine totale! Du Mistkerl!«

Da drehe ich mich noch mal um. »Lieber bin ich im Bett eine Niete als eine charakterliche«, sage ich. Und dann verlasse ich das Zimmer und ziehe die Tür hinter mir zu. Sarah wirft mir irgendetwas nach, hinter mir erklingt ein lautes »Rums!«, dann setzt hysterisches Keifen ein. Mir egal, soll sie halt toben, bis sie schwarz wird.

Während ich langsam die Treppe runtergehe, klingelt mein iPhone. Mr. Bean. Erst beschließe ich, nicht ranzugehen, aber dann bin ich doch neugierig.

»Wo bist du?«, will er wissen.

»Timmendorfer Strand.«

»Und was machst du da?«

»Ich habe mich von Sarah getrennt. Im Hotel Sternschnuppe«, erkläre ich überflüssigerweise und muss dann, warum auch immer, daran denken, dass die Nachbarin mit dem ›darüber reden‹ Sarahs Probleme gemeint hat. Und ich dachte erst, sie meint unsere Beziehung.

»Seit wann hast *du* dich denn getrennt? Seit Wochen geht es doch nur darum, dass *sie* sich von *dir* getrennt hat.«

»Es ist halt so.«

»Ich sitze gerade hier mit Anne in einem sehr guten Restaurant. Wir haben Wild gegessen. Ich Hirschbraten. Die haben die Soße mit Kirschen gemacht. Das ist eine prima Idee, wie ich finde. Das sollten wir uns auch mal überlegen. Dazu suche ich dann als Chef-Sommelier den passenden Wein aus und …«

»Deswegen hast du angerufen?«

»Nein. Ich hatte mir Sorgen gemacht. Du bist tagelang nicht an dein Handy gegangen, und bei dir zu Hause hab ich nur deinen Papa erreicht, der meinte, er wüsste auch nicht, wo der Plupsi ist.«

»Ich lebe. Was willst du?« Die Frau an der Rezeption schaut mich misstrauisch an, ich nicke ihr freundlich zu und verlasse das Hotel. Sarahs Zimmerfenster muss gekippt sein, denn ich höre ihr wütendes Heulen bis auf die Straße.

»Anne und ich wissen jetzt, was dir fehlt.«

»Aha.«

»Mia.«

»Ja.«

»Wie ›ja‹?«, fragt Mr. Bean.

»Das weiß ich auch. Und zwar seit ungefähr zwei Minuten.«

»Dann ist ja alles gut! Sie war nämlich bei mir und hat nach dir gefragt. Du musst …«

»Ich weiß, was ich tun muss«, unterbreche ich ihn.

Ich weiß es wirklich.

Halt.

Mark. Wieso habe ich den schon wieder vergessen? Verdammte Scheiße, wie dumm bin ich denn noch? Ich drehe noch durch. Ich bin verrückt, gehöre in die Klapse. Ich habe Demenz.

Mia hat jetzt einen anderen.

Ich hab alles verspielt. Weil ich so dumm wie Brot war.

Und bin.

Ich, Leo Sandhorst, 33 Jahre alt, bin ein Vollidiot. Andere Idioten, die zu Vollidioten werden wollen, können sich gern bei mir melden. Ich habe vor, da in Zukunft Seminare zu geben.

Dann brülle ich »Scheiße! Scheiße! Verdammte Scheiße!!!«, hüpfe auf der Straße herum, mache Luftkickboxen und stampfe mit den Füßen auf. Ich bin auch so wütend auf Sarah. Und auf mich. Und so gedemütigt. »Ich hasse dich!«, schreie ich und meine damit Sarah. »Mia!«, schreie ich dann. Und immer wieder abwechselnd brülle ich diese Namen. Ich bin so froh, dass sich niemand auf der Straße befindet. Da steht nur ein kleiner Zweisitzer, in dem ein Pärchen miteinander rummacht. Die Scheiben sind von innen beschlagen, das Auto wackelt, und es hört sich so an, wie es sich eben anhört, wenn zwei Menschen genussvoll und laut dem Beischlaf frönen. Sie klopfen auch regelmäßig gegen die Scheiben. Wahrscheinlich sind das die Füße der Frau, die im Takt gegen das Glas schlagen. Jetzt rufen sie auch noch: »Oh, oh, oh!« Schnell laufe ich weiter.

Mia

»Er hört uns nicht. Was machen wir denn jetzt nur?« Verzweifelt rufe ich wieder »Leo, Leo, Leo!«, aber er geht einfach weiter. »Wir werden doch noch sterben«, sage ich theatralisch. »In diesem kleinen Auto wird schon bald keine Luft zum Atmen mehr sein. Ich wollte nie, nie in einem Mietwagen krepieren.«

»Glaubst du, ich?«, fragt Mark mich sauer. »Es wird schon noch jemand kommen. Werd mal nicht hysterisch.«

Leo

Nun weiß ich, was zu tun ist. Es ist wirklich alles so einfach.

Ich muss zu Mia gehen und sie fragen, was es mit Mark auf sich hat. Wir müssen wenigstens noch mal miteinander reden. Ich werde ihr sagen, was ich für sie empfinde. Warum bin ich nicht früher darauf gekommen? Weil ich vor Liebe blind war. Nein, nicht vor Liebe. Ich war blind, weil ich mir etwas beweisen wollte. Sarah. Wenn ich an sie denke, empfinde ich nur Mitleid und Traurigkeit. Sie kann einem wirklich leidtun. Aber das ist nicht mehr mein Problem. Nie wieder, das steht fest, nie wieder werde ich mich so behandeln lassen. Das war ja beinahe schon Körperverletzung.

Mir ist jetzt klar, dass ich Sarah nie geliebt habe. Dass ich vorher noch nie eine Frau so richtig geliebt habe. Dieses Gefühl, das hatte ich nur bei Mia. Ich dachte, es sei Freundschaft, aber es war viel mehr. So eine Frau wie sie werde ich nie wieder finden. Eine Frau, mit der ich alles, wirklich alles machen kann. Mit der ich mich so wunderbar verstehe. Mit der ich den großartigsten Sex meines Lebens hatte.

Und die ich vielleicht für immer verloren habe, weil sie wiederum einen Mann gefunden hat, der sie nicht so beschissen behandelt, wie ich es getan hab. Das wäre dann die Quittung. Ich hätte es verdient.

Oh verdammt, ich könnte mich in den Hintern beißen. Wie habe ich das nur alles tun und zulassen können? Und warum bloß kapiere ich das jetzt erst? Jetzt, wo möglicherweise schon alles zu spät ist!

Ich hole mein iPhone raus und rufe Mias Nummer an. Zu Hause geht niemand ran und ans Handy auch nicht. Ich hinterlasse panische Nachrichten und sage auch so dämliche Sachen wie »Ich kann alles erklären«. Aber sie ruft nicht zurück. Irgendwann dann habe ich nur noch ihre Mailbox dran. Entweder ihr Akku ist alle, oder sie hat ihr Telefon extra ausgeschaltet. Weil sie nämlich nichts mehr mit mir zu tun haben will.

Ich mache mir doch was vor. Was will Mia denn mit mir? Das war ja wohl glasklar in der Hotelhalle, der Kuss zwischen Mia und Mark! Daran gibt es nichts zu deuten. Ich sabbele mir da was zurecht. Mia hat einen Neuen, und das hat sie auch verdient. Und ich, verdammt noch mal, darf und werde diesem Glück nicht im Weg stehen. Nein, ich werde sie beglückwünschen und mich mit ihr freuen. Ich werde diesem Mark die Hand schütteln, ihm auf die Schulter klopfen und ihm sagen, was für eine wundervolle Frau er da gefunden hat. Natürlich möchte ich den Kerl am liebsten vergiften, aber ich werde es selbstverständlich nicht tun.

Mein Gott, war ich dumm. Bin ich dumm, dumm, dumm.

Schwer atmend bleibe ich vor meinem Auto stehen und versuche, mich zu sammeln, nachzudenken, klare Gedanken zu fassen. Ich werde jetzt ganz ruhig bleiben, nach Hamburg zurückfahren und keinen Unfall bauen. Ich schließe den Wagen auf und setze mich hinein. Und fühle mich wie ein alter, ausgelaugter Mann, der nichts mehr zu verlieren hat. Aber Hauptsache, Mia ist glücklich. Sie wird nie erfahren, was ich gerade durchmache. Ich werde ihr guter Freund bleiben, mehr nicht.

Nun lasse ich den Motor an und fahre langsam los, und weil es so kalt ist, öffne ich das Handschuhfach um meine Fäustlinge herauszuholen.

Und dann fange ich an zu schreien, und blinde Panik ergreift mich.

Mia

»Um Himmels willen, Mia, was ist das denn? Scheiße! SCHEISSE!!!«

Mark, der kurz vorher die von innen beschlagene Windschutzscheibe sauber gemacht hat, brüllt panisch los, und nachdem ich sehe, was da gerade auf uns zukommt, tue ich es ihm nach! Ein Auto, ein Auto brettert direkt auf uns zu!

Das ist das Ende! Das war mein Leben. Gleich ist es vorbei! Und ich werde Leonhard nie mehr sagen können, was ich für ihn empfinde.

Dann gibt es einen ohrenbetäubenden Knall. Alle Fensterschreiben zersplittern, und ich höre eine Stimme, die nach mir ruft: »Mia! Mia, ich liebe dich!« Und dann bin ich weg.

Zwei Tage später

Leo

»Eigentlich ist es gut, dass das passiert ist«, sage ich zum ungefähr hundertsten Mal, und Mia und Mark, die rechts und links von mir liegen, sagen zum hundertsten Mal: »Ja, das war super.«

Nachdem in meinem Auto von irgendwoher Fliegen aufgetaucht und auf mich zugeflogen sind – erst konnte sich kein Mensch erklären, wo sie herkamen, dann ist Mr. Bean eingefallen, dass er ein paar übriggebliebene Frikadellen von meiner Geburtstagsfeier im Handschuhfach gebunkert und vergessen hat, habe ich panisch das Gaspedal durchgetreten, wohl weil ich dachte, dadurch vor den Fliegen fliehen zu können, was natürlich völliger Quatsch war.

Ich bin in einem Affenzahn die Straße entlanggebrettert, und dann sind zwei der Fliegen direkt vor meinen Augen herumgeschwirrt. Ich habe nichts mehr gesehen, und dann war da dieses Auto mit dem eben noch kopulierenden Paar, das mich nun entsetzt und mit offenen Mündern durch die Scheibe anstarrte. Ich versuchte noch auszuweichen, traf den Wagen aber trotzdem mittig, und da niemand von uns angeschnallt war, gingen überall die Airbags hoch, und wir knallten mit den Köpfen drauf und dann an die Seitenfenster, die in tausend kleine Splitter zersprangen. Ich hab noch gebrüllt, dass ich Mia liebe, dann wurde plötzlich alles dunkel um mich.

Ein alter Mann, der mit seinem inkontinenten Dackel Gassi gehen musste, hat den Unfall gesehen und gleich einen Krankenwagen gerufen. Erst im Krankenhaus habe ich erfahren, dass es sich bei dem Pärchen im Auto um Mia und ihren Jugendfreund Mark gehandelt hat.

»Wie du geschrien hast, dass du mich liebst«, sagt Mia nun auch ungefähr zum hundertsten Mal, »das werde ich nie vergessen.«

»Könnt ihr leiser reden? Ich habe Kopfschmerzen«, bittet uns Mark, der ein Schleudertrauma und ein gebrochenes Bein hat. Mia hat ebenfalls ein Schleudertrauma und einen verstauchten Knöchel, zusätzlich ist eine ihrer Kontaktlinsen in ihrem Körper verschwunden; jedenfalls behauptet sie das.

»Stell dir mal vor, ich hätte mich völlig von dir zurückgezogen, weil ich gedacht hätte, du und Mark ...«, flüstere ich.

»Früher oder später hättest du es ja mitgekriegt«, wispert Mia zurück.

»Vielleicht wäre ich untergetaucht, weil ich es nicht ertragen hätte, dich mit ihm zu sehen«, dramatisiere ich.

»Aber du hättest es doch irgendwann mitgekriegt«, wiederholt Mia.

»Oder ich wäre ausgewandert. Nach Sri Lanka oder an den Bodensee«, sinniere ich weiter, ohne auf sie zu hören. »Oder ich hätte einen Tante-Emma-Laden im Harz aufgemacht, nur um dich vergessen zu können.«

»Leonhard, du übertreibst«, findet Mia.

»Wenn man festgestellt hat, dass man so dumm war, nicht zu merken, dass man die beste Frau der Welt liebt, darf man das«, erwidere ich und versuche, mich aufzusetzen, was allerdings nur schwer geht, weil ich eine gequetschte Hüfte habe. Also lege ich mich wieder hin.

»Du hast mich noch gar nicht gefragt, warum ich dir mit Mark gefolgt bin«, sagt Mia.

»Richtig. Warum? Dass ihr meinen Standort von einem Freund herausgekriegt hab, das weiß ich, mehr aber nicht.«

»Ich wollte dir etwas sagen, und das hätte ich dir schon viel früher sagen sollen«, erklärt mir Mia. »Mark hat mich darauf gebracht. Ich wollte mit ihm schlafen, weißt du? Nur, um mir zu beweisen, dass mir die Sache mit dir rein gar nichts ausmacht.«

»Ach. Und ... hast du?« Bitte sag Nein.

»Nein.« Danke.

»Jedenfalls ist mir dabei etwas klar geworden.«

»Was denn?«

»Die Antwort auf deine Frage.«

»Welche Frage denn?«

»Na die, wann man wirklich guten Sex hat. Also so richtig guten, ich meine jetzt keine One-Night-Stands oder so.«

»Wann denn?«

»Ganz einfach«, sagt Mia. »Sex ist richtig gut, wenn man sich liebt.«

»Oh.« Ich denke nach. »Dann hatten wir aber *sehr* guten Sex.«

»Ja, den hatten wir. Hätte ich übrigens jetzt auch gern.«

»Könnt ihr bitte leise sein?«, sagt Mark.

»Werden wir noch haben«, flüstere ich.

»Ach«, sagt Mia. »Geht jetzt aber nicht. Außerdem wissen wir ja, wie's geht.«

»Das stimmt.« Ich lege mich aufs Kissen zurück. »Es ist ein schönes Gefühl, wenn man glücklich ist.«

»Finde ich auch. Was hältst du eigentlich davon, wenn wir zusammenziehen?«

»Dann aber in eine neue Wohnung. Wobei – meine wird ja gerade renoviert. Aber da kann mein Vater erst mal bleiben, bis sich das mit meiner Mutter wieder eingerenkt hat. Und eine Bitte hab ich noch, und zwar ...«

»... keine Energiesparlampen, sondern alte Glühbirnen, solange es geht«, vervollständigt Mia meinen Satz.

Dann machen wir beide ein kleines Nickerchen.

Epilog

Zwei Monate später

Leo

»Jetzt schaut euch das an.« Ich deute auf den Fernseher und traue meinen Augen nicht.

Wir sitzen in Mias und meiner neuen Wohnung und essen Spaghetti mit Mias Spezial-Soße. Mr. Bean und Anne sind da, Edda und eine Freundin von ihr, mein Vater und meine Mutter, Henriette Krohn sowie Mark, der ebenfalls eine neue Freundin im Schlepptau hat. Meine Mutter ist vor ein paar Wochen hier aufgetaucht, weil sie es vor Sehnsucht nach Papa nicht mehr ausgehalten hat. Henriette Krohn hatte mir übrigens gesteckt, dass sie überhaupt kein Interesse daran hat, mit meinem Vater eine Beziehung einzugehen.

»Mein Bedarf am Zusammenleben und an Beziehungen ist gedeckt«, hat sie gesagt. »Da hab ich schon zu viel erlebt. Aber ich finde es gut, dass deine Eltern sich mal beide Gedanken gemacht haben. Dein Vater ist nämlich auch nicht perfekt, Leo.«

Sie hat sich Papa zur Brust genommen, und dann haben meine Eltern sich zusammengesetzt und mal Tacheles geredet. Das hätten sie vor Jahren schon tun sollen.

Mia und ich haben eine tolle 4-Zimmer-Wohnung gefunden, im Erdgeschoss, mit Garten. Mia will im Frühjahr Blumenzwiebeln setzen. Und wir wollen uns Gartenmöbel aus Teakholz kaufen, aber erst, wenn es wärmer ist.

Mit Mia ist alles so einfach und leicht. Und so wunderbar. Ich liebe sie unglaublich. Sie mich, glaube ich, auch.

Unser Sex wird übrigens immer besser, falls das jemanden interessiert.

Das Café läuft auch ganz prima, Mias Laden wird demnächst vergrößert, und unser Leben ist momentan sehr rosa.

Nun starren wir alle auf den Fernseher. Es läuft »Schwiegertochter gesucht«, und dort sitzt doch tatsächlich unser Moritz aus dem Seminar auf einer Küchenbank zusammen mit seiner Mutti und zwei Frauen, die er näher kennenlernen will.

Die eine sieht aus wie ein Walross, die andere so, als ob der kleinste Windhauch sie umpusten könnte.

Die Mutter sagt: »Jetzt hat der Junge alles gemacht, um eine Frau zu finden, und nichts hat funktioniert, da muss es doch hier mal klappen.«

Moritz nickt und sagt: »Ich bin trrreu und habe nichts dagegen, auf Hausmann umzusatteln. Das macht mir nichts aus. Ich putze gern, nicht wahr, Mutti?«

Mutti nickt. »Wenn er Fenster putzt, sind sie streifenfrei.«

»Wie toll«, sagen die beiden Frauen im Chor und klatschen in die Hände. Sie strahlen so, als ob Moritz jeder von ihnen eine Million Euro geschenkt hätte.

»Und es gibt noch etwas zu berichten«, erklärt Moritz mit roten Wangen. »Ich habe mehrere Sex-Seminare besucht und darf jetzt von mir behaupten, dass ich definitiv keine Niete im Bett bin. Bei einem der Seminare waren zwei Männer, die sich mal darüber unterhalten haben, dass der eine von beiden eine Niete sei. Nachdem ich das gehört habe, habe ich sofort beschlossen, alles dafür zu tun, um auf ›gut im Bett‹ umzusatteln. Damit ich keine Niete bin wie dieser Leo. Leo Sandhorst hieß er, glaub ich.«

Ich schließe die Augen.

Nein.
Nein.
Nein.
Aber dann nimmt mich Mia in den Arm, und plötzlich fangen wir alle an zu lachen.
Sollen die anderen doch denken, was sie wollen.
Hauptsache, wir wissen, was stimmt!
ENDE

Nachtrag 1:

Mia-Spezial-Soße

Zutaten für vier Personen:
750 g Kalbshackfleisch
4-5 Schalotten
2-3 Chilischoten
2-3 Knoblauchzehen
1-2 kleine Gläser Sherry
Tomatenmark nach Bedarf
1 kg Strauchtomaten
Pinienkerne
gehackte Mandeln
½ TL Zucker
Salz, Pfeffer, frische Salbeiblätter nach Geschmack
frischen Rosmarin nach Geschmack
Walnussöl zum Braten
trockenen Rotwein nach Bedarf
Schmand

Zubereitung:
Das Öl in einer beschichteten Pfanne erhitzen und die gewürfelten Schalotten darin anbraten. Gehackte Chilischoten und ebenfalls gehackte Knoblauchzehen mit anbraten und etwas dünsten. Den trockenen Sherry zum Ablöschen benutzen. Zwiebeln aus der Pfanne nehmen, beiseitestellen, noch ein

wenig Öl erhitzen und das Kalbshack portionsweise anbraten (Fleisch muss Zimmertemperatur haben). Tomatenmark zugeben. Mit Rotwein ablöschen.

Die Tomaten im Dampfgarer oder im heißen Wasser erhitzen, bis sich die Schalen lösen lassen. Tomaten häuten, klein schneiden und zum Fleisch geben. Alles gut durchbraten lassen, bis das Fleisch schön braun ist. Pinienkerne und Mandeln dazugeben und mischen. Mit Salz und Pfeffer abschmecken. Eine Stunde köcheln lassen, hin und wieder Rotwein nachfüllen. Kurz vor dem Servieren Salbeiblätter zugeben und mit Schmand verfeinern.

Dazu passen Spaghettini oder andere Nudeln! Und frischer Parmesan! Und natürlich soll man dazu einen guten Rotwein trinken!

Nachtrag 2:

Ein Beleuchtungsklassiker hat sich verabschiedet: Seit dem 1. September 2011 ist die 60-Watt-Glühbirne verboten, genauer gesagt ihre Produktion und ihr Vertrieb. Damit erreichte die Eu-Verordnung von 2009 die nächste Stufe. Bisher fielen ihr 100- und 75-Watt-Glühlampen zum Opfer. 2012 folgen Glühbirnen unter 60 Watt und 2016 teils die Halogenlampe. Wer möchte, kann der Glühbirne zumindest eine Zukunft in seinen eigenen vier Wänden geben. Hamsterkäufe – wie in den vergangenen Jahren – wird es geben, aber verhaltener. In Internetforen kündigen Glühbirnen-Fans dennoch an, sich eindecken zu wollen, und auch auf der Auktionsplattform eBay werden verstärkt Großpackungen mit 60-Watt-Birnen angeboten.

Machmal ist das große Glü[ck]
nur eine Pechsträhne entfe[rnt]

»Heiter-beschwingt geschrieben und exakt der Roman, den Sophie Kinsella Fans sehnsüchtig erwarten. Die Heldin ist mindestens so bezaubernd und tollpatschig wie Rebecca Bloomwood – nur ohne Einkaufsfimmel.«
Kirkus Reviews

480 Seiten
ISBN 978-3-442-46771-6
auch als E-Book erhältlich

www.goldmann-verlag.de
www.facebook.com/goldmannverlag

Lesen erleben